KLONDIKE

Sonia K. Laflamme

ENTRE CHIEN ET LOUP

Hurtubise

Catalogage avant publication de Bibliothèque et Archives nationales du Québec et Bibliothèque et Archives Canada

Laflamme, Sonia K.

  Klondike

    Sommaire: t. 3. Entre chien et loup.
    Pour les jeunes.

    ISBN 978-2-89723-146-0 (v. 3)

    1. Klondike, Vallée du (Yukon) – Découvertes d'or – Romans, nouvelles, etc. pour la jeunesse. I. Titre. II. Titre: Entre chien et loup.

PS8573.A351K56 2012   jC843'.6   C2011-942684-6
PS9573.A351K56 2012

Les Éditions Hurtubise bénéficient du soutien financier des institutions suivantes pour leurs activités d'édition:

– Conseil des Arts du Canada;
– Gouvernement du Canada par l'entremise du Fonds du livre du Canada (FLC);
– Société de développement des entreprises culturelles du Québec (SODEC);
– Gouvernement du Québec par l'entremise du programme de crédit d'impôt pour l'édition de livres.

Illustration de la couverture: Éric Robillard, Kinos
Graphisme: René St-Amand
Mise en pages: Martel en-tête

Copyright © 2013, Éditions Hurtubise inc.

ISBN 978-2-89723-146-0 (version imprimée)
ISBN 978-2-89723-147-7 (version numérique pdf)
ISBN 978-2-89723-153-8 (version numérique ePub)

Dépôt légal: 2ᵉ trimestre 2013
Bibliothèque et Archives nationales du Québec
Bibliothèque et Archives Canada

Diffusion-distribution au Canada: Diffusion-distribution en Europe:
Distribution HMH   Librairie du Québec/DNM
1815, avenue De Lorimier   30, rue Gay-Lussac
Montréal (Québec) H2K 3W6   75005 Paris FRANCE
www.distributionhmh.com   www.librairieduquebec.fr

Imprimé au Canada
www.editionshurtubise.com

À la mémoire de Johnny Blanchette,
et à tous les autres chercheurs d'or.

Ce qui ne nous tue pas nous rend plus fort [...]

FRIEDRICH NIETZSCHE,
Le Crépuscule des idoles

PREMIÈRE PARTIE

Le désert glacé

1

La piste blanche

Dawson City, février 1899

Nicolas Aubry redoutait le voyage qui commençait. Les grands espaces à découvert ne lui disaient rien qui vaille. Même avec Joseph, son compagnon d'aventures, il deviendrait une cible parfaite pour les deux derniers survivants du clan Dubois. La route jusqu'au lac Bennett s'annonçait périlleuse, tant en raison des dangers naturels qu'elle recelait que de la soif de vengeance de ses ennemis. Il ne croyait pas parvenir sain et sauf à destination.

Le garçon referma sa capuche de poil autour de son visage en resserrant son épaisse écharpe de laine. Le vent cinglant venait de loin. Il lui mordait le haut des joues et lui piquait les yeux. Il sentit des larmes se givrer à l'orée de ses cils. Il renifla.

Nicolas s'apprêtait à quitter le Klondike pour de bon. Sans pépites d'or dans les poches. Sans avoir vengé l'honneur de sa famille même si les Dubois tombaient comme des mouches. Sans savoir ce qui était réellement arrivé à Annie, sa jeune épouse. Et l'amour qu'il éprouvait pour Daniella ? Cela aussi, il le laissait derrière lui.

Le traîneau filait à vive allure vers le sud-ouest, le long du fleuve. L'air claquait avec rage autour de lui. Les patins du véhicule crissaient sur la neige sèche comme de la poussière. Les chiens jappaient fort. Au bout d'un moment, la taïga se rapprocha du cours d'eau. Nicolas tira sur l'attelage et les bêtes obéirent à son ordre pour aller glisser sur la surface glacée du Yukon. Après avoir franchi le premier méandre, il s'agrippa davantage aux manchons du toboggan et jeta un œil par-dessus son épaule. Il ne distinguait plus ni Dawson City ni ses amis. Ils avaient disparu, de même que la tache rouge des uniformes de la Police montée. Il se concentra sur la piste que la meute ouvrait à chaque enjambée furieuse. Il soupira, puis força davantage le rythme des chiens. Il tenait à parcourir le plus de milles possible au cours de cette première journée de voyage, pour que ce dernier se termine au plus vite, mais surtout pour distancer les Dubois.

— Allez, hue ! cria-t-il aux chiens pour les encourager, comme s'il s'agissait de chevaux.

Assis à ses pieds devant lui, parmi les provisions et le matériel de campement qui remplissaient le long traîneau au bout retourné, Joseph Paul se mit à rire dans le vent. Il fallait dire « hush ! » pour avancer, pour aller tout droit. Mais cela, son compagnon l'ignorait.

Les neuf bêtes couraient en caracolant, la langue pendante, la queue enroulée sur leur dos. L'attelage était composé de malamutes et de huskies, des races remarquablement puissantes et adaptées au froid intense des hivers arctiques. Ils semblaient prendre plaisir à tirer leur chargement. D'instinct, ils suivaient le lit glacé du fleuve sans que Nicolas ait grand-chose à faire. La saison froide révélait au garçon, qui remontait la piste dans le sens inverse de celui qu'il avait parcouru à son arrivée, un paysage surprenant, presque irréel.

Des buissons dégarnis et blanchis, tels des éclats de verre, s'élevaient sur les berges formant des balises naturelles le long des nombreuses boucles du fleuve. Les hautes silhouettes des pins et des épinettes, figées dans le givre, cillaient à peine. Derrière, les courbes arrondies des collines enfarinées réfléchissaient la lumière pourtant aveuglante d'un jour timide, que le voile neigeux du ciel colorait tantôt de blanc, tantôt d'argent.

Nicolas plissait les yeux, portait sa main en visière et baissait la tête pour se soustraire à la réverbération du soleil blême. Il ne vit pas tout de suite le petit point noir surgir au loin. Celui-ci grossissait vite. Joseph leva le bras afin d'attirer son attention. Bientôt, ils comprirent qu'un autre toboggan venait à leur rencontre. Le véhicule ralentit et stoppa. Nicolas en fit autant. Le conducteur, un Indien reconnaissable à la confection traditionnelle de ses habits et de ses bottes, demeura impassible. Quant à son passager, un homme assis et emmitouflé dans des fourrures, il salua les deux garçons avec bonne humeur.

—Dawson City est-il encore loin, messieurs? leur demanda-t-il. Je n'entends rien à ce que baragouine ce Sauvage!

La remarque aurait fait rire n'importe quel Blanc. Mais Nicolas se contenta de renifler et de cracher par terre.

—Non, lui répondit-il. Trois ou quatre heures de route, au plus.

—Ah! s'écria le voyageur. Que voilà une bonne nouvelle!

L'homme posa son regard sur Joseph. Les prunelles chocolat, les traits austères et basanés, mais surtout le nez aquilin et les pommettes saillantes qui s'échappaient de sa capuche le frappèrent. Il s'attendait à tout, sauf à croiser un Sauvage qui se faisait conduire par un Blanc ! Il considéra le musher avec plus de curiosité.

—J'imagine que vous vous rendez sur votre *claim*, messieurs, suggéra l'inconnu.

Joseph gigota. Il avança le haut de son corps vers l'homme, tentant de percevoir les lambeaux de paroles qui perçaient à travers le vent furieux. Sa voix lui paraissait familière, cependant il ne reconnaissait pas le voyageur, perdu sous des couches de peaux et de fourrures.

—Oui, mentit-il.

—Et de l'or ? demanda-t-il en soutenant cette fois le regard du jeune Malécite. Vous en avez trouvé ?

Joseph garda le silence, de même que Nicolas.

—Tant mieux ! marmonna l'inconnu entre ses dents, certain que ceux qui ne disaient mot consentaient malgré eux. Tant mieux...

Les deux garçons se lancèrent une œillade dubitative.

—Et vous, monsieur ? l'interpella Nicolas. Que venez-vous faire ici par un froid pareil ?

—Moi ? Je viens retrouver... des amis. Et faire fortune, bien sûr.

« Comme tant d'autres », songea Nicolas. Rares pourtant étaient ceux qui bravaient ainsi l'hiver du Klondike pour réaliser leurs rêves. D'habitude, les prospecteurs arrivaient en juin. Devancer d'autant de mois et le faire dans des conditions aussi extrêmes traduisaient à coup sûr l'entêtement de l'inconnu à réussir, mais aussi l'urgence qu'il ressentait à agir, à changer le cours de sa destinée.

—Alors bonne chance ! lui souhaita Joseph, un brin agacé.

—Oh, mais elle sera au rendez-vous ! prophétisa-t-il d'un air énigmatique. Je le sens...

L'homme faillit ajouter quelques mots, mais se ravisa à la dernière seconde, craignant de trop en dire et de dévoiler son identité à ceux qui, de toute évidence, ne l'avaient pas reconnu. Il se toucha le front en guise de salut puis, d'une moufle qu'il agita à deux reprises devant lui, ordonna à son conducteur indien de reprendre la route. Joseph l'imita.

Les chiens bondirent en avant et arrachèrent les deux traîneaux à leur inertie momentanée. Les véhicules repartirent chacun dans leur direction initiale et la cavalcade reprit au cœur des bourrasques de vent.

Un sourire carnassier dansait sur les lèvres du mystérieux voyageur, tandis qu'une vague impression de danger crispait celles de Joseph.

Les deux hommes ruminaient en buvant leur whisky. Ils lorgnaient du côté des joueurs de cartes assis aux autres tables du saloon. Ils exhalaient la fumée de leur cigarette en soupirant brusquement, les épaules voûtées sous le poids de leur hésitation. Quelque chose les poussait en avant en même temps qu'il les retenait dans la capitale de l'or.

— Bon sang de bonsoir !

— Je crois qu'on n'a pas le choix.

— On l'a toujours, Gus !

Zénon Dubois vida d'un trait son verre qu'il cogna ensuite si fort sur le comptoir d'acajou que des têtes se tournèrent vers lui.

— Et crois-moi, ajouta-t-il à l'intention de son aîné, ce n'est pas un *blue ticket* qui va me faire perdre l'envie que j'ai d'éviscérer ce petit morveux et de lui pisser dedans !

Les mots avaient sifflé en sourdine. Trois de ses frères avaient trouvé la mort dans des circonstances troubles. À ses yeux, il n'y avait qu'un seul coupable : Nicolas Aubry. Après avoir vu la ferme familiale incendiée, le p'tit gars de Maskinongé s'était mis en tête de pourchasser les criminels. Il avait traversé le pays afin de se venger.

D'une certaine manière, rester à Dawson City garantissait la survie aux deux derniers membres de la fratrie puisque leur principal suspect venait d'être banni du territoire du Yukon par la Police montée du Nord-Ouest. Or, la haine et la rage les rongeaient tant, que jamais une pensée aussi sage n'aurait effleuré leur esprit.

— En pleine nature sauvage, les choses seront plus simples pour nous, plaida Gustave. Il n'y aura pas de témoins et après, on sera libres de revenir ici ou de rentrer chez nous.

— C'est aussi ce que je pense.

Ils se reversèrent à boire et firent cul sec.

— Je m'occupe de la fille, annonça Gustave.

— Et moi, des chiens.

Les deux frères s'essuyèrent la bouche et la moustache du revers de la main. Ils se couvrirent de leurs manteaux, puis quittèrent le saloon. Dans la rue, ils se tapèrent sur l'épaule et, sans un mot, prirent des directions opposées.

Gustave rejoignit une cabane retirée, du côté nord-est de la ville. La cheminée ne crachait plus qu'un mince filet de fumée. Le froid devait commencer à s'y faufiler. Il accéléra le pas et ouvrit la porte à la volée. Sur un des deux lits, Annie Kaminski se réveilla en sursaut. Elle fut soulagée de voir que Gustave était seul. Il se dépêcha de lui retirer son bâillon ainsi que les liens qui lui serraient les poignets. Il jeta les fourrures du lit sur ses épaules.

Depuis trois jours, les frères Dubois et leur prisonnière changeaient régulièrement de camp. Ils occupaient pour l'heure une baraque abandonnée, mais la fumée qui en émanait quand ils allumaient le poêle risquait d'éveiller les soupçons des policiers. Allaient-ils déménager une fois de plus ou la tuer ?

Gustave considéra la jeune fille avec douleur. La raison lui dictait d'aller lui enfouir la tête sous la neige jusqu'à ce qu'elle ne respire plus. Des crimes odieux, il en avait commis. Pourtant, il ne se résignait pas à faire de mal aux femmes ou aux enfants. Encore moins à une fille sur le point de devenir mère.

— Va-t'en, lui ordonna-t-il simplement.

Annie crut avoir mal entendu, aussi demeura-t-elle immobile devant lui.

— Va-t'en ! répéta-t-il avec une vigueur retrouvée. Pars avant que mon frère rapplique et te fasse taire à jamais.

Cette fois, l'adolescente s'élança vers la porte. Elle s'arrêta néanmoins sur le seuil pour remercier celui qui lui sauvait la vie pour la troisième fois.

— Que Dieu vous garde !

— Pfft ! se moqua-t-il. Il n'en fera rien. On est depuis trop longtemps en mauvais termes, Lui et moi.

— Vous n'êtes pas aussi méchant que vous le croyez, Gustave.

Le bandit n'apprécia ni sa familiarité ni ses réflexions à deux sous. Il leva la main, comme pour la gifler.

— Déguerpis avant que je change d'idée !

Annie obéit. Elle referma les peaux sur elle et se mit à courir aussi vite qu'elle le put, enjambant les congères et les ornières laissées dans la neige.

Seul dans la cabane, Gustave pesta. « Pourvu que la petite chipie ne croise pas Zénon en ville », pensa-t-il.

Il devrait alors lui fournir des explications qu'il ne se sentait pas le courage d'échafauder.

Un frisson le parcourut. Dans le poêle, il ne restait plus que des braises rougeoyantes. Alors il s'en alla à son tour.

Ses pas le conduisirent jusqu'à Paradise Alley. Devant la maisonnette de Betty, il hésita. Se révéler, se dévoiler, se rendre vulnérable… Ce n'était pas son genre. Il ne se décidait toutefois pas à quitter la ville sans s'ouvrir à la belle prostituée. Il frappa deux petits coups, souffla son nom à travers la porte qui s'ouvrit. Betty le fit entrer, tout sourire.

—Je m'en vais, annonça-t-il de but en blanc.

—Pour toujours ? bredouilla-t-elle, décontenancée.

—Ça se pourrait.

—Tu m'emmènes avec toi ?

Les doutes du bandit s'envolèrent. Dans cette seule question, il recueillait la promesse qu'il était venu chercher.

—Non…

Betty savait où il s'en allait et ce qu'il comptait faire. La veille, elle avait assisté au départ de Nicolas Aubry et de son ami l'Indien. Gustave ne pouvait que vouloir les traquer. Elle renifla en songeant à l'issue de l'éventuel affrontement.

—Je suis prêt à t'attendre à Skaguay, lui proposa-t-il. Jusqu'au début de l'automne…

Elle consentit à la proposition d'un petit claquement de langue. Entre eux, il n'y avait guère de déclarations romantiques empreintes de lyrisme. Leurs «je t'aime» se cachaient derrière ce qu'ils ne se disaient pas.

—Es-tu pressé ?

Il secoua la tête. Il s'approcha et mit une main dans son corsage tandis qu'il l'embrassait. Puis il la souleva pour l'allonger sur le lit. Betty se promit de lui procurer du plaisir comme jamais encore elle ne lui en avait donné. Elle voulait ainsi s'assurer qu'il l'attende bel et bien comme il venait de le lui affirmer. Ou mieux, qu'il revienne la chercher.

Des réactions inattendues. Des départs. Des traîneaux à chiens. Une piste blanche aussi vaste qu'un désert…

Tout comme Zénon Dubois, Michel Cardinal venait de se procurer un attelage. Il était prêt à suivre les deux derniers frères du clan. En remontant le cours du temps et de ses souvenirs, il n'avait jamais cru se rendre aussi loin. Ses plans simples mais efficaces, orchestrés sans trop de préparation, s'enchaînaient et défiaient son propre entendement. Il y prenait un plaisir brut et spontané, se contentant de tirer parti de l'idiotie ou de la témérité des uns et des autres. Il restait à l'affût du moindre détail, s'accommodant du hasard qui arrangeait si bien les choses. Il ne voyait pas comment ni pourquoi la donne changerait. Cardinal avait une confiance aveugle en sa bonne étoile. C'était là son talon d'Achille.

La nuit tomba tôt, comme d'habitude. Le froid s'intensifia. La bise se fit plus mordante. Les chiens ralentirent le pas. Nicolas et Joseph arrêtèrent le toboggan sur la berge du fleuve afin de préparer un bivouac. Ils choisirent un endroit à l'abri du vent, encerclé de larges épinettes. Ils tapèrent la neige, dressèrent la tente et en tapissèrent le fond d'une épaisse couche de rameaux qu'ils recouvrirent ensuite de peaux. En silence, occupés à leurs tâches respectives, ils allumèrent un feu, nourrirent les chiens, puis mangèrent à leur tour.

Pendant qu'ils buvaient leur thé, une fascinante nébuleuse vert émeraude se déploya au-dessus de leurs têtes. Le voile de particules en suspens ondoyait dans le ciel, balayé par le vent de la haute atmosphère. Au bout d'un long moment, il se déchira en trois lambeaux lumineux, à la manière d'incroyables rubans qui voletaient sans jamais se poser.

— On dirait des flammes magiques, admira Joseph. Comme celles d'un puissant chamane ou encore des dieux… Peut-être est-ce la danse sacrée des esprits des Anciens…

Le garçon prononça quelques paroles dans sa langue maternelle. Il parlait lentement, détachant chaque syllabe. Sa voix s'élevait, forte, solennelle et belle. Nicolas eut l'impression qu'il priait, qu'il s'adressait à ses ancêtres, que ses intonations valsaient au rythme des bandes luminescentes. Il se surprit lui-même à supplier Dieu de l'accompagner dans son voyage et de le protéger.

Les chiens, gardés attachés même la nuit pour éviter qu'ils se dispersent, paraissaient eux aussi hypnotisés par la magie du ciel polaire. Ils finirent toutefois par délaisser le spectacle. Ils se roulèrent en boule les uns contre les autres, enfouissant leur truffe au chaud sous leur queue. L'heure était venue de dormir.

— Combien de milles avons-nous parcourus, d'après toi ?

— Difficile à dire, concéda l'Indien. Peut-être soixante-quinze…

À ce rythme, évalua-t-il, ils mettraient moins d'une semaine avant d'arriver au lac Bennett, au pied de la piste du col Blanc.

— Pourquoi as-tu menti à cet homme, ce matin ? demanda encore Nicolas.

— Il ne m'inspirait pas confiance. Nos affaires ne regardent que nous.

Son compagnon le trouva soudain bien soupçonneux, mais ne répliqua rien. Une plainte lancinante s'éleva alors dans la taïga. Le hurlement ne dura que quelques secondes, puis fut repris en boucle par des voix tout aussi tristes et lugubres qui se répondaient les unes aux autres.

— Les loups, souffla Joseph. Rentrons, maintenant.

Les deux garçons se réfugièrent dans leur abri de fortune et dormirent, sans quitter leurs manteaux.

2

Des retours inattendus

Assise au pied du lit, Claire pleurait en silence. Ses doigts enlaçaient le collier offert par Joseph comme s'il s'agissait d'un chapelet. « Faites qu'il revienne », pria-t-elle Dieu à de nombreuses reprises.

Derrière elle, sa mère dormait sans se douter des nouveaux malheurs de la jeune fille. Car si celle-ci avait reçu une demande en mariage de la part de son amoureux, rien ne garantissait son retour à Dawson City.

— Pourquoi a-t-il accepté d'accompagner Nicolas Aubry ? se demandait-elle souvent à haute voix. Pourquoi l'avoir secondé dans cette folle équipée ?

Elle lui reprochait de ne pas être resté en sécurité auprès d'elle. Cette sentence de bannissement ne s'appliquait qu'à Nicolas. L'amitié des deux garçons était-elle donc plus profonde que l'amour que Joseph éprouvait pour elle ? Elle ressentit le besoin viscéral de se lancer à sa poursuite et de le retrouver pour ne jamais plus le quitter.

Claire soupira de lassitude. Elle abandonna le collier sur le lit et alla s'asperger le visage d'eau froide. Joseph allait revenir, tenta-t-elle de se convaincre. Et ils se marieraient. Elle devait entretenir cet espoir.

Elle terminait à peine sa toilette du matin quand elle entendit du remue-ménage dans la salle à manger jouxtant sa chambre. Quelques secondes plus tard, des coups nerveux retentirent contre sa porte. Elle découvrit Belinda Mulroney qui, émue au point de ne pouvoir prononcer un mot, lui désignait fébrilement l'entrée du relais routier.

Intriguée, la jeune chanteuse s'avança et aperçut son ancienne dame de compagnie qui franchissait le seuil du *roadhouse*.

— Annie… souffla-t-elle, interdite, comme si elle venait de croiser un spectre.

Puis avec plus de force :

— Annie !

La petite orpheline sourit. Claire courut vers elle et la prit dans ses bras, heureuse de la retrouver saine et sauve.

— Dieu du ciel ! Je n'arrive pas à y croire !

Elle l'examina d'un regard incrédule.

— Mais où étais-tu passée ? On s'inquiétait tant à ton sujet !

Autour d'elles, Belinda Mulroney, ses clients mais aussi des passants informés de la nouvelle se massaient pour entendre le récit de la jeune fille prodigue. Annie afficha une moue honteuse et baissa la tête.

— Je m'excuse de vous avoir inquiétés… Vraiment, je… n'ai pensé qu'à moi.

Quelques rumeurs de désapprobation fusèrent aussitôt. Claire la serra encore contre elle en lui caressant les cheveux. Puis elle la dirigea en silence vers sa chambre où elles s'enfermèrent. La chanteuse offrit un verre de brandy à Annie. L'orpheline en prit une petite gorgée tandis que son amie s'assoyait devant elle.

— À moi, tu peux bien dire la vérité.

—Je… ne comprends pas, bredouilla Annie dont le regard se mit à fuir.

—Je commence à te connaître, tu sais.

L'immigrante polonaise posa le verre à peine entamé sur la table de chevet, puis entrecroisa les doigts sur sa robe. Elle se tenait le dos droit et avait les lèvres pincées. Une lueur de défi brillait dans ses prunelles.

—J'ai voulu parler à mon père, inventa-t-elle avec aplomb. Trop de doutes et de peines habitaient mon cœur. Je me suis rendue sur sa tombe. Je devais lui raconter ce qui m'arrivait. Et que j'attendais un bébé…

—Tu as fait tout le chemin à pied depuis le ruisseau Hunker jusqu'à Dawson City ? s'étonna Claire.

—Bien sûr que non. Je serais morte gelée.

—Alors comment ? On t'a cherché partout ! Personne ne t'a vue.

—C'est donc que les deux mushers ont menti, prétendit-elle sans broncher.

—Pourquoi auraient-ils fait ça ?

Annie exhala un long soupir.

—J'imagine qu'ils ont eu peur qu'on ne les accuse de négligence. Ils ont sans doute préféré ne rien dire du tout.

L'hypothèse était plausible, mais Claire ne semblait pas convaincue.

—Et ensuite ?

—Je suis allée dans la tente du vieux Al Harrison.

—Quoi ! Tu te moques de moi ?

Quelques jours avant sa disparition, Annie lui avait expliqué en peu de mots que c'était là que Zénon Dubois avait si sauvagement abusé d'elle.

—J'y suis retournée pour faire la paix avec moi-même, Claire. Il n'y a rien de sorcier là-dedans.

—Dieu du ciel ! se récria la chanteuse. Je n'en reviens pas !

Elle n'arrêtait pas de secouer la tête et de toucher son cœur. Annie reprit une gorgée de brandy, puis une autre, pour se donner du courage et pour mieux faire passer la mise en scène qu'elle venait d'improviser.

Zénon Dubois l'avait violée. Elle portait son enfant. Son frère Gustave et lui l'avaient enlevée afin d'appâter Nicolas, avec lequel elle avait convolé une dizaine de jours plus tôt. Ils accusaient le garçon du meurtre de leurs trois autres frères et voulaient se venger de lui. Pourtant, l'aîné l'avait sauvée à quelques reprises depuis son arrivée au Klondike : lors de la traversée des rapides Five Fingers, quand elle s'était jetée par une des fenêtres de l'hôtel Fairview, enfin en la libérant. Rien ne l'empêchait plus de parler contre eux. Or, elle continuait d'avoir peur. Elle ne se résignait pas à les dénoncer à la Police montée du Nord-Ouest.

— Et dire que tu reviens le lendemain du départ de Nicolas !

Annie faillit s'étrangler.

— Il est parti ?

— Avec Joseph. La police lui a donné un *blue ticket*. Si tu étais revenue vingt-quatre heures plus tôt, tu aurais pu quitter le Klondike en sa compagnie.

L'orpheline se leva d'un bond. Elle se détourna de son interlocutrice pour se malaxer les poings.

Elle avait inventé de toutes pièces cette escapade volontaire. Tout à coup, elle regretta. Elle se rappela une engueulade entre Gustave et Zénon. « On a tout fait ça pour rien maintenant qu'il part ! » avait déclaré ce dernier. Elle n'avait pas compris alors.

Nicolas courait un grave danger. Gustave Dubois l'avait libérée parce qu'il ne pouvait plus attirer le garçon dans un guet-apens depuis qu'on l'avait chassé du territoire du Yukon. S'il tenait à exercer sa vengeance, il ne lui restait plus qu'une option : le rattraper.

Les Dubois partis, Annie ne devait plus les craindre. Pour protéger son époux, elle n'avait d'autre choix que de revenir sur sa déclaration. Et prévenir Sam Steele.

Arrivé depuis la veille, il avait vite fait le tour de Dawson City. Il observait chaque chose d'un œil intéressé.

À la manière d'une ourse, la capitale de l'or s'était elle aussi endormie sous un épais manteau de neige. Dans son sein, les habitants attendaient avec fébrilité le retour du printemps. Encore deux ou trois mois, se répétaient-ils sans relâche.

Le nouveau venu visita quelques saloons et *dance-halls*, histoire d'en apprendre davantage sur les gens de la ville et sur certaines personnes croisées sur sa route la première fois qu'il avait mis les pieds au Klondike. Faute d'argent et acculé à la ruine, il avait dû quitter la région pour rentrer chez lui, à Saint-Boniface. Après de nombreux refus, son père avait néanmoins consenti à financer un second voyage. Cette fois, Jacques Desmet espérait le couronner d'un succès retentissant.

Il avala encore un verre de bourbon en compagnie d'étrangers qui lui racontaient, avec verve et profusion de détails, les nouvelles anciennes ou récentes de Dawson City. Il écouta d'une oreille en apparence distraite, puis prit congé. Il se rendit d'un bon pas au bureau du registraire des mines.

— Bien le bonjour, monsieur ! le salua-t-il, de bonne humeur. On m'a dit que vous étiez la personne la mieux placée pour me permettre de retrouver un ami.

— Avec la Police montée, sans aucun doute, lui répondit le fonctionnaire. Vous n'êtes pas le premier à venir me voir. Je dois par contre vous prévenir que plusieurs sont sortis bredouilles d'ici.

— Je sens que j'aurai de la chance, soutint Jacques Desmet. Il s'appelle Joseph Paul. C'est un…

— Indien, compléta le registraire. Oui, je sais de qui il s'agit. Il a beaucoup d'amis blancs, ce jeune Sauvage.

Le dernier commentaire voilait à peine ses reproches. Son interlocuteur ne s'en formalisa pas.

— Il ne faut pas toujours se fier aux apparences, cher monsieur. Paul a porté secours à deux dames lors du naufrage du *SS Pacifica*, aux portes de Skaguay, le printemps dernier.

— La chose m'est effectivement parvenue aux oreilles.

— Croyez-moi, j'y étais. Je puis vous assurer qu'à cet instant précis, la vie de ces femmes importait moins aux yeux de certains que l'urgence qu'ils éprouvaient de réchapper leur propre cargaison.

Le fonctionnaire n'eut aucune difficulté à donner du crédit au témoignage, ni à visualiser la triste scène. Il connaissait l'appât du gain qui habitait l'âme de ceux qui défilaient dans son bureau, ces Argonautes en quête de richesse instantanée, leur enlevant parfois tout jugement ou, pire, toute compassion. L'homme saisit son registre et l'ouvrit aux dernières pages gribouillées, qu'il consulta pour la forme.

— Votre *ami* vient d'acquérir, avec trois autres associés, une concession sur le ruisseau Hunker.

— Oh! s'exclama Jacques Desmet. Je suis heureux que ses affaires marchent bien! À quel endroit exactement puis-je le trouver?

Le registraire referma le gros livre. Il lui indiqua l'emplacement du *claim* avant d'ajouter, d'un ton plus proche du ragot que du professionnalisme qui caractérisait habituellement ses fonctions officielles :

— Mais il n'y aura personne, là-bas. Il est parti avec l'un de ses associés. Monsieur Aubry a été banni du territoire, et ils ont entrepris la route vers Skaguay ensemble. Joseph Paul ne reviendra pas avant deux bonnes semaines, si ce n'est pas trois.

— Elle est donc vraie, cette histoire… fit Desmet, visiblement troublé. Qu'en est-il de leurs deux autres associées ?

— Mademoiselle Lambert vit et travaille à Grand Forks. Quant à madame Aubry, elle a resurgi hier après une mystérieuse disparition de plusieurs jours. On vient d'ailleurs de m'annoncer que toutes deux rencontrent en ce moment même le lieutenant-colonel Steele, de la Police montée.

Jacques Desmet le remercia poliment et quitta le bureau du registraire des mines sans s'y attarder davantage.

Le policier dévisageait l'adolescente d'un air incrédule. Depuis la veille, les rumeurs du retour d'Annie Kaminski circulaient dans les saloons de la ville. Il n'avait pas voulu y prêter foi. Désormais, il devait se rendre à l'évidence : elle était bel et bien en vie !

— Vos hommes doivent vite rejoindre Nicolas et Joseph pour les escorter jusqu'à la frontière, lieutenant-colonel.

Le ton impératif, voire dramatique de l'adolescente lui rappelait celui de Nicolas Aubry, alors qu'il s'apprêtait à quitter Dawson City en traîneau à chiens. Ils allaient bien ensemble, jugea-t-il.

— Pourquoi le ferais-je, madame Aubry ?

Annie n'était guère habituée à ce titre qui lui rappela les véritables raisons de son union avec le garçon.

— Parce que vous vous êtes trompé, monsieur. Ils courent un grand danger.

Cette fois, l'homme sourcilla devant cette jeune femme d'à peine seize ans qui se permettait non seulement de lui dire quoi faire, mais aussi de porter un jugement sur ses décisions administratives.

— Selon Claire, Nicolas était convaincu que les frères Dubois se cachaient derrière ma disparition. Eh bien, il avait vu juste.

Sam Steele s'attendait à tout sauf à une déclaration aussi fracassante. Ses épaules s'affaissèrent contre le dossier de son fauteuil. Une extrême lassitude marqua ses traits. Avec l'exécution du *blue ticket* de Nicolas Aubry, il s'était imaginé qu'il n'entendrait plus jamais parler de cette sordide histoire de vengeance.

— Si je vous suis, madame Aubry, les Dubois vous ont enlevée. Exact ?

— Oui. Leur dessein était de m'utiliser pour attirer Nicolas dans un piège. Mais puisque vous l'avez chassé du territoire, ils ont décidé de se lancer à ses trousses.

— Et, ce faisant, de vous libérer, ajouta-t-il en plissant l'œil. Est-ce bien ce que vous prétendez ?

Annie déglutit avec difficulté. La question venait de faire fondre sa belle assurance. Elle savait qu'une autre allait jaillir tout de suite après.

— Oui, répondit-elle néanmoins.

— Pourquoi donc auraient-ils agi de la sorte ? Ils devaient se douter que vous les dénonceriez.

— Je… je ne sais pas, confessa-t-elle d'une petite voix.

Sam Steele se leva et s'approcha du fauteuil de l'adolescente. Il la regarda sévèrement.

— Votre histoire ne tient pas debout, madame Aubry.

— Pensez-vous que ces bandits allaient me dévoiler leurs intentions ? se rebiffa-t-elle.

— Certainement pas. Mais vous, pensiez-vous que je ne verrais pas clair dans votre jeu ? Vous souhaitez protéger votre époux. Quoi de plus facile que d'accuser ses ennemis !

La jeune fille se leva à son tour, en refoulant ses larmes. La colère brillait au fond de ses prunelles azur.

— Je le maintiens, lieutenant-colonel. Vous vous trompez.

Elle sortit de la pièce et retrouva Claire Lambert qui l'attendait en buvant du thé dans le mess. D'un signe de la main, Annie l'invita à quitter le baraquement de la Police montée du Nord-Ouest.

Dans la rue, elles croisèrent un homme qui les salua à tour de rôle. L'idée d'un retour possible de son ancien fiancé n'ayant jamais effleuré l'esprit de Claire, elle ne reconnut pas Jacques Desmet, enveloppé dans ses épaisses fourrures. Elle alla même jusqu'à lui retourner son bonjour.

Nicolas et Joseph poursuivaient leur route dans le désert blanc, filant sur le fleuve glacé. Au fil des heures et des jours qui rallongeaient timidement, ils apprivoisaient peu à peu les éléments.

Le froid engourdissait leurs membres, et ils ressentaient toujours la même hâte d'allumer un feu et de se réchauffer. Au gré des méandres du tortueux Yukon, le vent sournois tantôt amplifiait leur allure, tantôt la ralentissait en les prenant de face, ou encore les déviait de leur trajectoire en les surprenant de côté. Son souffle plein de rage les happait, avivait la morsure de l'hiver, soulevait des rafales à travers lesquelles ils peinaient à voir ce qui les entourait. La neige tourbillonnait furieusement et la réverbération du soleil les faisait grimacer.

La glace crissait sous le traîneau, blessant parfois les coussinets des pattes des chiens. Les deux mushers devaient s'y prendre longtemps d'avance pour stopper leur toboggan sur la piste glissante. Leur inexpérience les forçait à la plus grande prudence. Non, Nicolas n'y serait pas parvenu sans compagnon pour l'aider dans ce périple singulier où la nature régnait en maître absolu. Et Joseph craignait déjà son retour. La solitude lui pèserait.

L'Indien avait préparé depuis l'automne une bonne quantité de pemmican, mélange d'orignal, de lièvre, de fruits séchés et d'un peu de graisse. Il en avait apporté en voyage et le partageait avec son compagnon. Le soir, il donnait de la viande fraîchement chassée à la meute de chiens. Ses origines se révélaient à Nicolas avec plus de force qu'auparavant. Là, au cœur de la nature sauvage, il découvrait un nouveau monde. Insoupçonné, simple et dangereux à la fois.

Joseph accomplissait chaque geste comme s'il comptait plus que tout, avec déférence et dévotion. Nicolas l'observait en silence. Il ne comprenant pas toujours la raison des choses, mais lui faisait confiance. Il lui semblait ne plus se trouver au pays des Blancs. Le Malécite devait lui aussi le croire, car il s'exprimait de plus en plus dans sa langue maternelle.

Le troisième soir de leur périple, l'Indien s'accroupit près d'un lynx que sa flèche avait transpercé au flanc. Le sang maculait la neige. Il posa sa main sur la carcasse encore chaude. Il caressa la fourrure de la bête qui donnait presque l'impression de sourire. Joseph ferma les yeux. Sa voix résonna dans le vent, dansa entre les grandes épinettes gelées.

— Que fais-tu ? l'interrompit Nicolas.

— Je le remercie, répondit Joseph en se tournant à peine vers son ami.

—Pourquoi ? demanda-t-il encore, davantage par curiosité que par moquerie.

—Pour sa chair qu'il a accepté de nous offrir. Et qui continuera de vivre à travers nous…

Alors Joseph sortit son couteau. Avec précision, il découpa le lynx et réserva des morceaux de viande pour l'attelage. Nicolas continua de le regarder, songeur. Lui, il rendait grâce à Dieu. Jamais il ne lui serait venu à l'esprit de montrer sa reconnaissance à un animal mort. Pourtant, il trouva l'attitude de l'Indien fort sensée.

3

La vie de musher

L A MEUTE comptait trois chiennes. Celle qui occupait le dernier rang, tout juste à l'extrémité du toboggan, courait en jetant des coups d'œil par-derrière. Son regard ambré volait par-dessus le matériel d'expédition jusqu'au passager, assis, puis remontait pour se fixer au maître du traîneau, debout, exposé aux grands vents. La bête se retournait ensuite pour se concentrer de nouveau sur la route. Elle finissait cependant toujours par regarder à la dérobée du côté des jeunes hommes qui alternaient leur position.

Nicolas remarqua vite son petit manège. Il aurait dû la réprimander d'un ou deux coups de fouet, mais il ne s'y résignait pas. Malgré son intérêt évident pour les mushers, la chienne filait en ligne droite, sans faire dévier l'attelage ni provoquer d'embardée. Il la laissa donc libre d'agir à sa guise. Son attitude étrange lui plaisait, au fond. Il s'amusait à croire qu'elle voulait lui parler.

La chienne ne ressemblait pas tout à fait au reste de la meute. Ses pattes étaient un peu plus longues, de même que son poil. Ses yeux possédaient une teinte dorée incroyablement attirante. Elle était encore plus fougueuse et vive que ses compagnons. Bien qu'efflanquée, elle tirait la première sur les rênes, donnant des coups de museau à celui qui la précédait pour qu'il se dépêche d'obéir aux ordres des mushers. Le soir, elle tendait une oreille aux conversations entre Nicolas et Joseph ; de l'autre, elle demeurait attentive aux bruits de la forêt. Elle détectait avant ses compagnons la présence d'un danger ou d'animaux qui rôdaient. Lors des repas, son appétit paraissait insatiable et la meute devait constamment lui rappeler, en lui mordillant l'épaule, les règles de la hiérarchie interne. Elle se soumettait, mais ne manquait jamais une occasion de défier les bêtes dominantes afin de se tailler une meilleure place au sein de la meute.

— Cette femelle est superbe, déclara Nicolas, au coin du feu.

Les flammes jetaient sur l'épais pelage de l'animal des reflets changeants et accentuaient l'or de ses yeux humides, au pourtour crayonné de noir.

— C'est une louve, lui apprit Joseph d'un air tranquille. Disons à moitié louve. Elle a été croisée.

La bête pointa sa truffe dans leur direction, comme si elle savait qu'ils parlaient d'elle. Elle posa ensuite son museau sur ses pattes de devant, les observant toujours.

— A-t-elle un nom ?

— Je ne m'en souviens plus, dit l'Indien. L'homme qui nous a vendu la meute n'a pas dit grand-chose. Juste que c'était un chien-loup et qu'il fallait s'en méfier, au cas où.

Nicolas se leva. Il alla s'accroupir auprès de la bête qui feignit l'indifférence. Le garçon retira sa moufle et plongea ses doigts dans la fourrure. Aussitôt, les muscles de l'animal se contractèrent et il tourna sa gueule entrouverte vers la main. Un léger grognement se mit à sourdre, se mêlant au sifflement du vent.

— Attention, souffla Joseph, sur le qui-vive.

Nicolas caressa la chienne-louve qui referma, sans pression, ses mâchoires sur la chair nue. Prête à mordre, exhibant le liseré noir de ses gencives, elle suivait le lent mouvement de va-et-vient sans s'en détacher, emplissant ses poumons de l'odeur humaine. Elle n'oublierait jamais plus ce parfum singulier de sueur. Seul celui qui le portait pourrait désormais la toucher ainsi, elle qui avait surtout connu la rudesse des bastonnades.

— Tu t'appelleras Yeux-d'Or, décida Nicolas.

Sa voix ferme apaisa la chienne. En guise d'assentiment, elle lâcha sa prise et reposa sa tête sur ses pattes. Nicolas revint près du feu. Il s'essuya le coin de l'œil avant de remettre sa moufle.

— J'avais un chien, autrefois… se remémora-t-il à haute voix. Il s'appelait Eugène. C'était mon fidèle compagnon. Les Dubois l'ont empoisonné avant de brûler notre ferme…

Il baissa la tête à l'évocation du triste souvenir. Il y avait un an de cela, il enterrait son chien sous le grand pommier. Un an déjà…

Yeux-d'Or bondit sur ses pattes. Une seconde plus tard, un long hurlement brisait le silence du soir. Les huit autres chiens se redressèrent à leur tour. La plainte s'éternisa, reprise par d'autres loups. Combien étaient-ils ? Où se trouvaient-ils ? Joseph et Nicolas l'ignoraient. Les loups semblaient s'être rapprochés depuis la veille. Au moins, songèrent-ils, ils passeraient la nuit à l'abri dans une petite baraque sur pilotis, à la manière d'une cache à provisions. En découvrant le repaire abandonné, mais doté d'un poêle encore fonctionnel, ils s'étaient sentis pleins de chance.

— Je ne l'ai jamais entendue hurler, dit Nicolas en observant Yeux-d'Or. Elle n'est peut-être pas vraiment un loup.

— Son ancien propriétaire ne lui en donnait sûrement pas la permission.

Nicolas fit claquer sa langue. Yeux-d'Or mit un
certain temps avant de tourner la tête vers lui.

— Allez, vas-y, toi aussi !

La chienne-louve piétina la neige et jappa.

— Pas comme ça ! lui reprocha-t-il en riant.

Il bascula la tête vers l'arrière en joignant ses mains
autour de sa bouche et tenta d'imiter le hurlement qui
venait de cesser.

Encouragée, la meute émit un long cri. Yeux-d'Or
sembla dévisager ses compagnons avec fierté. Elle
avança d'un pas, puis écrasa son derrière dans la neige.
La tête renversée, les yeux fermés, la gueule entrouverte, les babines recouvrant à peine ses longues canines
inférieures, elle répondit à ses lointains cousins, cachés
dans la taïga. Son cri imposa le respect aux membres de
la meute qui se couchèrent en couinant et glaça le sang
des deux mushers. Surtout quand de nouvelles plaintes
retentirent çà et là.

Oui, elle était bien la fille d'un loup.

Il ne s'attendait à rien. Aussi ne fut-il pas déçu, bien
qu'une chose déroutât Jacques Desmet : la cabane n'était
ni barrée ni cadenassée. Le nouveau venu au Klondike
ne savait pas encore que peu de gens se souciaient de
prendre de telles précautions afin de protéger leurs
possessions. Le vol, considéré comme l'un des pires
crimes dans la région, était relativement rare. Les prospecteurs formaient une petite communauté, presque
une famille tissée serré. Ceux qui s'absentaient de gré
ou de force avaient la quasi-certitude de retrouver leur
modeste foyer dans le même état qu'ils l'avaient laissé,

que l'absence durât une journée, une semaine, un mois ou davantage.

L'immigrant belge et Manitobain d'adoption y vit là un bon augure. Il ouvrit donc la porte, déposa ses bagages sur la table et s'empressa de remplir le poêle à pleine capacité. Tandis que la baraque se réchauffait, que la couche de frimas disparaissait de la surface des objets et que les fourrures des lits retrouvaient leur souplesse, il remisa ses provisions dans la cache. Il prit soin de les ranger bien en évidence à côté de celles qui y étaient déjà entreposées et qui ne lui appartenaient pas. Il ne désirait pas qu'à leur retour, les propriétaires des lieux l'accusent d'avoir fait main basse sur leurs stocks. Déjà qu'il profitait du logis… À l'aide d'un canif, il grava ses initiales sur chacune de ses caisses. Ainsi, il ne se tromperait pas.

Desmet revint dans la cabane. L'air chaud se diffusait timidement. Il n'enleva pas son manteau. Il tenait à faire le tour de la concession et à se familiariser avec ses installations.

Il aperçut plusieurs tas de gravier et découvrit trois puits de mine. Ceux-ci étaient coiffés de madriers et de planches afin que la neige ne s'y engouffre pas et n'empêche les prospecteurs de descendre dans les mines. Il se munit d'une pelle et enleva la neige accumulée au cours des derniers jours autour de l'ouverture, puis retira quelques planches. Il retourna à la cabane, décrocha un fanal et revint vers le puits dégagé. Il se pencha au-dessus du trou sombre.

—Bon! décréta-t-il. Il faut ce qu'il faut…

Il alluma la lampe qu'il suspendit à sa ceinture. Ses mains attrapèrent la corde fixée au treuil et, avec précaution, il se faufila dans le tunnel vertical. À chaque mouvement, il grimaçait, ahanait, forçait autant qu'il pouvait. La peau de ses mains s'écorchait sur les fils de chanvre. La sueur commençait à perler sur son front. Non parce qu'il avait chaud, mais parce que la peur le tenaillait. Et s'il ne réussissait pas à remonter? Et si ses muscles, qu'il utilisait peu souvent dans sa vie de bourgeois, ne lui obéissaient pas?

Desmet toucha le sol avec un grand soulagement. Il prit quelques secondes pour se reposer, puis éleva la lampe et parcourut des yeux la galerie souterraine. Il soupira. Maintenant, il lui fallait remonter. Il noua la corde autour de sa taille et se hissa vers le haut, luttant contre son propre poids et la force de gravité. Il sentait ses muscles en feu. Tout son corps tremblait sous l'incroyable tension. À mi-chemin, son pied trouva un espace dans la paroi du pergélisol où il se cala. Desmet demeura immobile pendant une longue minute avant de reprendre son ascension. Grâce à la lampe, il remarqua que d'autres petites cavités avaient été creusées en guise d'échelle, afin de faciliter les descentes et les remontées. Il sourit d'aise.

De retour dans la baraque du ruisseau Hunker, Desmet médita ce qu'il allait faire. Et comment il s'y prendrait.

Les coups pleuvaient avec rage et régularité. Il se défoulait. L'écume dégoulinait sur son menton. La violence l'aveuglait. Gustave Dubois décida d'y mettre un terme. Le massacre durait depuis assez longtemps.

— Ça va faire, Zénon! cria-t-il à son frère. Tu vois bien qu'il ne bouge plus!

L'homme suspendit son élan. Il lâcha le bâton qui tomba près du flanc ensanglanté du chien. L'animal avait rendu son dernier souffle dans une neige maintenant souillée. Non loin, le reste de la meute observait la scène. Les nouveaux maîtres étaient pires que l'ancien.

— Ça lui apprendra ! plaida Zénon en s'essuyant la bouche et en crachant sur la carcasse. Et ses amis sauront à qui ils ont affaire !

L'homme avait appris à ses dépens qu'il ne fallait jamais approcher de la meute tant qu'elle n'avait pas terminé sa pâtée. Et l'un des chiens, avare de sa portion, avait cru qu'on venait la lui reprendre.

Gustave avisa le fleuve glacé qui serpentait près d'eux.

— Parce que tu crois qu'on va aller plus vite avec un chien en moins ?

— Il faut se faire respecter des récalcitrants, argua encore Zénon. Leur ancien maître me l'a dit. On doit les mettre à notre main. Le plus tôt sera le mieux !

— Et quand ils seront tous morts, c'est toi qui vas le tirer, ce maudit traîneau ?

Zénon ne répondit rien. Son frère avait sans doute raison. Mais les autres chiens se tiendraient sûrement tranquilles à l'avenir.

— Qu'est-ce qu'on fait avec lui ?

— Tu le leur donnes, Jupiter ! lui répondit Gustave. Ils ont encore faim.

— Tu es pire que moi, déclara Zénon, d'un ton rigolard.

— Parce que tu veux l'abandonner là pour que les loups reniflent son odeur ? Il est trop tard pour camper ailleurs ou pour chasser. On n'a plus le choix de rester. La prochaine fois, avant de tuer une bête, tu réfléchiras un peu…

— Et si je le couvrais de neige ? proposa-t-il, soudain moins brave.

— Fais donc ce que tu veux !

Michel Cardinal s'arrêta lui aussi pour la nuit. Dans le ciel clair, une colonne de fumée montait, droit devant lui, par-delà les méandres du fleuve et de la taïga. Il estima se trouver à moins de deux milles à vol d'oiseau derrière les frères Dubois. Les deux bandits, eux, à quelle distance étaient-ils de Nicolas Aubry? Ils n'en savaient probablement rien, se contentant de suivre la piste naturelle tracée par les eaux gelées du Yukon.

L'homme prépara son bivouac, se demandant de quelle façon il pourrait devancer ses ennemis pour leur tendre un piège.

Dany habitait toujours avec Betty. Malgré ses craintes, elle n'avait croisé qu'à deux autres reprises Guido Gianpetri, l'homme à la solde de son père. Chaque fois, il ne l'avait pas reconnu, car la jeune fille s'habillait en garçon et se déplaçait en ville avec prudence.

Au lendemain du départ des frères Dubois, Dany avait convaincu son amie de louer une petite cabane sur la Troisième Avenue. Le va-et-vient des habitants de Dawson City la confortait dans son sentiment de sécurité. Elle croyait que l'employé de son père n'oserait jamais passer à l'action au cœur de la foule. Et en cas de mauvaise surprise, il serait facile de crier et d'ameuter les badauds et les voisins.

— Ça ne te manque pas trop? demanda-t-elle soudain à Betty.

— Quoi? Faire la pute? Non, pas vraiment…

En fait, Betty ne pensait qu'à Gustave et au jour béni où elle le retrouverait. Elle était partie de Paradise Alley sans aucun remords. Cette vie-là, pleine de débauche et de risques, elle n'avait jamais désiré s'y adonner toute sa vie. Grâce à l'argent de Gustave Dubois et à ce qui restait encore des économies de Dany, elle avait la chance de vivre plus décemment. Aussi envisageait-elle de prendre le premier vapeur qui remonterait le fleuve, mais celui-ci n'arriverait pas avant le mois de mai. Encore trois mois, se répétait-elle jour et nuit. Toute une saison à ne pas savoir ce qui l'attendait à Skaguay. Son amoureux survivrait-il à son désir de vengeance ? Il le fallait. Elle espérait d'ailleurs la même grâce pour Nicolas Aubry. Les deux pouvaient-ils aspirer à avoir la vie sauve ? Cette pensée la déchirait. Le bonheur ne pouvait résulter d'une mort. Encore moins d'un meurtre. Elle aurait aimé se confier à sa meilleure amie. Mais puisque Dany était amoureuse de Nicolas, elle préférait s'abstenir.

Betty aurait voulu emmener Dany à Skaguay. Mais si Gustave triomphait de Nicolas, accepterait-elle de côtoyer son meurtrier ? Sûrement pas. Elle envisageait donc de partir seule, de quitter sa complice des dernières années. Et cela la chagrinait au plus haut point.

L'adolescente, toujours vêtue à la manière d'un garçon, se préparait à sortir.

— Où vas-tu ? s'informa Betty.

— Chercher du bois.

— Fais vite.

Dany acquiesça. Il n'était pas question qu'elle s'éternise dehors. Alors elle se hâta de rentrer quelques brassées qui tiendraient la maisonnette au chaud pour la nuit. Le jour cédait lentement la place au crépuscule. L'adolescente charroyait les rondins sans se rendre compte qu'on l'observait.

Non loin, adossé près de la porte d'un saloon, Guido Gianpetri fumait, le regard rivé sur elle. Puis il se redressa d'un geste vif. Avait-il la berlue ? Quelque chose de familier émanait du garçon qui tourna la tête vers lui sans le voir. L'homme fit quelques pas, titillé par le doute qui s'insinuait dans son esprit et qui se transformait peu à peu en certitude.

Il s'arrêta net dans la rue comme le garçon disparaissait dans la maison. Son mégot lui brûla les lèvres et, revenu de sa surprise, il le recracha d'un coup de langue.

— Par tous les saints! laissa-t-il échapper, sous le choc.

Il se précipita au petit hôtel où il logeait, près du moulin à scie qui l'engageait. Il sortit une bible de sous l'oreiller. À l'intérieur, deux feuilles pliées en quatre parts égales servaient à marquer les pages. Il prit la première et l'étala sur le lit. Les traits d'une jeune fille lui apparurent… Daniella Di Orio. Le père de celle-ci avait fait imprimer à grands frais une affichette et offrait une récompense de dix mille dollars à celui qui lui ramènerait la belle fugueuse.

Guido Gianpetri étudia le visage délicat, crayonné sur le papier. Elle portait une robe de couleur pâle, et un ruban retenait ses longs cheveux noirs bouclés. Un sourire discret animait sa bouche pulpeuse. Il fronça les sourcils. Il avait du mal à se l'imaginer en garçon. Il peinait surtout à croire qu'elle avait coupé son incroyable tignasse. Avait-elle donc été jusque-là dans le seul but d'échapper à son père ainsi qu'aux hommes alléchés par la prime mirobolante?

Avec ses index et ses pouces, il forma une sorte de médaillon autour du visage de Daniella. C'était bien elle qu'il avait aperçue quelques instants plus tôt… Depuis combien de temps se trouvait-elle à Dawson City? Combien de fois l'avait-il croisée sans la reconnaître, sans même supposer qu'elle puisse vivre à ses côtés?

Il attrapa la deuxième feuille de papier. Il s'agissait d'une lettre signée par Ricardo Di Orio, autorisant Gianpetri à agir en son nom pour lui ramener sa fille.

Depuis la signature de cette procuration, le bandit avait quitté le service de Di Orio. Il était venu au Klondike pour faire fortune, et aussi pour se faire oublier de la police. Comme bien d'autres, il n'avait pas réussi à devenir prospecteur. Néanmoins, la chance lui souriait. Gianpetri venait de trouver son or. Grâce à la petite Daniella, il n'aurait plus besoin de travailler à la scierie. Et si on lui cassait les pieds à New York, il aurait de quoi soudoyer quelques agents des forces de l'ordre. Il se félicita d'avoir gardé ces deux précieux documents avec lui.

Sauf que l'hiver le contraignait à l'inaction. Il devrait attendre la fonte des glaces et le premier bateau à vapeur pour ramener Daniella chez elle. Ce qui lui laissait amplement de temps pour mijoter un plan. « Comment diable a-t-elle réussi à arriver jusqu'ici ? se demanda-t-il. Quelqu'un a dû l'aider… » Gianpetri se promit de surveiller les allées et venues dans la Troisième Avenue. Après tout, la petite n'y habitait certainement pas seule.

L'agent Scott rentra au baraquement de la Police montée du Nord-Ouest et trouva le lieutenant-colonel Steele plongé dans de profondes réflexions. Devant lui, sa tasse de thé pleine à rebord ne fumait plus depuis longtemps. Steele n'entendit pas le plancher craquer, pas plus qu'il ne remarqua une silhouette bouger au coin de son œil. Le chef du détachement de la police du Yukon se tenait assis sur le bout de sa chaise, accoudé à son secrétaire, le dos légèrement voûté. Scott se racla la gorge pour attirer son attention. Steele releva la tête d'un mouvement las.

—Quoi de neuf, Scott?

Le policier le salua, puis approcha.

—J'ai fait le tour de ceux qui possèdent des traîneaux et des chiens, comme vous me l'aviez demandé.

L'homme s'interrompit, visiblement mal à l'aise. Celui qu'on surnommait le Lion du Nord savait déjà qu'on ne lui annoncerait pas une bonne nouvelle. Il se cala au fond de son siège.

—Qu'avez-vous appris?

—Eh bien! Deux mushers ont vendu leur attelage en début de semaine.

—À qui?

—Ils ignorent leurs noms.

Agacé, Steele baissa la tête un court instant avant de revenir vers le policier.

—Un des traîneaux a été pris par deux hommes. L'autre, par un seul. Je n'ai pas retrouvé leurs traces. Ils semblent être déjà partis.

Le lieutenant-colonel fronça les sourcils. Trois acheteurs alors que les frères Dubois n'étaient plus que deux… Qu'est-ce que cela voulait dire? Était-ce simplement une coïncidence ou le fruit d'une réelle machination en vue de faire tomber Nicolas Aubry? Il se rappela les derniers mots du garçon avant de quitter Dawson City: «Vous risquez d'avoir ma mort sur la conscience», l'avait-il accusé. «La vie de Nicolas et de Joseph est en jeu», avait martelé sa jeune épouse lors de sa récente visite.

—Est-ce que je me serais trompé? murmura-t-il, troublé.

—Je vous demande pardon?

Il ne répondit rien, trop obnubilé par l'affaire Aubry qui, d'une certaine manière, l'importunait plus qu'avant.

L'histoire d'Annie Kaminski ne tenait toujours pas debout, mais la vente de ces deux traîneaux et de ces chiens ne lui inspirait rien de rassurant. Hasard ou pas, il devait tirer la situation au clair et envoyer des éclaireurs à la recherche de Nicolas Aubry et de Joseph Paul.

4

La meute de chiens

L'OR DU SOLEIL resplendissait dans le ciel bleu et rendait les paysages, figés dans leur linceul immaculé, encore plus éclatants. L'air se faisait moins cinglant. Pendant une courte journée, le printemps chanta la promesse de son retour prochain. La saison froide n'avait toutefois pas dit son dernier mot.

Le traîneau glissait, porté par le vent, soulevé par la meute pleine de vigueur, secoué par les cahots de glace à la surface du fleuve.

— Hush! Hush! criait Joseph aux chiens.

L'attelage obéissait. Les milles défilaient ainsi que les collines. La vitesse augmentait et la distance parcourue semblait plus importante que celle franchie la veille. L'Indien et son ami demeuraient néanmoins prudents. Ils devaient souvent ralentir leur allure, trop vive, afin de mieux négocier les virages.

Les chiens ne mangeaient qu'une fois par jour, à la fin de l'après-midi, pendant que leurs maîtres montaient leur campement. Sinon, ils profitaient de courtes pauses, toutes les deux ou trois heures. Ils se désaltéraient alors en lapant la neige.

— Hush! Hush! répétait avec amusement Nicolas, pour l'heure assis parmi le matériel de campement.

Quand sa voix résonnait, Yeux-d'Or jetait un coup d'œil vers lui en jappant, comme s'il s'adressait uniquement à elle. Le traîneau était alors agité d'un soubresaut. La chienne-louve voulait forcer la cadence, mais la présence des autres chiens devant elle la condamnait à régler son pas sur le leur, un peu moins fringant. Le garçon aimait le caractère et le dévouement de cette femelle. Il se dit qu'elle pourrait l'accompagner jusqu'à Maskinongé. Même avec un chien en moins, Joseph irait aussi vite pour revenir vers Dawson City.

— Hush ! Hush !

Le vent se leva soudain. Il balaya d'opaques rafales de neige qui tourbillonnèrent et formèrent une sorte de tornade. Aveuglé par ce voile blanc et n'apercevant plus rien de la piste, Joseph tira sur les rênes. Le véhicule décéléra à peine, poursuivant sa glisse vers l'inconnu. Le conducteur tira plus fort. Cette fois, les chiens se braquèrent et perdirent pied. Ils tombèrent sur leurs genoux, se cognant la gueule sur la glace. Ils tentèrent aussitôt de se redresser.

— Attention ! lâcha Nicolas qui se cramponnait tant bien que mal.

Le traîneau avançait toujours et fonça dans la meute désordonnée. Sous le choc, une des lames quitta le sol et l'équipage tangua. Au cœur du tourbillon de flocons, le véhicule heurta un obstacle invisible qui provoqua un tête-à-queue. L'attelage se rompit. Soulagé d'une partie de son poids, la traîne sauvage reprit de la vitesse et termina sa course folle contre une talle de pins en bordure du fleuve.

Quelques jappements retentirent non loin, puis un bruit de pas s'intensifia. Une silhouette approcha et assombrit l'éclat du soleil. Un souffle chaud balaya son visage.

— Ça va, Nick ?

Nicolas remua un peu. Le vent retomba quelques secondes plus tard. Les flocons de neige se dispersèrent pour tapisser le sol.

—Tu parles d'une affaire ! Et toi, Jos ? Rien de cassé ?

—Non, j'ai sauté à terre avant que ça se mette à tournoyer.

—Et les chiens ?

Ensemble, ils revinrent sur leurs pas. À une centaine de pieds du lieu de l'accident, la meute se relevait elle aussi. Les chiens, encore reliés les uns aux autres, léchaient leurs blessures ou piétinaient sur place. Ils n'étaient plus que huit.

—Elle a rompu sa courroie de trait, on dirait, évalua Joseph en montrant la sangle de cuir qui servait à attacher Yeux-d'Or.

Nicolas tourna sur lui-même, à la recherche de la chienne-louve. Il ne la vit nulle part. Était-elle blessée ? Ou avait-elle profité du désarroi de l'équipage pour recouvrer sa liberté ? Il sentit sa poitrine se serrer. Chaque fois qu'il s'attachait à un être, le destin s'arrangeait pour le lui enlever. Depuis un an, les deuils se succédaient : son colley Eugène, son ami Tomas Kaminski, son épouse Annie, la belle Daniella, et maintenant la chienne-louve.

Il allait cracher un juron de dépit quand il entendit un jappement en provenance du détour de la piste. Il se mit à courir, imité par Joseph. Ils stoppèrent en reconnaissant Yeux-d'Or qui reculait vers eux. De sa puissante gueule, elle tirait une lourde masse. Les deux garçons découvrirent une jeune femelle caribou égorgée !

—Ça doit être ce qu'on a frappé tantôt, supposa Nicolas, n'osant croire à la prise qu'on leur ramenait ni à la force incroyable de la chienne-louve. Elle a dû l'achever.

Il s'accroupit auprès de la bête et lui caressa vigoureusement la nuque.

— Toi, tu peux être certaine que je vais te garder
avec moi!

La collision avec le caribou avait blessé les trois
chiens qui formaient le triangle de tête de l'attelage du
traîneau. Les bêtes se déplaçaient en claudiquant, la tête
et la queue basses. Ce jour-là, Nicolas et Joseph n'eurent
d'autre choix que d'établir prématurément un camp,
alors que le soleil brillait encore dans le ciel. Ils ignoraient s'ils allaient être en mesure de repartir le lendemain, à la première heure. La sempiternelle inquiétude
de Nicolas se remit à le tarauder. Tant qu'ils avançaient,
il se pensait en sécurité. Leur arrêt forcé avait fait
resurgir le spectre des frères Dubois.

— Il ne faut pas rester trop longtemps au même
endroit, décréta-t-il tandis qu'il tournait pour la énième
fois le regard dans la direction d'où ils arrivaient.

— Crois-tu qu'ils nous pistent?

— Ils ont manqué leur coup avec Annie, prétendit
Nicolas. S'ils veulent se venger, ils utiliseront tous les
moyens pour me retrouver.

Joseph hésitait toujours à donner du crédit à la thèse
de l'enlèvement d'Annie. Zénon et Gustave étaient
certainement les deux membres les plus redoutables du
clan Dubois, mais les mésaventures de l'orpheline polonaise suffisaient à les innocenter, croyait-il. Du moins
pour cette fois. N'empêche que rien n'excluait une
chasse à l'homme en pleine nature sauvage, sur des
terres inhospitalières.

— Et si tu te trompais? soutint Joseph.

— J'aimerais vraiment que ce soit le cas.

Peu importe qui disait vrai. Le sort d'Annie restait le même. En effet, Nicolas était convaincu qu'elle était morte. D'un accablement si grand qu'elle n'avait plus souhaité vivre ; ou de la main des deux bandits. Maintenant, son tour approchait.

La larme à l'œil et le geste nerveux, il prépara du feu.

Annie avait repris sa place auprès de madame Lambert, sans que personne le lui demande. La dame de compagnie exécutait sa petite routine d'autrefois : elle alimentait le poêle de la chambre, préparait les repas et faisait manger la mère de Claire, l'habillait, lui lisait le journal ou des passages de son missel, la lavait et la peignait, changeait et nettoyait les piqués, récitait des prières, la couchait. Elle se comportait avec la malade comme avec un nourrisson. Elle annonçait d'une voix tendre et maternelle ce qu'elle s'apprêtait à faire, comme pour la prévenir ou ne pas la surprendre. Sauf que le sourire n'était plus au rendez-vous.

Annie passait son temps à penser à ceux qui lui manquaient et qui auraient pu la combler de bonheur. Trois hommes avaient marqué sa vie de façon positive : son père Tomas, le jésuite William Judge et Nicolas. Zénon Dubois était toutefois venu lui ravir sa réputation, sa confiance en elle et une partie de ses espoirs.

— Nos hommes sont partis, dit Claire en caressant les perles du collier que lui avait donné son fiancé.

— Joseph, lui, va revenir.

« Si son voyage se déroule comme prévu », eut envie de répondre la jeune chanteuse. Elle aussi ressassait ses malheurs : l'accident de sa mère, le départ de son amoureux, l'incertitude de son retour. L'hiver engourdissait les corps et semait la nostalgie dans les esprits. Claire éprouvait le besoin de s'étourdir un peu afin d'oublier. Elle détestait les eaux calmes et stagnantes.

—Au printemps, tu iras rejoindre Nicolas chez lui.

Annie trouva l'idée séduisante, pourvu que les Dubois le laissent en paix. Claire se leva et mit de l'eau à bouillir.

—J'en ai assez de Grand Forks, ajouta-t-elle. Je ne me sens pas chez moi, ici.

Les dames Lambert et Annie habitaient dans la loge aménagée près de la cuisine du *roadhouse* de Belinda Mulroney. Claire chantait régulièrement pour les Canadiens français qui travaillaient sur les concessions, mais elle ressentait l'urgent besoin de relever un nouveau défi. Il lui semblait que plus celui-ci serait grand et difficile, plus il la tirerait de ses pensées moroses. Elle se disait aussi que son projet risquerait de produire le même effet bénéfique sur Annie.

—Où veux-tu aller?

—Mais chez moi!

—À Québec?

Claire secoua la tête et lui offrit un sourire en coin. Son amie sut alors qu'elle mijotait quelque chose.

—Tu oublies le ruisseau Hunker.

—Que veux-tu faire là-bas?

—Découvrir l'or qui nous appartient et qui n'attend que nous!

Annie la dévisagea d'un air incrédule. Elle tenta de discerner dans la physionomie de son interlocutrice des indices de taquinerie. Elle dut se rendre à l'évidence: Claire Lambert était sérieuse.

—Je te dis que tu changes souvent d'idée, toi!

La belle bourgeoise acquiesça sans éprouver la moindre honte. Sa mère l'avait traînée de force à Vancouver puis à Skaguay alors qu'elle ne voulait rien savoir du Klondike. Après l'accident de la femme, Claire avait néanmoins décidé de tenter sa chance à Dawson City pour cueillir l'or dans la main de ceux qui paieraient pour assister à ses spectacles. Maintenant, elle se disait prête à devenir prospectrice et à salir l'ourlet de ses robes... Dire qu'il n'y avait pas si longtemps encore, elle prétendait que transpirer n'était pas digne d'une jeune femme de la bonne société!

—La vie change, plaida Claire. Il faut s'adapter.

—Tu comptes descendre dans les mines? insista Annie, sceptique.

—Pourquoi pas? Si on veut laver de l'or cet été, il faut dégager du gravier!

La petite orpheline baissa la tête. Cet été... Cela lui paraissait si loin, si improbable! Elle, elle ne serait plus là. À moins que Joseph rentre avec de mauvaises nouvelles. Ou que l'Indien ne revienne pas du tout. Alors les deux adolescentes comprendraient que les Dubois avaient gagné leur pari. Cet été... Elle entamerait aussi le dernier trimestre de sa grossesse.

Claire devina le trouble de sa dame de compagnie. Elle s'approcha et lui tapota le bras.

—Ne t'en fais pas, Annie. Tout va bien aller. Tu verras.

—Comment peux-tu être sûre qu'il ne va pas se passer quelque chose de plus grave encore?

La jeune chanteuse haussa les épaules. Elle n'en savait rien.

À cet instant précis, Claire souhaitait seulement lâcher prise sur ce qu'elle ne pouvait maîtriser. Elle voulait vivre en dépit des revers et des incertitudes. Elle espérait qu'Annie l'accompagne.

—On ne peut jamais tout prévoir. Et quand on croit y parvenir, le destin se charge de nous surprendre. C'est un acte de foi, mon amie. Rien de moins.

«Qui exige du courage», songea encore Claire sans le dire à haute voix. «Qui suppose de la témérité», faillit répliquer Annie.

En fait, cela demandait un savant dosage des deux. Dans quelles proportions? Les adolescentes ne l'apprendraient qu'une fois au cœur de l'action.

Alice Aubry se berçait en silence dans la grande cuisine. Les bras croisés sur sa poitrine souffrante, elle regardait le vide et sa tristesse ne faisait que s'accroître.

Un an déjà… Elle se souvenait encore des sentiments qui l'avaient habitée au moment du départ de son fils Nicolas pour Trois-Rivières. Une petite voix en elle lui avait soufflé qu'elle ne le reverrait peut-être jamais. Elle en voulait à François-Xavier Aubry, ce cousin éloigné, disparu des décennies plus tôt, qui insufflait néanmoins à son mari et à ses fils le goût de l'aventure et de l'imprudence. C'était lui le grand responsable de leurs déboires familiaux. Alice ne manquait jamais une occasion de l'accuser des maux qui l'accablaient.

Nicolas reviendrait-il avant que son cœur ne lâche? Telle était la question qui tourmentait son esprit. Au printemps, avait-il promis dans le télégramme destiné à la maîtresse de pension de Montréal. Alice tiendrait-elle jusque-là? Et puis, il y avait la fameuse lettre de la Police montée du Nord-Ouest… pleine de mots douloureux.

La femme connaissait l'existence des deux missives, même si sa famille ne lui en avait jamais parlé. Elle les avait trouvées et lues à l'insu de Pierre, qui les tenait cachées dans sa chambre. À son tour, elle n'en avait soufflé mot. Elle n'avait rien reproché non plus à ceux qui agissaient dans le but de ménager son cœur.

«Pas de nouvelles, bonnes nouvelles», prétendait Pierre sans s'imaginer qu'elle savait la vérité depuis longtemps. Alice lui décochait alors un regard sombre. Chaque fois que son fils tentait de remonter le moral des Aubry, elle sentait sa poitrine se comprimer. Et elle se berçait avec plus de vigueur.

—Arrête, Alice, l'implorait Émile, son époux. Ce n'est pas bon pour toi…

—Je me demande ce que Nicolas dira quand il reviendra parmi nous. Avec le retour de ses frères, il n'y a plus de place pour lui.

Émile avait consenti à léguer la ferme à Antoine. Il avait mis de côté leurs disputes et le fait que son fils aîné ait d'abord voulu tenter sa chance à Trois-Rivières. Oui, il lui avait pardonné son départ fracassant et ses ambitions différentes des siennes.

—Ce n'est quand même pas juste, martela-t-elle. Après ce que Nicolas aura fait pour te plaire.

Les mots résonnèrent longtemps aux oreilles de l'homme. Pour lui plaire, vraiment ? À bien y penser, en poussant Nicolas à venger l'honneur des Aubry, il voulait s'assurer de son dévouement. Savoir si le garçon était digne de la ferme. Avoir la certitude qu'il pouvait au moins compter sur l'un de ses fils. Jamais Émile n'avait cru que les choses iraient si loin. Depuis qu'il s'était réconcilié avec Antoine, il se sentait déchiré.

—Ne tourne pas le couteau dans la plaie, veux-tu ?

—Tu joues à la girouette, Émile. Antoine a levé le nez sur notre héritage et Pierre l'a imité. Tu aurais dû attendre Nicolas pour prendre ta décision. Tu ne peux pas promettre quelque chose que tu as déjà donné.

Son épouse avait une fois de plus raison. Émile s'emballait toujours trop vite. Dans la colère comme dans le pardon.

Les deux derniers membres du clan Dubois poursuivaient leur chasse à l'homme. Ils partaient tôt le matin et s'arrêtaient au crépuscule. Ils parcouraient la plus grande distance possible. Et ils se rapprochaient de leur proie.

— Il faudra être plus prudent à partir de maintenant, suggéra Gustave.

— Pourquoi ça ?

— Il ne doit pas s'enfuir avec les chiens, affirma encore l'aîné. Une course en traîneau, sur la glace, ça pourrait être périlleux. Il faut le surprendre dans son abri à la nuit tombée. Ou au petit matin.

Zénon médita la proposition de son frère et approuva d'un signe de tête. Puis ses traits s'assombrirent.

— Et ses chiens ?

— On va établir notre camp à une couple de milles. On va s'amener en douce et tirer sur les bêtes.

— Ils ont sûrement des carabines, eux aussi.

— Ouais, je sais, reconnut Gustave. Il faudra agir vite. Quand les chiens seront hors d'état de nuire, on attrapera notre morveux.

— Et l'Indien ?

— On ne laissera pas de témoins derrière nous.

Zénon acquiesça même si plusieurs points du plan restaient nébuleux. Il savait d'expérience qu'ils seraient éclaircis en temps opportun, dans le feu de l'action.

Il croqua de plus belle dans la chair du husky qu'il avait battu à mort. Au départ, il avait fait la fine bouche, mais la viande se révélait mangeable. Ce n'était pas pire que de manger du cheval, du bœuf ou du cochon, avait-il finalement prétendu pour convaincre son frère de l'imiter ; Gustave affichait toutefois quelques scrupules.

Zénon mangeait avec appétit, comme s'il plantait les dents dans son propre ennemi. Il déchirait la viande avec rage, en grognant presque.

Son aîné l'épiait du coin de l'œil. Il enviait son apparent détachement. Il avait l'impression parfois que le trousseur de jupons ne craignait rien, qu'il se croyait invulnérable. Gustave, lui, ne pensait qu'aux éventuelles complications. Plus les jours passaient, plus il doutait de lui et du destin. Et si un autre Dubois tombait au combat ?

Il pouvait stopper la curée. Il suffisait de rebrousser chemin. Mais Zénon s'entêterait à venger ses trois frères. Gustave ne se résignait pas à l'abandonner à son propre sort.

Le sang qui coulait dans leurs veines était le même et il exigeait réparation. Les lois de la filiation parlaient trop fort pour qu'il les ignore.

5

Les colonnes de fumée

Nicolas ne tenait plus en place. Joseph et lui s'étaient assez attardés sur les lieux de leur accident. Pourtant, même en repartant dans la prochaine heure, les chiens blessés ralentiraient leur progression. Qu'ils restent là ou qu'ils poursuivent leur voyage, ils s'exposaient donc à la même menace.

Joseph, lui, trépignait d'impatience pour une autre raison. Il ne croyait pas que les Dubois les pourchassaient. Il avait hâte de revenir à Grand Forks et de revoir sa belle Claire afin de respecter sa promesse. Dans sa tête, il cherchait la meilleure formulation pour la demander en mariage. Choisirait-il une tournure poétique ou des mots simples ? Qu'est-ce qui plairait le plus à son amoureuse ? Il dut s'avouer une chose : malgré la passion dévorante qu'il entretenait à son égard, il connaissait fort peu Claire Lambert. Certes, elle avait semblé aimer le collier de perles, objet d'art traditionnel de son peuple, qu'il lui avait offert quand ils s'étaient séparés. La meilleure option était sûrement de rester lui-même, conclut-il. Après tout, si ses origines amérindiennes lui avaient déplu, elle n'aurait jamais défié les mœurs des Blancs en se montrant à son bras.

Il se mit à siffloter joyeusement et vérifia les attelles des trois chiens de tête. Il solidifia les branches autour de leurs pattes blessées. Les bêtes exécutèrent quelques pas clopin-clopant. S'habituant à la rigidité imposée par les éclisses, leurs mouvements devinrent bientôt plus fluides. Encore une journée de repos et l'attelage pourrait tirer le traîneau. Presque comme si rien ne s'était produit.

Il se releva pour annoncer la bonne nouvelle à son compagnon d'aventures quand quelque chose attira son attention. Il resta de longues secondes à étudier le ciel vers le nord-ouest, d'où ils arrivaient. Nicolas remarqua son air soucieux et regarda à son tour dans la même direction. Il n'aperçut rien.

— Qu'y a-t-il ? s'informa-t-il, intrigué par le comportement de son ami.

Joseph ne bronchait pas, hypnotisé par ce qu'il avait vu et qui venait de disparaître. Avait-il rêvé ? Les inquiétudes et les suppositions de Nicolas avaient-elles fini par semer la peur en lui au point de lui faire imaginer des choses ? Jusqu'à présent, il avait surpris la colonne de fumée chaque fois qu'ils établissaient un bivouac pour la nuit. Mais ces traces volatiles se trouvaient toujours loin derrière. Ce jour-là, la distance qui les séparait lui parut moins grande.

— Bon sang ! s'impatienta Nicolas. Vas-tu te décider à parler ?

Le Malécite hésita. D'autres voyageurs circulaient sur la piste, quelque part dans leur dos. Qui étaient-ils ? Des prospecteurs riches ou déçus s'en retournant chez eux ? Des Indiens de la région qui rabattaient le gibier ? Ou… les deux frères Dubois ?

Son ami se planta devant lui et lui administra une taloche sur l'épaule.

—Alors ? insista-t-il.

—J'ai vu de la fumée, là-bas.

Nicolas scruta le ciel, au-dessus de la taïga. Il ne vit rien. Pourtant, son cœur cognait fort dans sa poitrine.

—Ce ne sont peut-être pas eux, avança Joseph.

Le ton de sa voix ne convainquit personne. Pas même lui.

—Eh bien ! s'exclama le banni. Je ne tiens pas à avoir une mauvaise surprise ! Il sera trop tard pour réagir.

Il se dépêcha d'éteindre le feu et de fixer la tente enroulée sur le traîneau. Yeux-d'Or l'observait en agitant la queue. Elle savait que l'heure du départ allait bientôt sonner.

—Ce n'est pas sage, jugea Joseph. Les chiens ne sont pas assez reposés.

—Que proposes-tu ?

—On pourrait s'enfoncer dans la forêt pour un jour ou deux. Et les laisser nous dépasser. Comme ça, on verrait de qui il s'agit.

Nicolas soupesa l'idée. Sur le point de donner son consentement, il se ravisa.

—Non. Si ce sont les Dubois, ils comprendront notre manœuvre. Eux aussi, ils doivent apercevoir la fumée de nos feux. Ça leur sert sûrement de guide. S'il n'y en a plus, ils s'arrêteront pour nous tendre un piège.

—Rien ne dit que ce sont eux, lui rappela Joseph.

—Je tiens trop à la vie pour courir le risque de le vérifier. Partons, je te dis.

L'Indien aussi aimait la vie. Il repensa à Claire. Le souvenir de son sourire l'encouragea à plier bagage. Il lui tardait de la retrouver.

Nicolas prépara l'attelage. Sans consulter son coéquipier, il modifia l'alignement de la meute. Il plaça les trois chiens blessés à l'arrière et attacha les cinq autres au milieu, réservant la place de tête à Yeux-d'Or. Les bêtes grognèrent pour protester contre le nouveau statut qu'il octroyait à la chienne-louve.

Lorsqu'il l'eut attachée, il s'agenouilla à ses côtés. Il lui caressa les oreilles. Yeux-d'Or réagit en fermant les yeux.

— Je te fais confiance, ma belle, murmura-t-il. Tu ne dois pas aller trop vite. Juste assez...

Il se surprit de ses paroles. Elles ressemblaient à s'y méprendre à celles que sa mère avait prononcées quand il avait quitté la ferme pour aller chercher son frère Antoine.

Il se releva, lui tapota le crâne et revint vers Joseph qui, d'un signe de tête, approuvait sa décision et lui cédait les manchons du traîneau. Nicolas les attrapa. Il jeta un coup d'œil par-dessus son épaule. Rien ne troublait la blancheur de la piste. Dès que Joseph s'assit à ses pieds, il secoua les rênes.

— Hush!

L'attelage se mit à glisser avec une certaine retenue. Le musher courut quelques minutes derrière, puis sauta sur l'étroit marchepied. Son poids provoqua une légère déviation qu'il ne tenta pas de corriger. Les chiens trottaient. Les trois blessés ne donnaient pas l'impression de trop souffrir. La vitesse était bonne, bien que fort réduite par rapport à celle des jours précédents. Si les Dubois s'entêtaient dans leur soif de vengeance, ils les talonneraient bientôt de très près. Quand les rejoindraient-ils? Au crépuscule ou le lendemain? Les deux voyageurs devaient se préparer à toute éventualité.

Comme s'il lisait dans ses pensées, Joseph saisit leur seule carabine, la chargea, puis plaça l'arme de chasse en travers sur ses cuisses, prêt à s'en servir. Nicolas, lui, songea au revolver de Théodule Dubois, caché dans la poche intérieure de son manteau.

À la tête de l'attelage, Yeux-d'Or filait la tête haute, sans jamais se retourner. Nicolas sourit malgré ses nombreuses préoccupations. Sa chienne-louve occupait enfin la place qu'elle convoitait depuis toujours.

Les deux traîneaux s'immobilisèrent. Les passagères mirent pied à terre tandis que les conducteurs déchargèrent leurs bagages et s'occupèrent du brancard sur lequel reposait Alexandrine Lambert. Claire demeura un instant interdite devant la rusticité de la cabane, mais elle repoussa ses appréhensions du revers de la main. Si d'autres se transformaient avec succès en chercheurs d'or, alors pourquoi pas elle ? S'apprêtant à avancer vers la porte de son nouveau logis, son regard fut attiré par la cheminée qui crachait d'épaisses volutes de fumée.

— Tu es certaine que c'est ici ? s'enquit-elle à Annie.

— Bien sûr. Pourquoi ?

La jeune fille releva la tête à son tour. Son front se plissa.

— Qu'est-ce que ça veut dire ?

Elles tendirent l'oreille. Aucun bruit ne provenait de la baraque. Et pourtant, quelqu'un avait alimenté le poêle… Cet inconnu était-il en train de dormir ? Qui lui avait permis de s'installer chez elles ?

Derrière les adolescentes, les maîtres de traîneau se préparaient à repartir. Elles voulurent leur demander de rester encore un peu afin d'inspecter pour elles la cabane, mais ils s'éloignaient déjà, désireux de regagner Grand Forks avant le crépuscule. Claire se reprocha de les avoir payés d'avance. Ce faisant, plus rien ne les retenait sur place.

— Hé ! Revenez ! cria la chanteuse, en vain.

Ils continuèrent de filer sans même l'entendre.

Annie poussa la porte avec appréhension, ignorant ce qui surgirait. La cabane était dans le même état que lorsqu'elle l'avait quittée, plusieurs jours auparavant, quand Zénon et Gustave Dubois l'avaient enlevée de force. Il n'y avait personne et les deux lits étaient vides. Tout était bien rangé et nettoyé. La chaleur baigna son visage rougi par l'air glacial. Un fumet de haricots embaumait les lieux. De fait, une marmite mijotait sur le poêle, ce qui piqua davantage sa curiosité et aviva ses craintes.

—Vite! pressa-t-elle Claire. Il faut mettre ta mère au chaud et en faire autant pour nos affaires. On verra ensuite ce qui se passe ici...

Elles empoignèrent chaque bout du brancard et transportèrent, non sans difficulté, madame Lambert dans la cabane. Lorsqu'elles la hissèrent sur l'un des lits, les paupières de la femme apathique cillèrent à peine. Ensuite, Claire et Annie se dépêchèrent de mettre leur matériel et leurs provisions à l'abri.

Quand ce fut fait, l'orpheline ne retira pas ses vêtements. Elle retourna dehors et arpenta la concession.

—Je te trouve bien hardie, lui lança Claire depuis le seuil de la baraque.

Annie marcha en direction d'un des puits. Elle le trouva recouvert de madriers enneigés. Une énorme roche reposait dessus et en bloquait l'accès. Elle bifurqua aussitôt vers une autre mine, celle où Nicolas et Joseph avaient l'habitude de travailler en équipe. Là, la grosse roche se trouvait à côté du puits. Les planches débarrassées de la neige avaient été mal replacées. Elle déglutit, prit une grande inspiration pour se donner du courage et avança. Elle s'appuya contre le garde-corps et se pencha au-dessus du trou.

Une faible lueur provenait de la galerie souterraine et inondait le puits. Des coups de pic lui parvenaient.

Elle sentit presque son cœur s'arrêter. Il y avait bel et bien quelqu'un !

— Sortez de là ! Vous m'entendez ?

Les coups s'arrêtèrent un instant pour reprendre de plus belle. Elle rebroussa chemin et se réfugia dans la cabane.

— Qu'est-ce que tu as vu ? voulut savoir son amie.

Annie sortit d'une malle une carabine que Claire et elle avaient achetée avant de quitter Grand Forks. Elle s'assit sur une chaise et pointa le long canon de l'arme en direction de la porte. Son attitude énergique et volontaire tétanisa Claire.

— Il ne peut quand même pas passer la nuit dans ce trou, marmonna Annie. Et il voudra manger ses satanés haricots…

La belle chanteuse sortit de sa léthargie quand un bruit de planches qui s'entrechoquent retint son attention. Annie rajusta sa cible en plissant l'œil.

Dehors, quelqu'un vidait sur le sol des seaux de gravier dégagé, puis refermait le puits à l'aide des madriers. Des pas résonnèrent ensuite en s'amplifiant.

— Dieu du ciel ! souffla Claire qui cherchait des yeux un endroit où se camoufler. Qu'allons-nous devenir ?

La porte s'ouvrit à la volée. À la manière d'un ours, un homme vêtu de son lourd manteau de fourrure s'immobilisa, stupéfait de découvrir là trois femmes, dont une qui braquait une carabine sur lui. Il retira son bonnet et sourit.

— Bonjour, mesdames, dit-il à l'intention d'Annie et d'Alexandrine Lambert ; puis, se tournant vers Claire : Mademoiselle…

Celle-ci cligna des yeux pour faire fuir cette soudaine et désagréable apparition.

— Desmet ! articula-t-elle sans y croire. Vous, ici !

Un fantôme jaillissait de son passé. Un fiancé évincé qui revenait sans crier gare dans sa vie. Pire, un bandit qui avait voulu détrousser les Lambert pour éponger ses dettes de jeu. Un voyou dont les agissements avaient mené à l'agression de sa mère qui se trouvait depuis dans un état végétatif.

Annie abaissa son arme en reconnaissant à son tour Jacques Desmet qu'elle avait croisé à quelques reprises alors que ses amis et elle voyageaient à bord du *SS Pacifica*.

— Que venez-vous faire ici ? demanda-t-elle sans toutefois lâcher la carabine.

— J'ai voulu prendre la mesure de mon association et veiller à mes intérêts, leur apprit-il.

Claire et Annie échangèrent un regard. Desmet se départit de son manteau pour le suspendre à une patère.

— Comme il n'y avait personne, ajouta-t-il, j'ai décidé de mettre la main à la pâte.

— Vous devez vous tromper de *claim*, monsieur, supposa Annie, un brin suspicieuse.

— Que nenni, madame Aubry. Je suis ici chez moi.

— Que nous racontez-vous là, Desmet ? s'insurgea son ancienne fiancée. C'est impossible, voyons !

Le sourire de Jacques Desmet se fit plus discret. Il lui donna presque l'impression d'éprouver de la culpabilité ou de la prendre en pitié. Il tira alors de la poche de sa chemise un bout de papier qu'il tenait scrupuleusement sur lui, le jour comme la nuit. Il le déplia et le lui tendit.

— Lisez vous-même.

Elle lui arracha le billet des mains et le lut.

— Je suis désolé, Claire, de vous bouleverser autant. Je sais que ce n'est pas ce à quoi vous vous attendiez.

Elle releva la tête vers lui. Des larmes sillonnaient ses joues. Annie prit connaissance de l'entente que

Desmet avait conclue avec Joseph Paul, alors que ce dernier se préparait à quitter Skaguay, presque un an plus tôt.

Afin de l'éloigner de Claire, l'homme avait consenti à fournir à l'Indien la tonne de provisions et de matériel de prospection et de campement qui lui manquait pour entreprendre l'ascension du col Blanc. En échange, Desmet avait exigé vingt-cinq pour cent de l'or que le garçon trouverait. Pis encore, il avait aussi payé pour l'expédition de Nicolas, aux mêmes conditions. Comme Desmet avait appris que c'étaient Annie et son père qui avaient profité des fournitures, le filou était aussi en droit d'amputer la part de la jeune immigrante polonaise. Grâce à ce bout de papier, il pouvait ainsi réclamer dix pour cent des recettes totales de la concession. Il devenait une sorte d'associé.

— N'y voyez pas de mauvaise foi de notre part, monsieur Desmet, si nous exigeons de comparer la signature de Joseph qui figure sur votre document avec celle du certificat d'exploitation de la concession, dit Annie aussi calmement qu'elle put.

— J'allais justement vous le proposer, madame Aubry.

Sans compagnon de route à ses côtés, il ne pouvait s'en remettre à personne. Il devait s'occuper de tout : conduire le traîneau, chasser, dresser le campement, nourrir la meute… Son expédition l'épuisait. Il tentait d'avancer vite, car il se savait à proximité des Dubois. Il redoutait cependant les accidents qui risquaient de provoquer le retour en arrière de ses deux ennemis. Et s'ils abandonnaient la course pour rentrer à Dawson City ? Et s'ils le coinçaient dans un guet-apens ? À deux contre un, aurait-il une chance de s'en tirer ?

Décidé à continuer, Michel Cardinal convint de quitter la piste formée par les eaux gelées du fleuve et de s'enfoncer dans la forêt, sans pour autant s'éloigner de la rive du Yukon. Car il tenait à garder un œil sur les déplacements des frères Dubois. Il aspirait ainsi à les coincer et à les éliminer.

Alors il pénétra dans la taïga. Les chiens et le traîneau louvoyèrent avec difficulté entre les épinettes et les bouleaux. La progression s'effectuait lentement, pleine d'obstacles et de cahots. Tout allait de guingois. Les bêtes peinaient à mettre une patte devant l'autre. Elles s'enlisaient, puis bondissaient pour s'échapper de la neige qui les avalait. Elles retombaient à peine un pied plus loin.

—Allez! criait Cardinal avec furie. Avancez, bande de fainéants!

Son fouet de cuir tressé claquait dans les airs et mordait le dos des chiens. La lanière trancha net l'oreille d'un husky. L'extrémité de l'organe vola dans les airs et disparut dans le feuillage d'une épinette. Des gouttes de sang maculaient la neige et marquaient la trajectoire de l'appendice.

Malgré le couinement strident du chien, la meute redoubla d'ardeur, en vain. L'attelage n'avançait plus que par à-coups, déstabilisant le musher qui tomba. Le toboggan délesté de ce poids, les chiens l'extirpèrent enfin de la cuve qu'il avait creusée. Il glissa sur une courte distance avant de stopper presque aussitôt contre un mur de conifères tassés les uns sur les autres.

Michel Cardinal lâcha une série de jurons en rejoignant le traîneau. Les chiens baissèrent la tête, la truffe couverte de neige, dans l'attente de la sanction. L'homme les regarda d'un air terrible, la main serrant le manche du fouet. La lanière claqua de plus belle. À plusieurs reprises.

Il n'avait pas pris la bonne décision. Ce n'est pas ainsi qu'il parviendrait à rattraper ce qui restait du clan Dubois, encore moins à le devancer. Il ne les prendrait pas au piège. Il devait se contenter de les suivre. Et de revenir sur la piste. Il pesta. Il venait de perdre un temps fou.

Comme la nuit allait bientôt tout envelopper, il dressa son campement dans la forêt. Le lendemain, un peu avant l'aube, il revint avec le traîneau et les chiens vers la piste.

Finalement, sa mésaventure avait eu du bon. Il semblait encore plus proche de la colonne de fumée que la veille…

6

Les face-à-face

Droit devant. Toujours. Sans répit ou presque. Pousser plus loin, plus vite. Faire fi du vent, du froid, des dangers.

River le regard sur le bout de la piste. Contourner chaque méandre du fleuve dans l'espoir de voir surgir l'ennemi et de le rattraper.

Tenir bon. Ne pas douter. Venger l'honneur…

Ce jour-là, désireux de gagner du temps et de réduire l'écart qui les séparait d'Aubry et de l'Indien, ils décidèrent de ne pas s'arrêter pour dîner.

Le traîneau des Dubois fonçait, porté par le vent. La glace crissait, coupait parfois les coussinets sous les pattes des chiens. Le fouet résonnait sèchement à leurs oreilles. Gustave et Zénon avaient enclenché une chevauchée qu'ils tenaient à gagner. Une course à finir pour retrouver leur ennemi juré. Ils le tueraient et exhiberaient sa tête à la manière d'un trophée de chasse. Quand cela adviendrait-il ? Ils en rêvaient les yeux ouverts !

Soudain, Zénon se redressa, déstabilisant la traîne sauvage au point de pratiquement la renverser. Debout derrière lui, Gustave tira sur les rênes et l'attelage décéléra, puis s'immobilisa.

— Jupiter ! Veux-tu bien me dire ce qui te prend ?

Zénon rabaissa sa capuche de fourrure et regarda loin devant, le visage exposé à la morsure de l'hiver.

— Là ! dit-il en pointant son index devant lui.

Son frère aîné suivit son geste. Un point noir se détacha alors du paysage immaculé pour ensuite s'évanouir.

— Tu crois que ce sont eux ?

— Il n'y a qu'une façon de s'en assurer.

Ils profitèrent de cet arrêt pour s'armer de leur fusil de chasse avant de repartir aussitôt. Gustave, toujours aux commandes de l'attelage, imposa à la meute une allure plus rapide. Après quelques minutes seulement, il repéra la tache sombre qui, comme une mouche sur un drap blanc, grossissait à vue d'œil. « Ils ne vont pas vite, évalua l'aîné des deux frères. Se croient-ils seuls au monde ? Comme ils se trompent ! » pensa le musher, la rage au ventre. La surprise serait grande et le combat, fatal.

Plus les minutes s'égrenaient, plus les Dubois retranchaient une à une les poussières de mille qui les séparaient de l'autre traîneau. Le bruit du vent et de la glisse s'amplifiait au rythme des battements de leur cœur. Rien ne comptait sinon atteindre l'ennemi. Ils l'avaient dans leur mire et ne dévieraient plus de leur objectif. Les chiens fendaient l'air, la langue à terre, obéissant aux cris d'encouragement de Gustave et à ses coups de fouet.

Ils se rapprochaient. Ils les talonnaient. Le chien de tête cavalait maintenant à quelques pieds de l'autre musher, quand celui-ci tourna brièvement la tête vers l'arrière.

Ahuri, Nicolas faillit perdre l'équilibre et se maintint de justesse aux manchons. Il tourna encore la tête par-derrière. Zénon Dubois, assis sur son matériel de campement, le tenait en joue !

— Ils sont là, Jos! hurla le garçon dans le vent. Ils sont là !

Il pria le ciel pour qu'on ne lui tire pas dans le dos. Alors, oubliant les blessures de trois des chiens de la meute, il saisit son fouet et s'en servit pour la première fois. Yeux-d'Or bondit aussitôt pour imposer sa propre cadence.

Claire n'avait pas dormi de la nuit. La rage qui l'habitait était telle qu'elle n'avait pas réussi à la tempérer, encore moins à la faire taire. Elle partageait son lit non seulement avec sa mère, mais aussi avec Annie. Pire, les ronflements de Jacques Desmet l'horripilaient. Dormait-il donc pour de vrai, ce vaurien? Ou s'obstinait-il à la tourmenter?

À l'aube, elle se leva la première. Elle lorgna du côté de ce colocataire inattendu. L'homme respirait plus calmement, la bouche fermée, la chevelure défaite et grasse, la pointe de la moustache retroussée par l'oreiller. Sa main droite s'échappait des fourrures et retombait mollement dans le vide. Elle était couverte d'ampoules séchées et des saletés se logeaient sous ses ongles mal coupés. Perplexe, elle imaginait mal ce bourgeois précieux et filou en train de gratter le fond de la mine.

Lorsqu'il remua, l'adolescente se détourna en vitesse. Elle mit quelques bûches dans le poêle, puis prépara du café et du gruau mais ne disposa que trois couverts.

Annie se réveilla. Comme madame Lambert avait déjà les yeux ouverts, elle s'avança pour l'asseoir sur une chaise berçante.

— Attendez, madame Aubry, l'interpella Desmet qui sortait de son lit lui aussi. Je vais vous aider.

— Si vous devez rester avec nous, je préférerais que vous m'appeliez Annie…

L'homme ne sembla pas l'entendre. Il souleva Alexandrine Lambert dans ses bras avant de la placer sur la chaise.

— Si vous devez rester avec nous, ajouta Claire, d'une voix pleine d'amertume, je vous prierais de passer des vêtements convenables sitôt levé !

Sans un mot, l'homme enfila par-dessus sa combinaison d'hiver un épais pantalon de laine et une chemise de flanelle. Il s'affaira ensuite à réchauffer le reste de son souper de la veille. Il versa dans une gamelle une généreuse portion qu'il avala debout, planté près du poêle.

— Assoyez-vous, l'invita Annie qui tendait une cuiller de gruau vers madame Lambert.

Desmet ne broncha pas. Il ne vit rien du coup d'œil réprobateur que décocha Claire à sa compagne, mais le devina aisément.

— Dès le retour du printemps, je me construirai une cabane, annonça-t-il entre deux bouchées. En attendant…

— Il nous tarde que la neige fonde ! s'écria son ancienne fiancée qui espérait le voir déguerpir bien avant.

— En attendant, reprit-il sans relever la dernière remarque, je vais voir si je ne trouve pas de quoi fabriquer un paravent.

Annie allait le remercier quand son associée la fustigea d'un autre regard sombre.

Jacques Desmet termina son repas. Il lava son écuelle et sa cuiller de bois, puis les rangea sur l'étagère au-dessus de son lit. Il attrapa son manteau et son bonnet. Une fois la main sur la clenche de la porte, il les salua d'un signe discret de la tête.

À peine eut-il refermé que Claire se précipita à la fenêtre pour épier ses faits et gestes. Elle le vit s'éloigner en direction du puits où il travaillait. Il ôta les madriers recouvrant l'ouverture, enjamba le garde-corps et glissa dans le trou. Avant de disparaître complètement dans la mine, il rabattit une bâche au-dessus de lui.

—Il a changé, souffla la jeune fille.

Elle ne le reconnaissait pas. Jacques Desmet ne ressemblait plus à l'homme maniéré et capricieux à qui sa mère l'avait promise. Fils de riches commerçants dans sa Wallonie natale, il n'avait jamais travaillé de sa vie. Grâce à l'héritage de sa mère, il était venu s'installer à Saint-Boniface dans le but d'acheter des terres et d'exploiter des fermes laitières, des crémeries et des fromageries. Il avait engagé de nombreux ouvriers, avocats et comptables pour s'occuper de ses affaires à sa place et les faire fructifier. Quand il s'était rendu en voyage à Québec pour visiter un cousin jésuite, le religieux l'avait présenté à Alexandrine Lambert. Tout de suite, elle avait vu en lui un bon parti pour sa fille. Ce que la femme ignorait, c'est qu'à cause de son train de vie princier, il avait dilapidé presque la totalité de ses avoirs et se trouvait au bord de la banqueroute. Il s'était d'ailleurs retenu de le lui dire, projetant de mettre la main en toute légalité sur les richesses de la Canadienne française. Au même moment, la ruée vers l'or du Klondike battait son plein et il y avait vu une excellente façon de regarnir ses poches sans fournir trop d'efforts.

Claire l'avait toujours connu en costume impeccable et de coupe parfaite. Bien rasé et la moustache huilée, il dégageait un subtil parfum de musc. Il était beau et séduisant, même si elle ne se l'était jamais avoué. Or, celui qui venait de quitter la cabane du ruisseau Hunker empestait la transpiration, ne prenait plus soin de sa barbe et portait des vêtements élimés. Pour ajouter à ce portrait peu flatteur, il ronflait et mangeait en sapant.

— On dirait qu'il n'a plus d'amour-propre ! jugea-t-elle.

Elle ne comprenait pas. Son ancien fiancé aurait dû se réjouir de se venger ainsi d'elle en lui imposant sa présence. Mais il avait perdu son arrogance. Il était plein d'humilité et d'égards à leur endroit. Il courbait l'échine. Il s'abaissait à travailler !

— Ne m'as-tu pas déjà dit qu'il avait tout perdu au jeu ? s'informa Annie. La misère transforme parfois les hommes. Et puis, ne l'as-tu pas humilié, à Skaguay ?

« N'empêche ! » se dit Claire. Changer à ce point lui paraissait improbable. Pour ne pas dire impossible. L'apparence était une chose, mais les principes et les valeurs d'un homme pouvaient-ils se métamorphoser ainsi ?

Dany remit l'écharpe sur son nez. Elle paya le bois de chauffage, puis se chargea de remplir la brouette qu'on lui avait prêtée. Elle attrapa les poignées, poussa fort, le corps plié en deux, et se déplaça dans les sentiers de neige tapée qui sillonnaient la ville. Le petit véhicule tanguait souvent sur son unique roue et finit par se renverser sur le côté. Le chargement roula devant un passant qui se pencha pour récupérer deux billes.

— Merci, m'sieur ! dit-elle en tendant les bras.

— Pas de quoi, ma belle…

Contre toute attente, Dany découvrit le visage patibulaire de Guido Gianpetri. Elle ouvrit la bouche, chercha son air, mais rien ne passait. Elle recula d'un pas alors que l'employé de son père arborait un sourire indéchiffrable.

—Tu sembles surprise de me voir, Daniella.

—Vous… vous trompez de… personne, bredouilla-t-elle d'une voix à peine audible. Je suis un…

—Tu croyais que je ne te reconnaîtrais pas avec ton accoutrement?

Dany déglutit, le regard rivé sur son ennemi. Qu'allait faire l'homme de main? Que devait-elle tenter? La voyait-il pour la première fois ou avait-il pris le temps de l'épier avant de l'aborder? Était-il au courant pour Betty?

—C'est ton père qui va être content de te revoir, ajouta-t-il sans toutefois manifester la moindre intention de passer à l'attaque.

Il ne bronchait pas, tenant toujours dans ses bras les bûches de bois et se contentant de la fixer. Une idée lui traversa alors l'esprit. L'adolescente pesait combien? Cent dix livres au maximum? L'or valait seize dollars l'once… S'il exigeait en guise de récompense qu'on convertisse le poids de Daniella en or, la transaction lui rapporterait environ… vingt-huit mille dollars! C'était une jolie somme. Le père de Daniella consentirait-il à négocier la récompense promise à la hausse? Le paternel avait les moyens, jugea le bandit.

—Tu lui manques beaucoup, tu sais. Tu es sa seule fille.

—Je n'y retournerai pas! protesta la fugueuse qui se mettait ainsi à découvert. Pas de mon vivant!

Elle prit ses jambes à son cou et s'enfuit. Guido Gianpetri ne remua même pas le petit doigt.

—Cours tant que tu veux! se moqua-t-il dans son dos; puis, à part: Tu n'iras pas loin de toute manière…

Quand la silhouette de Daniella disparut à l'intersection de la première rue, il remit les bûches dans la brouette. Il poussa le petit véhicule et s'en alla comme si de rien n'était, décidant de garder pour lui le bois de chauffage.

Le traîneau prit soudain une allure si effrénée que Joseph se retourna vers Nicolas. Derrière son compagnon paniqué, il aperçut un toboggan qui tentait de les rejoindre. Un coup de feu déchira l'air. Le Malécite se redressa pour pointer sa carabine en direction de leurs poursuivants. Mais les patins du véhicule heurtèrent un amoncellement de glace qui le déporta de sa trajectoire initiale. Le garçon retomba sur l'équipement de campement et les provisions. Le haut de son corps bascula dans le vide et, pour se retenir à une des cordes qui stabilisaient le matériel, il dût lâcher son arme. Celle-ci virevolta un instant sur la glace avant de s'immobiliser. Il la regarda s'éloigner de lui avec impuissance, le visage effleurant la piste qui défilait à une vitesse prodigieuse. Il se releva alors qu'une seconde détonation éclatait.

— Hush ! Hush ! commanda Nicolas en désespoir de cause.

La douleur des trois chiens blessés eut raison de leur volonté. Leurs pattes flanchèrent. Les bêtes s'effondrèrent, incapables de reprendre pied au cœur du tumulte. Le reste de la meute n'eut d'autre choix que de ralentir. Le traîneau des Dubois parvint à leur hauteur, sur la gauche. Zénon les menaçait de sa carabine. Joseph n'avait d'yeux que pour le canon pointé sur lui. Gustave amorça un léger resserrement sur la droite. Les deux meutes couraient côte à côte. Son chien de tête tenta de se faufiler devant Yeux-d'Or. La chienne-louve jeta un œil par-derrière, en quête des ordres de son maître.

— Ne te laisse pas faire ! hurla celui-ci, la voix brisée.

Elle permit au malamute noir de la dépasser… mais c'était pour mieux lui planter ses crocs dans l'épaule. L'animal hurla, voulut se soustraire à la prise ; Yeux-d'Or referma davantage l'étau de ses mâchoires. Le sang gicla, inonda sa gueule. Il se déversa sur la piste. Le malamute voulut à son tour la mordre, en vain. Alors le bout du fouet de Gustave Dubois se fraya un chemin dans la fourrure de Yeux-d'Or et lui lacéra la chair.

— Lâche-le, salope !

Les deux attelages décéléraient. Nicolas décida d'abandonner les rênes de son traîneau et de sauter au sol. Il atterrit sur un pied, mit une main à terre pour éviter de tomber, puis regagna la rive en courant. Il enjamba les congères qui s'y trouvaient et s'enfonça dans la forêt. Il ne se retourna pas. Il savait qu'on le suivrait.

Il choisit une large épinette sous les branches de laquelle il s'assit. Il ouvrit les pans de son manteau et sortit le Colt en nickel ouvragé qui avait appartenu à Théodule Dubois. Le temps était venu de s'en servir pour tuer celui qui ne tarderait pas à se présenter, de même que l'autre qui viendrait à sa rescousse. Il devait anéantir les survivants du clan maudit. Il ferma le poing autour de la crosse d'ivoire et attendit, aux abois. Son cœur battait la chamade, sa respiration gonflait sa poitrine aux deux secondes, son regard nerveux balayait les alentours.

Zénon surgit au-dessus de la neige, tel un ours qui charge, tenant sa carabine à deux mains. Nicolas brandit l'arme devant lui, visa et tira. Le coup de feu se répercuta longtemps dans la forêt, mais son ennemi fonçait toujours vers lui ! Le garçon rajusta sa cible. Cette fois, le Colt n'obéit plus. Il avait beau appuyer sur la gâchette, rien ne se produisait. L'arme s'était enrayée !

Nicolas se débarrassa du revolver. Il se retourna sur les genoux pour reprendre sa fuite quand un choc terrible lui broya les os du dos. Le souffle coupé, il s'affala, face dans la neige. Une main l'agrippa par le manteau et le décolla du sol pour le propulser dans les conifères. Il en perdit son chapeau. Les aiguilles des branches lui scarifièrent les joues et le front. Il glissa aux pieds de son ennemi qui l'empoigna de plus belle.

—Je me souviens d'avoir juré que tu passerais un mauvais quart d'heure, toi ! postillonna Zénon comme il le maintenait devant son visage. Et je ne manque jamais à ma parole !

Le bandit lui asséna un puissant coup de poing qui lui pulvérisa le nez. Nicolas vacilla. Une constellation de points lumineux perça les ténèbres qui l'enveloppaient. Il se sentit en suspens, entre ciel et terre. Puis une pluie de coups le moulina de part en part. Il titubait, se retenait à un arbre, ne voyant plus rien, ne sentant que le froid qui s'infiltrait par son manteau ouvert, encaissant la violence sans borne de Zénon Dubois.

—Arrête un peu, fit une voix. Tu vas le tuer.

Celui qui avait pris de force l'innocence d'Annie Kaminski suspendit son élan.

—Ne me dis pas, Gus, que tu…

—Il va crever, promit l'autre. Mais pas comme ça.

Zénon reporta son attention sur sa victime. Déjà, l'œil gauche de Nicolas était si boursouflé qu'il s'ouvrait à peine. Son nez pissait le sang. Le p'tit gars de Maskinongé respirait avec difficulté. Sa tête dodelinait. Son esprit et ses forces l'abandonnaient. Zénon le relâcha et il s'écroula d'un bloc à ses pieds.

—Regarde ce que j'ai trouvé, dit encore Gustave.

Son frère avisa le revolver dans la main de son aîné.

—Le Colt de Théo… Tu vas t'en servir pour l'achever ?

—Peut-être…

— Et le Sauvage ? se rappela Zénon. Qu'est-ce que tu en as fait ?

— Il nous attend près des traîneaux.

Les deux hommes soulevèrent le corps, qu'on aurait dit de coton, de Nicolas qui n'opposait aucune résistance. Il se contentait de respirer par à-coups. Ils le saisirent par les coudes et le traînèrent sans ménagement dans la neige, jusque sur la piste, où les chiens aboyaient à tue-tête. En le voyant, Yeux-d'Or tenta un bond en avant, mais Gustave avait immobilisé l'attelage grâce à des piquets enfoncés dans la glace.

— Nick ! s'exclama Joseph, ligoté au traîneau. Ça va ?

La tête de Nicolas remua à peine. Quand les Dubois le jetèrent par terre, ses lèvres ne s'entrouvrirent même pas pour émettre un son.

Leur sort semblait jeté pour de bon, sans possibilité d'appel, se dit le Malécite. Restait à savoir de quelle façon ils quitteraient ce monde. Vite ou à petit feu ? Avec honneur ou comme des lâches ?

— Le crépuscule va bientôt nous tomber dessus, annonça Gustave. Dépêchons-nous de monter le camp avant qu'on n'y voie plus clair.

Les Dubois ne perdaient pas de vue les nécessités immédiates, celles qui assureraient leur survie. Ce qui laisserait peut-être à Joseph le temps d'échafauder un plan pour que Nicolas et lui puissent se tirer de ce très mauvais pas.

7

Le choix de Nicolas

UN BRUIT DE CASSEROLES le réveilla. Nicolas ouvrit un œil. Il était seul dans la tente. Joseph devait préparer le petit-déjeuner.

Il se redressa sur un coude. Tout son corps lui faisait mal. Il chercha dans ses souvenirs ce qui s'était passé après qu'il eut sauté en bas du traîneau. Il se rappelait sa course dans la forêt, il revoyait Zénon Dubois qui fondait sur lui. Après, il ne savait plus. Il avait beau chercher, son esprit s'emplissait seulement de ténèbres et d'éclairs fugaces. Il sourit néanmoins. Son compagnon avait dû le sauver puisqu'il était toujours en vie. Il lui tardait d'apprendre comment il s'y était pris pour se débarrasser des deux frères Dubois.

Le jour naissant colorait l'intérieur de la tente d'une douce teinte ambrée qui donnait un aspect irréel aux choses. S'il avait fait plus chaud, il aurait pu éprouver du bien-être. Il soupira d'aise. Enfin ! se dit-il. La vie le libérait de ses angoisses et d'un poids colossal. Sans l'ombre menaçante du clan Dubois, il pourrait rentrer chez lui sans trop de difficultés.

Il s'assit, s'étira en bâillant avec force, et se mit à chantonner. La porte de la tente s'ouvrit brusquement et une boule de fourrure apparut. Lorsque la capuche glissa vers l'arrière, Nicolas reconnut les traits de Gustave Dubois.

— À ce que je vois, tu vas beaucoup mieux!

Le garçon bondit sur ses pieds, oubliant la douleur qui le traversait de toutes parts. Son ennemi éclata de rire.

— Jupiter! Garde tes forces pour tantôt, le jeune. Tu vas en avoir besoin.

Il laissa retomber le panneau de toile qui servait de porte et s'en alla. Nicolas l'entendit chuchoter, mais ne comprit pas un mot de ce qu'il disait.

Il avait sauté trop vite aux conclusions. La réalité le rattrapait, plus dure et implacable que jamais.

— Tu vas sortir de là, oui? s'impatienta Zénon.

Où se trouvait Joseph? Avait-il échappé aux Dubois ou ceux-ci l'avaient-ils tué? «Au fond, peu importe», songea-t-il, résigné au pire. Dans quelques instants, il risquait de connaître un sort aussi funeste. Les regrets et les peurs n'auraient alors plus de prise sur lui. Il se prit à souhaiter les bienfaits de la mort, cette grande vague de froid qui le libérerait de la douleur et des doutes.

Dès qu'il sortit de l'abri, il remarqua trois silhouettes assises autour du feu.

— Jos! souffla-t-il, soulagé.

Il reprit vite son air inquiet en voyant l'Indien exhiber les cordes qui liaient ses poignets et ses chevilles. Qu'est-ce que cela signifiait au juste? Que leur réservaient les Dubois? Quel plan machiavélique avaient-ils inventé pour se débarrasser d'eux?

— Viens manger, lui proposa Gustave d'un ton amène comme s'il s'adressait à un ami. Il y en a aussi pour toi…

Ce repas, se demanda Nicolas, allait-il être le dernier?

Le prisonnier s'assit sur une bûche près de Joseph. Ses ennemis lui tendirent une gamelle de gruau fumant. En quelques coups d'œil furtifs, il détailla la scène. Le bol de Joseph était dans la neige devant lui, vide. Une carabine reposait contre la cuisse de Zénon. Une autre, celle que Joseph avait par mégarde perdue sur la piste, se trouvait à côté de Gustave, plantée dans la neige. Les chiens récupéraient à bonne distance du bivouac. Yeux-d'Or se trouvait-elle là elle aussi?

—Mange! cracha Zénon.

Il n'avait pas l'air content. Si ce n'avait été de son aîné, il aurait certainement tué Nicolas la veille. Différer l'exécution de son adversaire devait l'irriter au plus haut point.

Le garçon prit l'écuelle et avala la platée sous le regard attentif de ses geôliers. Quand il posa son bol à ses pieds, les Dubois se saisirent de leurs armes et le mirent en joue. Nicolas retint sa respiration.

—Voici comment les choses se présentent, l'informa Gustave en brisant le silence. On te donne le choix de ta mort.

À ces mots, Zénon grimaça. L'idée ne venait sûrement pas de lui.

—Oui, reprit l'aîné, tu peux mourir d'une balle droit dans la tête dans la minute qui suit, ou bien tu peux crever de froid dans la forêt. À toi de voir.

Nicolas n'eut pas besoin de réfléchir longtemps. Mais il ne leur fit pas tout de suite part de sa décision.

—Et pour Joseph? Qu'avez-vous prévu?

—Ça ne te regarde pas, le morveux! ronchonna Zénon.

—Et… et Annie? Est-ce vous autres qui…

—Si tu savais comme elle a pissé le sang, la petite salope!

Nicolas serra les poings, prêt à sauter à la gorge du violeur. Le canon de la carabine de Gustave s'éleva jusqu'à sa poitrine, freinant net son élan.

— Alors, ça vient ? lui rappela l'aîné des Dubois. Sinon je décide à ta place.

Nicolas ravala sa rage, puis porta son attention sur Gustave. « Tout sauf mourir des mains de ces bandits ! » se dit-il. Alors il pointa la forêt. Il fixa ensuite un regard douloureux sur Joseph et lui fit discrètement ses adieux. Puis il tourna le dos aux Dubois et à leur prisonnier. Il s'éloigna du bivouac, sans provisions, sans certitude non plus que les Dubois respecteraient leur parole. Ou qu'ils ne lui tireraient pas lâchement dans le dos.

Nicolas marcha entre les conifères. Ses pieds calaient dans la neige immaculée. Ses larmes gelaient sur ses joues. Le garçon n'entretenait aucune illusion. Les éléments finiraient par avoir raison de lui. Ce n'était qu'une question de temps.

Les Dubois pliaient les tentes et levaient le camp.

— On vendra tout ça une fois à Skaguay, suggéra Gustave. Les traîneaux et les attelages aussi. Ça va être payant !

— Et après ? lui demanda Zénon, agacé. Une fois que cette fille t'aura rejoint, qu'est-ce que tu comptes faire ?

Les deux frères se dévisagèrent.

— Je me retire, affirma Gustave. Et j'aimerais que tu ne me suives pas de trop près, le frère. Parce que si j'entends dire que tu as des soucis, eh bien, Jupiter ! je serai porté à reprendre du collier.

— Ç'a tout le temps été comme ça.

— Oui, mais ce n'est pas moi, au fond.

Zénon l'avait toujours su. D'un côté, il détestait son aîné parce qu'il avait le cœur plus tendre que les autres membres de la fratrie; de l'autre, il l'enviait parce que dans l'action, Gustave était le plus doué des cinq.

— Je ne crois pas que je vais retourner par chez nous, annonça le trousseur de jupons.

— Moi non plus.

Les Dubois soupirèrent. Leur route se séparerait bientôt, cela ne faisait aucun doute. Ils en souffraient déjà, d'une certaine manière. Ils étaient par contre trop orgueilleux pour se l'avouer. Alors ils continuèrent de ramasser leurs affaires, se souciant peu de Joseph, assis près du feu.

L'Indien tendait l'oreille, à l'affût d'une parole ou d'un geste qui annoncerait son exécution. Ils allaient sûrement l'éliminer avant de repartir. Il ne lui restait donc que quelques minutes pour s'enfuir et tenter de retracer Nicolas.

Joseph se rapprocha en catimini du feu de camp. Plus que jamais aux aguets, il plaça ses moufles près des flammes. Elles léchèrent la fourrure, mais aussi la corde qui encerclait les poignets de l'Indien. Une horrible odeur de brûlé s'éleva. Mais la chance lui souriait. Le vent ne soufflait pas en direction des Dubois. La chaleur traversa le vêtement et Joseph grimaçait pour ne pas gémir. Il remua un peu les mains en les écartant. Les fils de chanvre de la corde se retroussèrent en fumant et se rompirent bientôt. Il put enfin se débarrasser de ses liens et de ses mitaines. Gardant un œil sur ses ennemis, il se dépêcha de détacher ses pieds.

Son mouvement de fuite surprit un des chiens qui se mit à aboyer, alertant aussitôt les Dubois. Zénon eut à peine le temps de voir Joseph louvoyer entre les arbres.

— Bon sang de bonsoir! Le Sauvage met les voiles!

Cette fois, Zénon n'avait pas l'intention de réfréner son envie de tuer. Il épaula sa carabine, visa la cible mouvante et tira à deux reprises.

Les coups de feu emplirent la taïga. Non loin de là, Nicolas stoppa et fit volte-face. Le silence retomba aussitôt. Il ferma les yeux.

—Pardonne-moi, Jos…

Daniella avait couru à en perdre haleine. Elle s'était réfugiée dans le petit abri découvert quelque temps auparavant sur la colline dominant Dawson City. Elle aurait dû s'y cacher bien avant, dès qu'elle s'était remise de la typhoïde. À la place, elle était restée en ville, en dépit de la présence de Guido Gianpetri. À quoi avait-elle donc pensé? Des mois plus tôt, elle avait pourtant promis à Betty qu'elle se trouverait un autre logis…

Dans son empressement à fuir le tueur à gages, elle n'avait pas eu le temps de prévenir son amie. Toutefois, jamais elle n'avait voulu la mettre en danger. À bien y penser, il y avait fort à parier que l'employé de son père savait exactement où les deux filles habitaient. Pourquoi diable avait-il tardé à se manifester?

—Le mal est fait… murmura-t-elle, pleine de remords.

Elle examina l'intérieur de la baraque. Le poêle chauffait à bloc. Une hache au manche abîmé était appuyée contre le mur. Une petite table sale, une bûche en guise de banc et un lit dans lequel elle ignorait qui avait pu dormir. La tête lui démangeait. Sans doute des poux, conclut-elle. Les insectes devaient infester les fourrures qu'elle avait prises pour se pelotonner au cours de la nuit. Et les tablettes ne comptaient que trois sacs de provisions: farine, haricots et café. Quant à la cache, elle était vide. L'adolescente ne trouva aucune arme à part un long couteau de chasse au fond d'un crachoir. La famine allait bientôt la menacer.

Depuis combien de temps la cabane avait-elle été abandonnée ? Elle n'en avait aucune idée. Elle fouilla dans tous les coins et ne découvrit rien d'autre qu'un bout de planche relevée, sous le lit. Elle tira sur le morceau de bois. Une sorte de cachette avait été aménagée dans la terre gelée. Elle se glissa sous le meuble et enfouit la main dans l'ouverture. Ses doigts rencontrèrent un coffret. Elle se hâta de l'ouvrir et écarquilla les yeux de stupeur.

De l'or. Deux sachets de poussière ainsi qu'une belle pépite… De l'argent aussi. Une liasse de billets américains. Et quelques objets précieux : des boucles d'oreilles, un peigne, des montres, un porte-cigarettes…

Elle se mit à craindre le retour de celui à qui appartenait cette petite fortune. Pour combien y avait-il ? Au Klondike, quand les propriétaires rentraient chez eux, après un court ou un long séjour, ils pouvaient être sûrs de retrouver leurs biens là où ils les avaient laissés. Pourtant, Daniella avait l'impression de mettre la main sur le butin d'un voleur.

— Est-ce mal de voler un chenapan ? se demandat-elle à haute voix.

Sa trouvaille lui permettrait peut-être d'acheter le silence de Guido Gianpetri. Ainsi, elle ne serait plus obligée de rentrer chez elle…

Jacques Desmet se planta le visage devant l'éclat de miroir étamé et fit glisser la lame de son rasoir sur sa joue. L'instrument la débarrassa de ses longs poils de barbe. Il contourna du mieux qu'il put sa moustache.

Sa main tremblait un peu, car il avait toujours payé quelqu'un pour faire le travail à sa place. Une fois terminé, il se lissa les pommettes et le menton vers le bas, puis à rebrousse-poil. C'était loin d'être aussi doux que dans l'autre sens, mais le résultat le satisfaisait. Il attrapa une paire de ciseaux afin de tailler les pointes de sa moustache. Il changea un peu de position et le visage de Claire se refléta aussi dans le petit miroir brisé.

—Je vous demande pardon, Claire, de m'abaisser à faire ma toilette devant vous. Je terminerai aujourd'hui le paravent.

—Je croyais que votre apparence ne comptait plus, remarqua-t-elle.

—Oh! Elle importe beaucoup moins quand un homme vit en ermite. La présence de dames le ramène par contre toujours au bon goût.

Il s'épongea le visage et la regarda un instant sans trop savoir quoi lui dire.

—Votre mère ne devrait pas rester enfermée dans cette cabane. L'air frais lui ferait le plus grand bien.

Savait-il seulement que l'état léthargique d'Alexandrine Lambert découlait de ses accointances avec «Soapy» Smith, l'ancien chef de Skaguay? L'adolescente préféra ne pas lui poser la question. De toute façon, aurait-il l'honnêteté d'avouer son crime?

—Je me chargerai de la sortir et de lui tenir compagnie, proposa Desmet. Quelques minutes par jour suffiront, j'en suis persuadé.

Oui, il est au courant, se convainquit-elle. Sinon il n'aurait pas autant d'égards vis-à-vis d'une femme qui, jusqu'au jour de son accident, n'affichait plus aucune confiance en lui.

—Peut-être après le dîner, répondit l'adolescente sur un ton évasif.

À côté d'eux, près du poêle, Annie brossait les cheveux d'Alexandrine Lambert.

—Puis-je me permettre de vous demander une chose, Claire? dit encore l'homme.

D'un geste de la main, elle lui en donna la permission.

—Qu'êtes-vous venue faire au ruisseau Hunker? Vous aviez une situation enviable à Grand Forks, à ce qu'on m'a dit.

Jacques Desmet semblait tout savoir de ses nouvelles associées, ce qui agaçait Claire.

—Nous sommes ici pour travailler, lui apprit-elle.

—Vraiment?

Il avait l'air d'en douter.

—Oui, vraiment!

Annie, qui s'était jusque-là contentée d'écouter en silence la conversation entre les deux anciens fiancés, crut bon d'intervenir. Elle posa la brosse sur ses genoux et se racla la gorge.

—Nous souhaitons prospecter, nous aussi. Nous nous disions que si nous voulions laver de l'or cet été, la concession ne pouvait demeurer inactive plus longtemps.

Desmet ne put s'empêcher de rire de bon cœur.

—Qu'avez-vous donc, Jacques? le rabroua Claire. Vous le faites bien, vous!

—Je reconnais là votre esprit rebelle et déterminé, ma chère. Car il ne peut y avoir que vous pour vous mettre en tête une idée si... opposée aux conventions.

Il avait parlé d'une voix sans reproches, presque admirative. La situation l'amusait. Comme la fois où elle lui avait annoncé, sur le quai de la gare, à Vancouver, qu'il s'apprêtait à épouser une voleuse.

—Si tel est votre souhait, je vous montrerai comment faire, leur proposa-t-il. Je me débrouille assez bien, je crois. Mais il s'agit d'un travail pénible...

Il se tourna vers Annie.

— Dans votre état, madame Aubry, il ne serait pas sage d'y aller. Et puis quelqu'un doit s'occuper de madame Lambert.

Claire sourcilla. Elle ne savait plus quoi penser. Il ne cessait de la décontenancer. Il devenait presque agréable. Feignait-il ? Alors pourquoi se serait-il donné autant de mal quand il était seul et qu'il la croyait à Grand Forks ? Elle décida néanmoins de l'avoir à l'œil.

Quant à Desmet, il jugea qu'un peu de compagnie dans la galerie souterraine, même si celle-ci s'avérait encombrante et peu productive, ne lui ferait pas de tort.

Nicolas marchait. Un pas après l'autre. La tête dans les épaules. Les bras croisés afin de garder sa chaleur. Il ne voyait que le bout de ses bottes, se moquant d'éviter ou non les obstacles de la forêt, ne pensant même pas aux animaux qui risquaient de surgir.

Il avançait, l'âme en peine. Seul devant son destin, plongé au fond de lui-même, face à une mort certaine et dont l'attente laissait toute la place aux regrets. Son esprit s'emplissait de souvenirs… La campagne de Maskinongé, ses épis dorés qui dansaient au gré du vent, l'ombrage bienfaisant du pommier, les coteaux de la ferme, le meuglement familier des vaches, le lait frais qu'il trayait, les demiards de crème qu'il avalait à l'insu de sa mère… Alice et son regard protecteur. Marie-Anna et ses sourires complices. Antoine et Pierre, et leurs sempiternelles taquineries. Son père et ses espoirs de relève…

— J'aurais donc dû…

Mais qu'aurait-il pu faire de différent ? Si Nicolas avait désobéi à son père, celui-ci lui aurait-il pardonné ?

Il l'aurait peut-être déshérité, mais rien ne menacerait aujourd'hui sa vie. Et puis, à qui d'autre Émile aurait-il pu léguer la ferme ? À la seule fille de la maison ? Il n'y aurait jamais consenti. Et Pierre, avait-il profité de son absence pour réclamer ? Nicolas n'était peut-être plus l'unique héritier possible. Chose certaine, il avait tout bousillé. Il aurait dû retourner chez lui au lieu de poursuivre sa route vers Montréal. Mais comment aurait-il pu prévoir que ce détour allait provoquer un pareil enchaînement de désastres ?

—Ferme-la et marche…

Il accéléra le pas. Il était trop tard pour penser à ce genre de choses. Trop tard aussi pour rêver de refaire sa vie.

—Ferme-la et crève…

Nicolas releva la tête et continua d'avancer, le visage fermé.

8

Yeux-d'Or

Nicolas cheminait, s'efforçant de vider son esprit. Il s'arrêta un instant, sans trop savoir pourquoi. Quand il se remit en route, le hurlement d'un loup se répercuta dans la taïga, suivi d'un deuxième. Il tenta en vain de détecter de quelle direction les plaintes provenaient. Elles semblaient émaner de partout à la fois !

Mourir de froid… se laisser engourdir, ne plus rien ressentir. Perdre son souffle sans trop s'en rendre compte. C'était presque facile.

Mais finir dans la gueule d'un loup… Sentir sa chair déchiquetée par des crocs voraces, voir son sang gicler. Souffrir, se débattre et crier sans que cela ne donne rien. Cette éventualité l'horrifiait.

Il fourra les mains dans ses poches et s'étonna de découvrir, dans celle de droite, le Colt de Théodule. Que diable faisait-il là ? Qui l'y avait placé ? Cela ne pouvait être que Gustave. Le garçon vérifia le barillet de l'arme. Il ne restait qu'une balle. Son ennemi la lui avait laissée non pas pour chasser, mais bien pour qu'il puisse en finir avec cet enfer blanc et glacial. La Bible condamnait le suicide. Pour les chrétiens, il s'agissait d'un acte hautement répréhensible. Mais ici, personne ne l'apprendrait hormis Dieu. Le p'tit gars de Maskinongé allait-il s'enlever la vie avec ce cadeau empoisonné?

Il grimaça. Non, décida-t-il. Il ne donnerait jamais cette satisfaction à son ennemi.

De gros flocons tombaient du ciel gris pour former un voile dense. Tout devint encore plus tranquille.

—Il faut retrouver l'Indien et vite!

—Je ne comprends pas, fit Zénon. Je ne vois pas de traces de sang nulle part…

—C'est parce que tu ne l'as pas touché, Jupiter!

—Je suis certain que oui.

Gustave lui arracha la carabine des mains et, sans un mot de plus, entreprit de suivre les empreintes laissées par Joseph Paul. Zénon lui emboîta le pas. L'un derrière l'autre, les deux hommes marchèrent pendant une bonne quinzaine de minutes quand les traces du fugitif disparurent. Gustave jura entre ses dents.

—Ce maudit Sauvage s'est envolé!

—La piste doit reprendre un peu plus loin, suggéra son frère.

—Peut-être, mais où? Et avec cette neige qui tombe dru, il a beau jeu!

Gustave renifla, le menton sur sa poitrine. Il se sentait coupable de l'échec de leur plan.

—On prend chacun de son côté, commanda l'aîné. Trois cents pas en ligne droite, puis on revient et on repart. On fait l'étoile. On finira bien par trouver quelque chose.

—Tu t'en fais pour rien, Gus.

—Ah oui?

Gustave avait parlé en lui décochant un regard des plus sombres.

—Je croyais que tu n'attendais que ça, tuer quelqu'un !

—Pour sûr ! répondit Zénon. Mais au fond, c'est comme pour l'autre morveux. Le froid s'occupera de lui à notre place.

Gustave se rapprocha de son frère. Il planta ses yeux dans les siens. Du coup, leur vieille rivalité refit surface. L'aîné ne se gêna pas rabrouer vertement son cadet.

—Tu ne comprends pas, hein ? On a affaire à un Sauvage, espèce d'imbécile ! Un Indien qui sait comment survivre dans la nature avec rien dans ses poches. S'il y en a un des deux qu'il faut craindre et éliminer de nos propres mains, c'est lui, Jupiter !

—Et les chiens ? se risqua Zénon.

—Quoi, les chiens ? Ils sont bien où ils sont, ceux-là ! Tant qu'ils ont le nez dans leur queue, ils ne risquent rien.

Il se détourna et montra le nord.

—Je vais par là…

Gustave se mit aussitôt en marche, imité par son frère qui s'éloignait du côté opposé. Les deux bandits revinrent bredouilles. Ils empruntèrent chacun une nouvelle direction, sans obtenir plus de succès. Ils vadrouillèrent dans les environs sans repérer le fugitif.

Beaucoup plus tard, lorsqu'ils revinrent sur le lieu de leur campement, Zénon se surprit à compter les chiens des deux meutes, comme si son instinct lui dictait que quelque chose clochait.

—Il en manque un, annonça-t-il après quelques recomptages. Le chien de tête de leur traîneau…

Gustave grimaça. Il se souvenait très bien comment la veille, la bête avait férocement démoli l'épaule du malamute noir qui menait leur propre attelage. Elle représentait peut-être un danger. Que le Sauvage soit revenu ou non la chercher.

Le travail dans les mines était beaucoup plus dur que ce que Claire avait imaginé. Tout en bas, dans les entrailles du pergélisol, la galerie se montrait froide, sombre et enfumée. Ce n'était guère la place d'une femme. Elle s'ennuyait de Grand Forks, de son confort, de sa facilité, des clients qui venaient l'entendre, de l'argent qu'elle empochait sans trop d'efforts. Pourtant, elle n'envisageait pas d'y retourner. Quoique la présence de Jacques Desmet l'incommodât, les mottes de gravier qu'elle détachait des parois de la mine l'enivraient. Grâce à son acharnement, il y aurait plus d'or à laver au cours de l'été. Ses demi-journées s'avéraient épuisantes, mais au moins elle participait activement à son enrichissement. Cela la gonflait d'orgueil malgré le piteux état de ses vêtements.

De fait, elle avait l'air d'une pauvresse. Elle portait la jupe et le chemisier achetés d'occasion pour son ascension du col Blanc, sous une épaisse veste de laine. Elle était couverte de suie. Sa chevelure était en broussaille et elle s'était brûlé une mèche de cheveux en s'approchant un peu trop des feux qui ramollissaient le permafrost. Ses ongles étaient cassés et ses mains couvertes d'ampoules la faisaient souffrir. Elle ne ressemblait plus à la petite bourgeoise prétentieuse qu'elle était encore quelques jours plus tôt. Et elle comprenait mieux l'indifférence de Jacques Desmet vis-à-vis de son apparence. En fait, il ne la négligeait pas par manque de fierté, mais plutôt par souci de commodité.

— Tu es certaine que tu veux venir, toi aussi ? demanda-t-elle à Annie.

— Oui. On ne doit pas accumuler davantage de retard.

Le regard de Claire s'attarda un court instant sur le ventre légèrement rebondi de l'adolescente. Elle arriverait bientôt au terme du premier trimestre de sa grossesse.

—Je travaillerai aussi longtemps que je pourrai, ajouta Annie.

Claire s'installa à la table et avala presque tout rond les crêpes. La prospection lui avait creusé l'appétit et elle en aurait volontiers demandé une deuxième assiette. Mais l'hiver n'était pas encore terminé et les habitants de la cabane se rationnaient afin de ne pas souffrir de la famine. Elle laissa tomber sa cuiller au fond de la gamelle et, accoudée à la table, se mit à rêvasser.

—As-tu des regrets parfois? lui demanda Annie qui se préparait à rejoindre Jacques Desmet dans la mine.

L'ancienne chanteuse de Grand Forks soupira. Elle aurait voulu répondre par la négative; hélas, trop de choses manquaient à son bonheur. La bonne santé de sa mère, sa vie facile du temps où elle habitait avenue des Braves, à Québec, la présence et l'amour de Joseph...

—Cela ne donne rien de ruminer le passé et ce qu'on aurait pu faire différemment, pensa-t-elle à haute voix. Ce qui se trouve derrière nous doit forcément y être à dessein. Laissons nos vieux soucis à leur place.

Annie ne rétorqua rien même si elle n'approuvait pas complètement les paroles de sa compagne. Car à bien y penser, il n'y avait aucune bonne raison de revoir son père mourir dans ses bras ou de subir de nouveau l'odieuse agression de Zénon Dubois...

Une fraction de seconde d'inattention et son corps bascula dans la crevasse au bord de laquelle il s'était aventuré par mégarde. Nicolas roula entre des conifères rabougris qui lui égratignèrent le visage. Il dégagea son bras gauche pour tenter de freiner sa chute mais dans le tumulte, celui-ci se retourna sous son poids, lui arrachant un puissant cri de douleur. Il dégringola encore avant de se retrouver au fond d'une large cuvette. Il essaya de remuer le bras malgré sa blessure. Le membre ne répondit pas à sa volonté. Le garçon sentit alors une chaleur envahir l'intérieur de sa manche. Il s'était cassé le radius juste sous l'articulation du coude, et l'os avait déchiré sa chair.

Il attendit un peu. Sa respiration se calma. Il se releva tant bien que mal. Du sang goutta au bout de sa manche. Un hurlement déchira le ciel tranquille. Nicolas grimaça en inspectant les parois de la fosse. Avec un bras en moins, il ne réussirait pas à se sortir de là. Il était à la merci d'une meute de loups qui devaient le pister depuis le début de la journée. Les bêtes affamées lui sauteraient dessus sans qu'il puisse esquiver la moindre attaque. Elles ne feraient de lui qu'une bouchée.

Un second gémissement retentit tout proche. Nicolas tendit l'oreille. Au-dessus de lui, le tapis de neige bruissa. Un souffle court s'amplifia. Une tête couverte de poils et au museau effilé apparut.

—Yeux-d'Or... souffla-t-il, peinant à y croire. Tu m'as suivi. Viens ici, ma belle!

La chienne-louve agita sa queue. Le blessé escalada le mur le moins abrupt de la cuvette. Quand il ne fut plus capable de se hisser, il tendit son bras droit vers la gueule de la bête.

—Allez! Vas-y! Mords!

Yeux-d'Or le dévisagea. Consciente de la confiance qu'il lui témoignait, elle se pencha autant qu'elle put vers son maître, ouvrit ses mâchoires pour les refermer autour du bras. Nicolas sentit la pointe des crocs transpercer son manteau. Yeux-d'Or baissa son arrière-train et tira tandis que le blessé poussait avec ses jambes. Moins d'une minute plus tard, il enjambait le bord de la fosse et s'étendait dans la neige pour respirer un bon coup.

—Je n'en reviens pas comme tu es forte… murmura le garçon, reconnaissant, comme il la caressait de sa main toujours valide. Merci, Yeux-d'Or…

Il palpa son bras blessé et ferma les yeux de douleur.

Assis le dos bien droit contre la chaise, elle fixait la porte sans broncher. Elle respirait à peine. Depuis qu'elle s'y était installée, elle n'avait pas mangé une bouchée ni fermé l'œil. La lampe s'était éteinte. Le bois finissait de se consumer dans le poêle qui nécessitait une brassée supplémentaire. Le froid s'infiltrait jusque dans son corps, mais Betty s'en moquait.

—Reviens, chuchotait-elle. Reviens, Dany…

Elle ne l'avait plus revue depuis la veille. Daniella n'avait pas l'habitude de s'éloigner sans le lui dire. Son absence n'augurait rien de bon. Avec Guido Gianpetri dans les parages, cela ne pouvait signifier qu'une chose : il avait reconnu l'adolescente. Pire, le bandit devait savoir que la fille de Ricardo Di Orio habitait avec la putain qu'il s'était juré de tuer. Ce n'était qu'une question de temps avant qu'il force sa porte et lui tranche la gorge.

Pourtant, rien ne se produisait. L'attente et l'incertitude irritaient les nerfs de l'ancienne prostituée. Un grand frisson la parcourut. Elle se sentait si seule, comme par cette lointaine nuit de pluie glaciale dans les bas-fonds de Brooklyn, après que Gianpetri lui eut planté trois coups de couteau en plein thorax. Il croyait alors s'être débarrassé d'elle, l'unique témoin d'un crime qu'elle n'aurait jamais dû voir. Comment réagirait-il lorsqu'il apprendrait qu'elle vivait toujours ?

Elle posa ses mains sur son ventre et le caressa avec amour. Pour la première fois, elle portait l'enfant d'un homme qu'elle aimait. Le destin allait-il tout lui ravir ?

— Nous nous rendrons à Skaguay, promit-elle au bébé. Rien ni personne ne nous arrêtera !

Elle se leva et mit des bûches à brûler. Plus la chaleur l'enveloppait, plus l'urgence de dénoncer Gianpetri à la Police montée du Nord-Ouest s'insinuait en elle. Elle aurait d'ailleurs dû le faire depuis longtemps. Elle devait y aller pour elle, mais aussi pour Dany. Et au diable si elle devait parler de la fugue de Daniella ! Tant pis si la police obligeait ensuite la jeune fille à rentrer chez elle !

C'était aussi ce que pensait Guido Gianpetri. Dehors, à quelques pas de là, il surveillait la porte de la cabane de Betty en fumant. Oui, il avait découvert l'identité de cette fameuse personne qui logeait avec Daniella Di Orio. Il en avait d'ailleurs été stupéfait. Il n'avait guère l'habitude de laisser vivre les témoins de ses crimes. Surtout quand il s'agissait du meurtre d'un juge. Meurtre qui, à New York, n'avait toujours pas été élucidé.

Il attendait, ne se résignant pas à passer à l'action. S'il tuait la putain, la petite Di Orio risquait d'alerter la police et de déballer toute l'histoire. Non seulement il ne toucherait pas à un sou de la récompense, mais il irait croupir en prison.

Et s'il passait une entente avec Betty Dodge ? Il pourrait lui garantir la vie sauve en échange de son silence ou exiger d'elle qu'elle le blanchisse devant les policiers ? Car Daniella parlerait assurément de ce juge qu'il avait tué pour l'empêcher de la ramener chez elle. Il fallait donc convaincre Betty de plaider pour lui… Les liens qui unissaient ces deux filles d'origines aussi différentes ne pouvaient quand même pas être à l'épreuve de tout.

Il avait fini par retrouver son chemin. Il parvint en bordure du fleuve Yukon et sourit à cette vaste étendue glacée qui serpentait à ses pieds. Avec un peu de chance, d'autres voyageurs sillonneraient la piste. Ou bien des Indiens des environs. Pourvu qu'il ne tombe pas sur les Dubois, sinon son compte serait bon.

Il marchait sur la grève, le froid le transperçait et son pas devenait plus lourd. Ses forces et son courage l'abandonnaient. Ses membres s'engourdissaient. Il avait l'impression que son corps n'était plus qu'un énorme glaçon sur le point de se fracasser en mille morceaux.

Son genou droit fléchit. Puis le gauche. À quatre pattes dans la neige, il balbutia quelques mots. Il releva la tête une dernière fois vers la piste. Un point noir se détacha du paysage et attira son attention. Un traîneau à chiens sans aucun doute, qui bifurquait dans sa direction. Il ne lui restait plus assez de vigueur pour se réjouir ou éprouver de la peur.

Il tomba en pleine face et ne bougea plus. Sa respiration affaiblie ne faisait même pas fondre la neige près de sa bouche. Il entendit vaguement les jappements d'une meute et le glissement d'un toboggan. Les bruits semblaient provenir d'une autre dimension, d'un univers auquel il n'appartenait plus tout à fait.

— Là! cria une voix. Je savais que j'avais vu quelque chose…

Des pas qui se précipitaient. Des mains qui le retournaient et le secouaient.

—C'est l'un d'eux… C'est l'Indien! déclara le policier à son coéquipier.

Les deux hommes se hâtèrent de recouvrir Joseph Paul de fourrures et de le placer près d'un bon feu. Il revenait peu à peu à la vie, pendant que les policiers préparaient du thé et des haricots au lard.

Le garçon vit surgir du néant ses sauveteurs et le repas chaud qu'ils lui tendaient. Mais ses mains étaient trop gourdes pour tenir un gobelet ou une cuiller. Alors un agent se proposa de l'aider. Joseph avala les bouchées, remerciant les dieux de l'avoir sauvé *in extremis*.

—Que s'est-il passé? s'enquit un des policiers.

—Les Dubois nous ont attaqués.

—Et votre compagnon, Nicolas Aubry? Qu'est-il devenu?

—Ils l'ont obligé à s'éloigner en forêt, les renseigna-t-il. Seul, sans arme et sans provisions. Moi, j'ai réussi à m'échapper.

Les policiers se concertèrent un instant en silence.

—Quand tout cela est-il arrivé?

—Ils nous ont rattrapés hier, avant le crépuscule. On a passé la nuit sous la tente et ils nous ont permis de déjeuner, ce matin. Puis ils ont chassé Nick. Moi, ils voulaient me tuer… Est-ce que vous allez ratisser les environs?

—Non, répondit un des agents.

—Mais… commença par se rebeller Joseph, Nick est là, pardi! Il est quelque part dans cette maudite taïga!

—Votre ami est probablement déjà mort à l'heure qu'il est.

—Ou il le sera bientôt, renchérit son collègue. Nous n'avons aucune idée de la direction à prendre. C'est déjà un miracle de vous avoir retrouvé en vie. Et la nuit va tomber dans moins d'une heure…

— Et les Dubois ? Qu'en faites-vous ?

— Nous ferons en sorte d'avertir les policiers postés au prochain relais. Il faut rentrer maintenant.

L'Indien les dévisagea à tour de rôle. Il repoussa la gamelle, incapable de manger une bouchée de plus. La dernière, restée en travers de sa gorge, ne passait pas.

— Ce sont les ordres de Steele, j'imagine ?

— Non, affirma le policier qui vida l'assiette émaillée dans la neige. Ce sont ceux du bon sens.

Joseph enragea d'impuissance. Il ne pouvait effectuer seul les recherches et s'exposer ainsi à une mort certaine. Il consentit donc à monter à bord du traîneau de la Police montée et à revenir, plus vite que prévu, à Dawson City.

Yeux-d'Or le devançait d'un pas alerte, léger et silencieux. Ses déplacements fauves rappelaient une danse. La chienne-louve s'arrêtait, l'attendait, revenait parfois sur ses pas pour encourager son maître, pour le guider vers un lieu connu d'elle seule. Un lieu qui avait autrefois été sa maison, là où elle était née.

À bout de force, Nicolas peinait à mettre un pied devant l'autre. Ses jambes ne le supportaient plus. Sa vue s'embrouillait. Il ne sentait plus ses membres ni sa blessure. La forêt valsait autour de lui.

La chienne-louve tira sur sa moufle droite. Le garçon vacilla et tomba à la renverse. Il perçut à peine le choc que son corps, aussi lourd qu'une banquise, provoqua dans sa chute. Yeux-d'Or lui lécha la figure. Nicolas ne réagit pas. La bête s'assit un instant à côté de lui, croyant sans doute qu'il se relèverait et repartirait avec elle. Elle fixa son regard ambré sur les yeux ouverts, vidés de toute expression. Alors elle comprit. Il n'y avait plus de temps à perdre. La vie du jeune homme reposait entre ses pattes et ses crocs.

Elle leva sa truffe vers le ciel et huma les odeurs de la taïga afin de mieux s'orienter. Puis elle ouvrit la gueule et attrapa Nicolas par l'épaule de son manteau. Elle tira et traîna le corps inerte dans la neige. L'épaisse peau d'ours résistait à l'assaut de ses mâchoires. Mais pour combien de temps ?

9

De nouveaux sentiments

CLAIRE TOUSSAIT. Ses poumons s'obstruaient par une fumée qui ne s'en délogeait plus. Un voile agaçant lui chatouillait la gorge. Dès qu'elle descendait dans la mine, elle n'avait qu'une hâte : remonter à la surface. Elle ne le laissait toutefois pas paraître. Elle n'avait pas quitté Grand Forks et ses spectacles de chant pour abandonner à la première difficulté. Elle tenait à montrer à Jacques Desmet qu'elle pouvait devenir une bonne prospectrice. Oui, elle était capable d'accomplir ce vil travail. Elle se débrouillait même plutôt bien. Elle préparait les feux, les alimentait puis les éteignait le temps venu. Elle se servait de la pioche pour gratter le pergélisol et dégageait le gravier à bonne cadence. Elle remplissait les seaux qu'elle remontait ensuite à l'air libre. Chaque jour, elle allait un peu plus vite. Contre toute attente, elle ne se plaignait pas. Elle excavait son or la rage au ventre, avec une détermination palpable, avec une volonté aussi solide que celle d'un homme.

Desmet l'observait en catimini, petit sourire aux lèvres. Malgré ce qu'ils avaient vécu depuis leurs retrouvailles à Vancouver et l'affront qu'il avait essuyé à Skaguay, il voyait en elle l'épouse parfaite. Il avait cependant trop d'amour-propre pour l'avouer.

Les anciens fiancés travaillaient ensemble le matin. Ils effectuaient les mêmes tâches jour après jour, dans un silence qu'ils rompaient parfois en chantonnant. La mine mal éclairée, froide et humide s'égayait alors, mais pour de courtes durées seulement. Car c'était dans ces moments que l'adolescente subissait ses pires quintes de toux.

— Si ça continue, Claire, vous ne pourrez plus chanter. Et Dieu sait que votre voix est magnifique.

Pour la première fois, Desmet se permettait un compliment. Claire toussa encore un peu sans prendre le soin de mettre sa main devant sa bouche, puis se détourna pour cracher.

— Veuillez me pardonner, souffla-t-elle, interdite par les mauvaises manières qu'elle adoptait tout à coup.

La mine la transformait. Par chance, sa mère n'avait conscience de rien.

Jacques se rapprocha. Il appliqua sa main dans le dos de la jeune fille. Il était bien plus grand qu'elle. Sa stature ressemblait à celle de Joseph. À cause de la voûte, il devait courber la nuque et son visage se retrouva près du sien.

— Vous devriez placer une écharpe sur votre bouche, lui proposa-t-il.

— Vous croyez que…

— Cela ne nuira pas.

Claire soupira. Un foulard devant son visage ? Cette fois, elle aurait vraiment l'air d'un hors-la-loi ! Ses prunelles s'embrouillèrent de larmes.

— Saviez-vous, Jacques, que tout ceci est de votre faute ?

L'homme baissa les yeux pour les relever aussitôt.

— Oui, Claire.

Le front de Desmet se couvrit de ridules. Il semblait plein de regrets. « Les choses avaient été trop loin », pensa-t-elle. À la merci de « Soapy » Smith, il avait voulu faire peur à Alexandrine Lambert pour la forcer à devancer le mariage de sa fille. Desmet n'aurait jamais imaginé que la femme se retrouverait plongée dans le coma.

Jacques sortit de sa poche un grand mouchoir propre. Il alla se planter derrière Claire, fit tomber le tissu devant son visage et le noua au-dessus de son chignon. Elle se laissa faire, sans dire un mot. Il revint à ses côtés et dégagea de son front une courte mèche de cheveux qu'elle s'était brûlée, quelques jours plus tôt.

— Que faites-vous, Jacques ? lui demanda-t-elle, surprise par la familiarité et la tendresse du geste.

— Si je n'avais pas été aussi sot, souffla-t-il d'une voix caverneuse, les choses seraient aujourd'hui fort différentes.

L'index de Jacques quitta la chevelure poussiéreuse de Claire pour effleurer délicatement sa joue, cachée sous le mouchoir. La lèvre inférieure de l'adolescente frémit, mais il n'en vit rien. Il esquissa un timide sourire avant de retourner à son pic.

Troublée, Claire l'observa s'échiner à la besogne. Pendant un fugace instant, elle avait cru qu'il se pencherait vers elle pour l'embrasser. Curieusement, elle s'était prise à désirer ce baiser, ce contact charnel, ce rapprochement qui briserait sa solitude, ce doux sentiment de se savoir aimée. Même par lui, ce vaurien, ce « vieillard » à l'aube de la quarantaine qu'elle avait rejeté et démoli sans pitié.

De dos, avec son manteau élimé et de mauvaise qualité, dans la pénombre de la mine, Jacques Desmet lui donnait presque l'impression d'être Joseph. L'Indien lui manquait. Et là, au fond de nulle part, dans les entrailles gelées de la terre, en train d'assumer une destinée aussi étrange qu'imprévue, elle confondait tout.

—Je ne me sens pas bien, dit-elle en feignant de tousser encore. Je retourne à la cabane…

Ils revinrent au puits, et il l'aida à se hisser jusqu'à la surface.

Dans la baraque, Annie remarqua les yeux rougis de sa compagne.

—Vous vous êtes encore disputés ? demanda-t-elle sur un ton proche de la remontrance.

—Non.

Claire s'assit sur le lit qu'elle partageait avec sa mère et son amie. Les pieds au-dessus du sol, les mains agrippées aux fourrures, elle soufflait fort, sans s'en rendre compte.

—Dois-je descendre tout de suite ? s'informa Annie.

—Attends un peu… Je ne veux pas rester seule.

Annie ne releva pas la dernière remarque. Même si elle la quittait pour quelques heures, Claire ne serait pas seule. Sa mère était là. Cette présence effacée comptait hélas peu. La petite orpheline s'installa à son tour sur le lit.

—Qu'y a-t-il ? Tu peux tout me dire.

Claire appuya sa tête contre l'épaule de son amie.

—Il est facile de rejeter la responsabilité de nos revers sur le dos d'autrui. Je croyais que tout incombait à Jacques. Je viens d'ailleurs de le lui dire. Mais rien n'est plus faux. Je suis la seule coupable de mes malheurs. Si je n'avais pas été aussi rébarbative face à ma mère, rien de tout cela ne serait arrivé. Avec mes caprices de petite bourgeoise gâtée, j'ai provoqué le sort et j'en paie le prix.

À son tour, elle se mettait à ressasser les événements du passé et à rêver d'un présent plus heureux et plus facile. Malgré son caractère rebelle et fonceur, elle se sentait fragile.

—Mais tu serais probablement mariée contre ton gré, aujourd'hui, nota Annie.

—Oui.

—Et Joseph dans tout ça?

Claire haussa les épaules, plus incertaine que jamais. Et si son histoire avec le bel Indien n'était qu'une chimère?

Sam Steele avait envoyé deux de ses hommes en mission de reconnaissance afin de rapporter d'éventuels incidents sur la piste menant au lac Bennett. Il voulait surtout soulager sa conscience. Il ne s'était pas attendu à ce que les policiers reviennent accompagnés. Sous son costume de *Mountie*, ses épaules s'étaient affaissées tant la consternation l'accablait. Il dévisageait à présent le rescapé d'un air incrédule.

—Vous vous êtes trompé, le blâma Joseph Paul qui, depuis son entrée dans le quartier général de la Police montée du Nord-Ouest, n'avait pas encore retiré son manteau.

—Malgré tout ce que vous pouvez penser, j'ai pris la bonne décision.

Le Lion du Nord retourna s'asseoir à son bureau. L'Indien le rejoignit en une longue enjambée et se planta devant lui. Steele n'apprécia pas l'intensité de son regard ni son silence. L'attitude frondeuse de l'Indien était à mille lieues des convenances.

—Il n'y avait pas d'autre avenue possible, répliqua l'homme. Je n'avais aucune preuve tangible de ce qu'avançait votre ami. Ses présomptions pouvaient se révéler fausses dans le seul but de me manipuler et d'assouvir sa vengeance. La justice ne fonctionne pas ainsi. Elle est procédurière. Et ces procédures servent à protéger les citoyens contre l'abus de leurs semblables.

—Je veux bien croire qu'en général, la justice remplit son mandat, rétorqua l'Indien. Mais justement, si vous n'aviez que des présomptions, pourquoi avoir choisi de bannir Nick et de le condamner ainsi à mort ?

Sam Steele n'avait de compte à rendre qu'à ses supérieurs, pas à des épouses endeuillées ni à des Sauvages. Aussi se contenta-t-il de soutenir le regard courroucé de son interlocuteur. Comme celui-ci s'apprêtait à s'en aller, le policier le héla :

—Joseph ! J'ai quelque chose à vous annoncer.

Devant l'air grave de l'officier, le jeune Malécite se mit à craindre le pire. Ses pensées volèrent aussitôt vers Claire. Lui était-il arrivé un malheur pendant son absence ? Son cœur se gonfla d'appréhension. Sa respiration devint plus saccadée, ses mains moites. Perdre son meilleur ami et son amoureuse à quelques jours d'intervalle… Il ne parviendrait jamais à s'en remettre.

—On a retrouvé Annie Kaminski, déclara Sam Steele.

Joseph déglutit avec difficulté, ne sachant trop comment réagir. Claire se portait donc toujours bien. Se rappelant les paroles des Dubois, il n'en espérait pas autant pour l'orpheline polonaise.

—Elle est maintenant en compagnie des dames Lambert, ajouta le policier.

—Quoi ? fit Joseph, abasourdi. Elle est… vivante ?

Steele opina. Joseph éprouva un profond soulagement. Il y avait au moins un heureux dénouement à cette tragique histoire.

—Elle se porte bien, précisa Steele.

—Nick avait raison depuis le début, insista Joseph. Dans la forêt, Gustave et Zénon Dubois nous ont dit qu'ils l'avaient enlevée…

Steele grimaça. L'entretien avait assez duré. Il devait y mettre un terme.

—Écoutez-moi bien, l'interrompit l'officier avec impatience. Il y a quelques jours à peine, vous-même ne croyiez pas à cette histoire d'enlèvement. Maintenant, vous prétendez que les Dubois l'ont kidnappée. Vous le faites afin que je parte à leur recherche. Alors je vais vous poser la même question que j'ai posée à madame Aubry : pourquoi l'auraient-ils libérée ?

Joseph n'eut pas besoin de réfléchir longtemps :

—Tout simplement parce qu'ils ne comptent pas revenir à Dawson City. Ils se moquent bien de ce qu'on pourra dire à leur sujet.

Le Lion du Nord plissa l'œil devant la supposition plus que sensée. Encore une fois, il ne détenait aucune preuve concrète.

—Je vous souhaite bon retour parmi nous, Joseph, dit-il pour couper court à une conversation qui l'agaçait. J'espère qu'au ruisseau Hunker, la fortune sera au rendez-vous.

Furieux, Joseph sortit en coup de vent du baraquement de la Police montée. Le cœur en miettes, il avait la douloureuse impression que les policiers se moquaient du sort de Nicolas. Lui-même avait dû abandonner son ami en forêt… Qu'aurait-il pu faire de plus ? Dans la taïga, toute tentative de le retracer n'aurait-elle pas été vaine ?

L'Indien accéléra le pas. Il n'avait qu'une hâte : se réfugier dans les bras de Claire. Aussi fit-il la tournée des saloons, en quête de prospecteurs qui s'en retourneraient ce soir-là à Grand Forks.

Après avoir recherché Joseph Paul en vain, les Dubois étaient revenus à leur campement, en pleine forêt. Le vent y soufflait moins fort, donnant l'impression que l'hiver relâchait enfin sa prise infernale.

—Quand est-ce qu'on reprend la route? demanda Zénon.

—Bah! laissa tomber Gustave en se prélassant dans la tente. Il n'y a comme qui dirait plus rien qui presse, maintenant. Et puis on a plein de provisions. Profitons-en.

Il ouvrit une bouteille de gin et en prit une longue rasade avant de l'offrir à son frère. Celui-ci but au goulot sans prendre la peine de l'essuyer.

—Si tu y tiens, on repartira bientôt.

—Bon sang de bonsoir, Gus! Je ne te comprends pas. Tant qu'à rester là, tu ne veux pas chercher encore le Sauvage? Je croyais que c'était la nouvelle priorité.

L'aîné des deux frères reprit la bouteille et en avala trois gorgées d'affilée. Il grimaça un peu avant de se redresser sur un coude.

—Je pense qu'il n'y a plus rien à craindre.

—Tu penses, mais tu n'en es pas certain.

—Jupiter! se récria Gustave. Je ne suis pas devin.

L'alcool commençait à le ramollir.

—C'est la logique des choses, conclut-il. Un point c'est tout.

—Et le chien? insista Zénon.

Ils avaient inspecté les courroies de trait. Plusieurs étaient en mauvais état. Celle du chien de tête du traîneau de leurs ennemis s'était peut-être bêtement rompue.

—On s'en fout, du chien. On lève le camp demain. Content, là?

111

Michel Cardinal suivait les Dubois en douce et de loin, en se cachant dans les bois. Et c'était une chance pour lui. Il avait ainsi pu voir passer sous son nez le traîneau de la Police montée du Nord-Ouest. Intrigué, le pisteur avait décidé d'attendre un peu sur place, sans bouger. Car à la vitesse avec laquelle ces deux-là filaient, ils allaient forcément rattraper les bandits avant lui.

Deux jours plus tard, les policiers étaient repassés à proximité de son campement, sans se douter de sa présence. Ils ne voyageaient plus seuls : un passager se trouvait à bord de leur toboggan. Et ils glissaient encore plus vite qu'à l'aller.

Les questions dansaient dans la tête de Cardinal. Pourtant, il ne parvenait pas à répondre à la plus importante de toutes : pourquoi les policiers n'avaient-ils pas retrouvé les Dubois ? S'ils leur avaient mis la main dessus, ils auraient certainement forcé Gustave et Zénon à rentrer à Dawson City en leur compagnie. Ou si les deux frères étaient morts dans une rixe, les agents auraient ramené leurs dépouilles. Dans les deux cas, un second traîneau glisserait à côté du leur. À moins qu'ils leur aient échappé… Alors qui était le mystérieux passager dans le véhicule des hommes de Sam Steele ? Était-ce lui aussi un policier, un Indien, un rescapé ? Jamais il ne lui vint à l'esprit qu'il pouvait s'agir de son neveu Joseph.

Cardinal les avait vus disparaître, puis avait remis son attelage sur la piste, direction sud-est, se doutant bien que les Dubois se trouvaient toujours dans les alentours…

Sa main tapota la plume. Il en trempa la pointe dans l'encrier et la posa sur le papier. Il hésita. Il avait coutume d'annoncer de mauvaises nouvelles. Il se faisait un point d'honneur d'informer les familles des prospecteurs du moindre accident qui survenait. Cette fois, les mots se dérobaient. Son rôle lui pesait.

Sous la plume, l'encre se répandit, produisant une énorme bavure. Sam Steele soupira. Il chiffonna la feuille, la lança dans la corbeille et en prit une seconde. Par devoir, il écrivit le récit de la triste fin de Nicolas Aubry.

À *monsieur Pierre Aubry*
Maskinongé, province de Québec

Monsieur,
Il y a quelques jours, j'ai délivré au nom de votre frère Nicolas un blue ticket, *qui consiste en un avis d'expulsion du territoire du Yukon. Il est parti en direction de Skaguay en compagnie d'un ami afin de revenir chez vous. Comme certaines personnes craignaient pour sa vie, j'ai par la suite consenti à ce que deux de mes hommes les rejoignent et assurent leur sécurité jusqu'à la frontière. Hélas…*

Le Lion du Nord immobilisa sa plume et regarda la lettre sans la voir. Devait-il transmettre tous les détails de la tragédie pour autant? S'il faisait allusion aux Dubois, cela ne risquait-il pas d'aviver la douleur des Aubry au point que l'un d'eux se mette en tête de le venger, perturbant une fois de plus l'ordre sur le territoire dont il avait la responsabilité?

Le policier ne voulut courir aucun risque. Il se dépêcha de terminer sa missive et de la remettre au musher qui assurait la liaison du courrier jusqu'à Skaguay.

Joseph Paul débarqua dans le *roadhouse* de Belinda Mulroney, à Grand Forks. Il le traversa sans saluer les clients qu'il connaissait ni la propriétaire. Il était pressé de revoir la belle Claire et de lui faire sa demande officielle. Lorsqu'il arriva sur le seuil de la petite pièce qui servait de loge et de chambre à la chanteuse, il s'arrêta, perplexe. Par la porte béante, il apercevait des caisses de provisions et de fournitures entreposées comme dans un débarras.

Quelqu'un toussota dans son dos. Il se retourna et découvrit miss Mulroney. Elle inclina la tête d'un air sévère.

— Vous êtes revenu plus vite que prévu, remarqua-t-elle.

— Qu'est-ce que cela veut dire ? lui demanda-t-il en indiquant l'ancienne chambre de Claire.

— J'espère que votre voyage s'est déroulé sans anicroche, dit-elle en éludant la question.

Joseph s'avança vers la femme qui soutint son regard. Elle ne l'avait jamais aimé et n'approuvait pas la relation privilégiée qu'il entretenait avec Claire.

— Où est mademoiselle Claire ?

— Mesdames Lambert et Aubry sont parties, lui apprit-elle, avare de détails.

L'Indien s'approcha encore d'un pas. Belinda Mulroney n'eut d'autre choix que de reculer, une main derrière elle pour s'assurer de ne pas basculer contre une chaise. Dans la salle à manger, les clients s'étaient tus et les observaient en silence, prêts à se porter à la défense de la femme.

— Où sont-elles ?

— Sur votre concession du ruisseau Hunker, lâcha-t-elle avec de légers trémolos dans la voix. Afin de trouver de l'or pendant votre absence…

Joseph Paul sourit malgré lui et de bon cœur, au grand soulagement des personnes présentes dans le *roadhouse*. Il reconnaissait bien là la détermination et l'excentricité légendaires de son amoureuse. Il s'excusa poliment auprès de la propriétaire des lieux et s'en alla.

À force d'écouter les ragots des *Cheechakos* et des vieux *sourdoughs*, Belinda Mulroney apprenait toujours des tas de choses intéressantes au sujet des prospecteurs des concessions Bonanza et Eldorado, mais aussi à propos de ceux qui travaillaient au bord des autres ruisseaux. Et elle n'avait pas cru bon de révéler à ce Sauvage ce qui l'attendait quand il rentrerait chez lui.

10

L'aiguillon de la jalousie

IL TOURNA LA TÊTE, remua un peu son corps. Aussitôt, une intense vague de chaleur se moula à lui, comme pour le protéger. Du coup, l'hiver n'existait plus. Sa tête se balançait contre la paillasse, de droite à gauche, à la manière d'un pendule. Il gémissait de bien-être. Il ouvrit les yeux.

Des ombres dansaient autour de lui, déformées, inconnues, évanescentes et insaisissables. Certaines présentaient un visage peint de lignes et un curieux objet pendait de travers au bout de leur nez. Des voix résonnaient dans sa tête. Douces, rassurantes, mâles et femelles, souvent rieuses. Des mains se pressaient sur ses membres. Huileuses, guérisseuses, vigoureuses. Et cette chaleur… Cette vague réconfortante qui l'enveloppait jusqu'à plus soif, jusqu'aux frissons, jusqu'à l'étouffement. Rêvait-il?

Il chercha son air et s'agrippa à cette masse mouvante qui diffusait cette incroyable énergie. Un visage apparut. Des traits cuivrés. Une longue chevelure noire comme le plumage du corbeau. Des sourcils sombres et arqués. Des tatouages rouge sang sur les joues et le menton, ainsi que sur l'arête du nez jusqu'au sommet de son front. Un regard noisette, intense et franc. Une fille…

— Qui es-tu ?

Nicolas ne reconnut pas le timbre de sa propre voix tant elle lui paraissait provenir d'un autre monde.

Le visage lui répondit des mots qu'il ne comprenait pas. Des sons qu'il abouta, sans obtenir de sens précis. Une voix agréable et bouleversante à la fois, qui s'adressait à son âme, à son cœur.

L'inconnue enfouit son visage au creux de l'épaule du garçon. Ses mains le saisirent. Ses bras et ses jambes se mêlèrent aux siens. La chaleur revint de plus belle. Alors il se laissa faire. Il ne chercha pas à savoir où il se trouvait. Il s'en moquait. Seule sa survie comptait.

Le bien-être céda bientôt la place à la douleur. Elle se mit à irradier dans son bras gauche, d'abord timidement, puis avec force. Nicolas se raidit, grimaça, se contorsionna. La fille desserra son étreinte et se leva.

— Reste… souffla-t-il.

Elle lui parut grande, mais peut-être était-ce parce que sa paillasse reposait à même le sol. Il l'entendit parler, la vit gesticuler. Puis son corps souple et nu se faufila encore contre le sien. Sa main lui présenta un gobelet. Elle l'approcha de ses lèvres et le força à boire. La mixture envahit ses papilles. Son goût particulier lui sembla familier. Il n'en prenait pas pour la première fois. Il l'avala goulûment.

Il se détendit. Le malaise s'en alla. Son esprit se délesta de toute crainte. Il sombra dans le néant.

Dos au vent, Zénon pissait dans le sous-bois. Il s'amusait à répandre son jet d'urine le plus loin possible. Il donnait d'ailleurs de légers coups de hanches pour mieux le projeter. Quand il eut fini, il évalua la distance atteinte en comptant le nombre de pas pour se rendre à la toute dernière éclaboussure. Huit… ce n'était pas mal.

Il demeura un instant immobile à scruter la taïga. Puis il remarqua d'autres traces de pas. Avec la fuite du Sauvage et celle du chien, son frère et lui avaient arrêté de penser à Nicolas Aubry. Qu'était-il devenu, celui-là? Dans quelle position le froid l'avait-il tué? Il eut soudain envie de le savoir, de le voir. Pour en rire, pour en tirer un dernier plaisir. Il suivit sa piste. Il ne revint qu'un peu avant le crépuscule.

Gustave l'accueillit avec une humeur massacrante.

—Veux-tu bien me dire où tu étais passé, Jupiter! Je me suis fait un sang d'encre… Ça fait des heures que je suis prêt à partir. Et avec la nuit qui s'en vient, je n'ai pas eu le choix de remonter le camp et de préparer à souper.

—Ça tombe bien, parce que je n'ai pas mangé depuis ce matin…

Zénon avala un quignon de pain rassis, une portion de gruau et des pêches en conserve. Il sirota le jus sucré et se rinça la bouche avec une poignée de neige.

—Alors, tu vas arrêter de faire des mystères? Tu as retrouvé le Sauvage ou quoi?

—Mieux que ça, bon sang de bonsoir! Notre morveux… il est toujours en vie!

—Voyons donc! Ce n'est pas possible!

Zénon gratta le fond de la casserole et reprit encore un peu de gruau collé.

—Le chien est là, lui aussi, ajouta-t-il entre deux bouchées. M'est avis que le jeune est blessé et que le chien l'a traîné jusque…

—Comment ça, "m'est avis"? l'interrompit Gustave. Tu l'as vu ou tu ne l'as pas vu?

—Je l'ai entendu. Il délirait. Il criait et racontait toutes sortes d'affaires sur Maskinongé et sur son père.

Il est dans une espèce de cabane ronde recouverte de peaux et de neige. Il y a trois autres abris du genre. Et peut-être une vingtaine d'Indiens avec lui.

Leur ennemi avait donc été rescapé. Les Dubois avaient échoué. Ils avaient cru que la nature impitoyable du Klondike le broierait en moins de deux. Ils avaient toutefois oublié que celle-ci ne se peuplait pas seulement de bêtes sauvages.

— Quelqu'un t'a vu?

— Je ne crois pas, répondit Zénon. Je suis resté à bonne distance.

L'aîné du clan réfléchit. Si Nicolas Aubry était blessé, les Indiens le soigneraient. Il n'avait aucune idée de la gravité de l'état du petit fendant. S'en sortirait-il ou non? Si les Indiens parvenaient à le guérir, Aubry essaierait sans doute de revenir à Dawson City. À moins que ses nouveaux amis ne l'y conduisent lorsqu'il irait mieux. La Police montée lui poserait alors des questions et il ne se gênerait pas pour parler du coup fourré des Dubois.

Deux avenues se présentaient à Gustave et à Zénon : soit filer sur-le-champ, soit se venger une fois pour toutes.

— Il ne doit pas ressortir vivant de là, décida l'aîné d'un air mauvais. À moins qu'on le tue sur la piste. Et cette fois, pas de pitié, Jupiter!

— Je n'en attendais pas moins de toi, Gus! On le zigouillera de nos mains et on l'enterrera pour être sûrs qu'il est bien mort.

La nuit était déjà bien installée. Son frère porta son attention sur les flammes qui les tenaient au chaud.

— Il faudrait profiter du fait qu'il est confus pour nous faire passer pour ses amis et l'emmener avec nous, proposa-t-il encore.

Zénon approuva. Les deux hommes terminèrent de souper et allèrent se coucher sans prendre une seule goutte d'alcool. Ils voulaient avoir l'esprit clair à leur réveil. Seule une tempête aurait pu les empêcher de mener à bien leur dernier plan. Mais ce soir-là, le ciel se parsemait de tant d'étoiles qu'aucun flocon ne viendrait effacer les empreintes de pas jusqu'au village indien.

Il repéra la cabane où il avait vécu pendant une semaine avec Nicolas et Annie. C'était sa maison, son bout de terre, son or aussi. Du moins en partie.

Il accéléra le pas, franchit les limites de la concession et se présenta enfin devant chez lui. Il prit une grande inspiration avant de frapper trois petits coups contre la porte. Il ne savait trop s'il devait sourire. Son retour allait ravir Claire, mais qu'en serait-il pour Annie ? La petite orpheline était sur le point de se découvrir veuve.

La porte s'ouvrit. Annie le dévisagea sans y croire. Elle jeta un bref coup d'œil embarrassé vers l'intérieur de la baraque.

— Déjà… dit-elle d'un drôle d'air. Viens, ne reste pas planté là.

Joseph entra et s'empressa de refermer derrière lui. L'adolescente voulut l'aider à retirer son manteau quand il lui prit la main. Elle retint son souffle. Elle savait ce qu'il lui annoncerait. Elle n'avait pas de chance. Tout s'effritait autour d'elle. Toujours. Elle avait l'impression d'être maudite.

— Les Dubois… ils étaient là, eux aussi…

Elle se dégagea pour aller se camper près du poêle. Elle ne souhaitait pas en entendre davantage. Elle préférait éluder les détails, les violences, la vérité entourant la disparition de Nicolas. Elle versa une larme qui goutta sur le poêle chaud, provoquant son évaporation instantanée.

Joseph respecta son silence. Son regard se posa sur madame Lambert, assise près de la fenêtre, puis se déporta sur quelques pièces de vêtements mises à sécher. Il remarqua qu'il n'y avait pas que des habits féminins. Sur la tablette de provisions, il aperçut un nécessaire de toilette pour homme ainsi qu'un bel étui à cigarettes en argent. Il n'avait jamais vu ces objets auparavant. Ils ne lui appartenaient pas. Pas plus qu'à Nicolas.

— Qui vit avec vous ? demanda-t-il à Annie.

C'est alors que des rires fusèrent de l'extérieur. Des éclats aigus de femme. D'autres plus graves, d'un homme. Le cœur de Joseph se comprima. Avec qui son amoureuse trouvait-elle autant de plaisir ? Il ne tarda pas à l'apprendre. Claire se réfugia dans la cabane, suivie d'une haute silhouette qui se débarrassait de son chapeau.

Claire et Jacques Desmet découvrirent l'Indien avec stupéfaction. La main de l'homme, galamment posée sur le dos de l'adolescente, reprit sa place naturelle le long de son corps. Il fit même un pas de côté pour s'éloigner d'elle. L'hésitation de sa fiancée brisa les espoirs du jeune Malécite.

— Bonjour, Joseph, le salua Desmet d'un ton courtois.

— C'était donc vous que nous avons croisé à quelques milles de Dawson City ! maugréa Joseph en se rappelant la voix du mystérieux inconnu rencontré le jour de leur départ.

— Où est Nicolas ? s'informa Claire.

Joseph n'avait d'yeux que pour son ancien rival qu'il avait cru évincé à jamais. Il serrait les poings et les mâchoires. Son regard ne perçait plus qu'à travers d'étroites fentes.

— Que faites-vous ici, Desmet ?

— Comme vous, Joseph, je cherche fortune.

— Menteur ! Vous êtes revenu pour vous venger !

L'atmosphère se chargea de tension. Claire et Annie se rapprochèrent l'une de l'autre. L'Indien ne décolérait pas tandis que son adversaire affichait une maîtrise de soi complète.

— Pourquoi l'avez-vous laissé entrer, Claire ? demanda-t-il encore sans quitter Desmet des yeux. Je croyais que vous le détestiez.

Il pivota vers elle. Anéanti, il attendait une explication, une excuse, une marque d'amour. Mais rien de cela ne vint.

— Je ne suis ici que pour reprendre mon dû, affirma Desmet.

— Elle ne vous appartiendra jamais ! cracha l'Indien.

— Je ne parlais pas de mademoiselle Claire, précisa le bourgeois, mais de ceci.

Il exhiba sous le nez de Joseph un bout de papier. Le garçon n'eut pas besoin de lire les mots qu'il contenait. Il s'en souvenait, hélas, trop bien. Et un chiffre lui revint en mémoire : vingt-cinq. Desmet avait droit à vingt-cinq pour cent de ce que lui, Joseph, tirerait de la concession. Depuis l'arrivée de Claire à Grand Forks, il n'avait plus repensé à cette fichue entente. Il s'en était imaginé, pour ainsi dire, libéré. Quelques jours plus tôt, des bandits avaient éliminé son meilleur ami ; maintenant, son rival les détroussait grâce à sa propre signature. Il jura entre ses dents.

Il observa un instant les lits et devina que les femmes dormaient dans l'un, et Desmet dans l'autre. Joseph était de retour chez lui où il ne restait plus de place. Il était hors de question qu'il dorme sous le même toit que ce bandit de bourgeois, même si ce dernier se contentait du banc.

—Je vais monter une tente, annonça-t-il sans regarder personne.

Joseph sortit de la cabane en claquant la porte. Pourquoi Claire n'avait-elle pas manifesté le moindre enthousiasme? S'acoquinait-elle désormais avec son ancien fiancé? Le rang social que l'Indien occupait et duquel il espérait tant se défaire l'obsédait. La peur de ne jamais pouvoir aspirer à mieux refit surface, exacerbée par une profonde jalousie. Et si la jeune chanteuse ne s'était servie de l'Indien que pour défier l'autorité maternelle? «Non, c'est impossible, songea Joseph. Pas elle, pas Claire...» Et pourtant, il ne trouvait aucune autre explication à l'attitude distante de son amoureuse.

Dans la cabane, le silence régnait toujours. Jacques Desmet retourna dans la mine. Claire s'assit sur une chaise, près de sa mère. Elle lui prit les mains et sembla la supplier de se réveiller. Mais madame Lambert fixait la fenêtre sans que la moindre émotion ne transpire de son visage.

Claire ferma les yeux. Son esprit se divisait, se déchirait; son cœur aussi. Depuis son arrivée à la concession du ruisseau Hunker, elle se sentait attirée par Jacques Desmet. Elle se surprenait à aimer descendre dans la mine à ses côtés, à travailler avec lui, à l'observer en catimini. Il ne faisait plus valoir son statut de riche bourgeois pour arriver à ses fins. Il avait changé, mûri. Il était enfin devenu un gentleman. Elle appréciait ses sourires timides, ses paroles polies, sa main galante bien que calleuse. Chaque jour, ils se rapprochaient un peu plus.

Et qu'adviendrait-il de Joseph, celui qui, le premier, avait fait naître en elle la passion? N'était-il qu'un bel Indien apportant de l'exotisme à ses rêves d'enfant? Qu'éprouvait-elle désormais pour lui? Le revoir avait fait bondir son cœur dans sa poitrine. Et la main de

Jacques, glissant au même moment dans son dos, avait transformé ses jambes en coton.

Pouvait-on aimer deux hommes ? Elle ne savait plus quoi penser. Ni d'eux, ni d'elle, ni de la vie qui les remettait tous en présence l'un de l'autre.

Le Lion du Nord termina de lire la procuration, puis examina le visage dessiné sur l'avis de recherche. Abstraction faite de la chevelure et du col de dentelle de la robe, il reconnaissait sans difficulté les traits de Dany, le jeune frère de Betty Dodge, qui avait habité Paradise Alley. Il secoua la tête. Une fille qui se faisait passer pour un garçon, maintenant ! Il ne manquait plus que cela ! Puis il se rappela l'arrestation de Nicolas Aubry. Ce jour-là, il se trouvait donc en compagnie de l'adolescente déguisée. Il revit aussi le moment de leurs adieux. Aubry avait embrassé tous ses amis, sauf elle. Il devait forcément être au courant de sa véritable identité. Et peut-être y avait-il eu quelque chose entre eux...

Sam Steele posa l'avis et la procuration de Ricardo Di Orio sur son secrétaire. Il considéra ensuite l'homme assis devant lui.

— Qu'attendez-vous de moi, monsieur Gianpetri ?

Le bandit prenait de très gros risques en se présentant au quartier général de la Police montée du Nord-Ouest.

— Je suis un employé de Ricardo Di Orio. Il attend le retour de sa fille depuis deux ans. Mais cette petite est rusée, comme vous avez pu le constater. Elle ne doit plus me filer entre les doigts. Hélas, comme les autres habitants de la ville, je dois gagner ma croûte. Je ne peux donc pas la surveiller en tout temps.

—Nos cellules n'ont pas été pensées pour le confort des jeunes filles.

—J'en conviens, lieutenant-colonel. Je me disais plutôt qu'elle pourrait loger à l'hôpital St. Mary's, sous la garde des sœurs de Sainte-Anne, jusqu'à la grande débâcle du fleuve. Ensuite, je la reconduirai à New York.

Le policier considéra la proposition.

—Je crois que je peux arranger la chose. Savez-vous où miss Di Orio se cache ?

—Oui. Dans la colline, derrière la ville. Il faut prendre la piste qui conduit au Dôme de Minuit, puis bifurquer à gauche.

—J'enverrai deux hommes dès demain matin.

—Merci, lieutenant-colonel.

Guido Gianpetri se leva et endossa son épais manteau.

—Oh, et ne soyez pas surpris si elle se met à déblatérer n'importe quoi à mon sujet ! ajouta-t-il en mettant son chapeau. Ce ne serait pas la première fois qu'elle aurait recours à ce genre de stratagème. Mais la place d'une demoiselle de seize ans n'est pas ailleurs que chez elle, croyez-moi. Je redoute déjà les crises de larmes de sa mère quand celle-ci apprendra tout ce que sa fille chérie a fait…

Gianpetri s'interrompit. Il ne devait pas en mettre trop afin de rester crédible. Mais il n'était pas loin de la vérité. Alors il salua Sam Steele et quitta le baraquement de la police. Dehors, il sourit et se frotta les mains.

Annie sortit de la cache avec deux sacs de farine sur les bras. Elle descendit l'échelle et, cheminant vers la cabane, elle remarqua un traîneau à chiens qui venait dans sa direction. Le véhicule stoppa sur le ruisseau gelé. Un passager mit pied à terre et courut à sa rencontre.

—Annie !

—Betty ?

L'ancienne prostituée l'embrassa, puis alla droit au but.

—L'homme dont je t'ai déjà parlé sait où j'habite. Et Dany a disparu. Je ne peux plus rester seule. C'est trop dangereux. Je… je suis enceinte…

Tous les muscles du corps d'Annie se bandèrent.

—Pas ici, annonça-t-elle d'une voix dure. C'est impossible.

—Il le faut, Annie. Jusqu'au printemps seulement. Après…

Elle s'interrompit en voyant Joseph Paul sortir de la tente jouxtant la cabane.

—Celui que tu aimes et son frère… articula péniblement l'orpheline. Ils ont tué Nicolas.

Le visage de Betty blêmit. Gustave était donc toujours en vie.

—Moi, souffla Betty, je n'ai rien à voir avec cette histoire. Tu le sais.

Annie hoqueta. Les revers s'accumulaient. Ils ne lui donnaient aucun répit. Mais comment pouvait-elle lui refuser l'asile alors qu'elle-même portait l'enfant de l'un de ceux qui avaient provoqué la mort de son époux ? Elle ouvrit les bras, et elles s'étreignirent en pleurant.

—Joseph va t'aider à décharger tes affaires.

—Vous serez à l'étroit, remarqua l'Indien.

—Je sais, dit Annie d'une petite voix résignée.

Tandis que Joseph aidait le musher à transporter les effets de Betty dans la baraque, celle-ci fourra les mains dans les poches de son manteau de lynx. Elle effleura le bout de papier sur lequel se trouvait l'avertissement à l'origine de sa fuite :

Parle contre moi et je te ferai la peau une fois pour toutes…

Le mot n'était pas signé, mais Betty connaissait très bien l'identité de celui qui l'avait rédigé. Et elle n'avait aucune confiance en lui. Même si elle respectait la volonté du bandit, rien ne lui garantissait qu'il tienne sa parole.

Guido Gianpetri avait donc retrouvé Dany. Et tous trois étaient maintenant prisonniers des environs de Dawson City.

11

Le village kutchin

L E BROUILLARD SE DISSIPA. Les ombres ne dansaient plus. Une seule voix résonnait. Elle chantait. Nicolas tourna la tête dans sa direction. Il distingua à peine une silhouette tant il y avait de fumée. Il se racla la gorge. La voix se tut.

—De l'eau, s'il te plaît... dit Nicolas, la bouche pâteuse, en tapotant ses lèvres pour se faire comprendre.

Personne ne s'occupa de lui. Le chant mystérieux reprit. «Des Indiens», songea-t-il. Il était chez des Indiens. Il tenta de se lever, mais un puissant vertige le cloua à la paillasse. De sa main droite, il palpa ses membres. Il était nu comme un ver. Depuis combien de temps se trouvait-il là? Qui l'avait emmené? Il chercha la source de chaleur qui lui avait procuré tant de bien. Elle avait disparu.

—J'ai soif... articula-t-il avec un peu plus de vigueur.

La silhouette recroquevillée dans un coin s'allongea près de lui. Son chant ne devint plus qu'un murmure.

Nicolas balaya du regard l'espace emboucané. Au-dessus de lui courait une charpente de perches en forme de dôme et recouverte de peaux. Au centre de celle-ci, un trou servait de cheminée. Hélas, cette ouverture insignifiante ne parvenait pas à évacuer complètement la fumée. Elle demeurait prisonnière des lieux et se mêlait aux odeurs de sapin.

Les yeux lui piquaient. Les larmes jaillissaient toutes seules. Sa gorge se desséchait. Nicolas toussa. Il tâta son bras gauche et y trouva un bandage. La douleur se réveillait à mesure qu'il gigotait. Il tenta de se calmer. Mais les quintes de toux se succédaient.

Une main chaude se glissa sous sa nuque. Un visage apparut près de lui. La jeune fille au visage tatoué était revenue. Elle portait une longue tunique faite de peau tannée et ornée de coquillages et de broderies.

—Je m'appelle Nicolas, lui apprit-il en frappant à trois reprises son torse. Ni-co-las… Et toi ?

Il pointa un index dans sa direction. Elle sourit et lui parla dans sa langue. Les mots s'enchaînaient en d'étranges sonorités. Elle lui racontait quelque chose qu'elle seule comprenait. Il l'écoutait, hypnotisé. Il s'imagina qu'elle l'initiait aux mystères de la forêt, de la vie, de la mort aussi. Sa voix douce et solennelle comme une prière sacrée lui rappela celle de son ami Joseph Paul. Avait-il péri sous les balles des Dubois ?

Le curieux récit s'interrompit. La jeune Indienne approcha un gobelet des lèvres du blessé. Sa langue lapa le liquide. Dès qu'il l'avala, Nicolas retrouva un certain bien-être. Son bras gauche, ses yeux, sa gorge… Plus rien ne lui faisait mal. Il avait l'étrange impression de flotter. Son esprit s'échappa presque aussitôt de son corps, s'éleva pour se faire aspirer par le petit trou de la cheminée. Il vogua dans le ciel, au-dessus de la clairière qui accueillait quelques maisons rondes enveloppées de peaux et sur lesquelles s'entassait une bonne épaisseur de neige. Des femmes ramassaient du bois. D'autres dépeçaient du gibier. La marmaille courait en poussant des cris joyeux. À l'orée de la taïga, Yeux-d'Or veillait, enroulée sur elle-même sous une épinette. La chienne-louve bondit soudain sur ses pattes. Elle leva le museau vers le ciel et hurla un coup bref avant de se rasseoir. Elle attendit, couina un peu, son regard ambré rivé sur un point invisible, dans les airs. Mais Nicolas poursuivait son ascension…

Joseph se réveilla, mangea une épaisse banique, puis descendit dans la mine sans parler à personne. En bas, dans les profondeurs du pergélisol, il trouva Desmet, déjà à l'ouvrage. Les deux hommes se dévisagèrent en silence. Puis le Manitobain d'adoption lui tendit un pic. L'Indien ne fit aucun geste vers lui, toujours retranché dans sa mauvaise humeur et sa peur viscérale de perdre Claire.

— À quel jeu jouez-vous ? lui jeta-t-il à la figure. Vous vous montrez sous votre meilleur jour pour mieux nous manipuler ?

— Tu ne me connais pas, soutint Jacques Desmet d'une voix maîtrisée. Qui es-tu pour me prêter de telles intentions ? À moins que ce ne soit plutôt les tiennes ?

Joseph montra les dents. Comme l'homme se permettait de le tutoyer, il se risqua à en faire autant.

— Tu te trompes, déclara-t-il. Je te connais. Tu n'es qu'un profiteur qui rêve de se la couler douce.

— Les choses changent, argua Desmet. Les gens aussi, comme tu vois.

En disant cela, l'homme avait ouvert les bras pour désigner ses vêtements sales et ses mains abîmées.

— Certains, peut-être, concéda l'Indien. Mais toi, non.

À ses yeux, son rival n'était que mensonges et tromperies. Il dissimulait sa véritable personnalité derrière une séduction de façade.

Jacques Desmet soupira et son regard se déporta sur le pic devant lui. Rien ne servait de parler davantage. Le Sauvage entendrait ce qu'il voudrait. Mais il avait autrefois signé une entente et devait désormais la respecter.

La situation enrageait Joseph. La présence de ce rival menaçait ses gains. Et depuis son arrivée, Claire lui avait à peine adressé un regard, un sourire, une parole.

Desmet se questionnait aussi sur cette étrange conduite. Claire était-elle déjà disposée à recevoir une nouvelle offre de mariage de sa part? L'homme secoua imperceptiblement la tête. Non, pas tout de suite, décida-t-il. Il ne voulait pas essuyer un second cinglant refus. Il attendrait. Il prendrait son temps. La jeune fille réservait certainement encore des surprises.

— Vous êtes chez vous, Joseph, autant que moi. Travaillons ensemble. Faisons de cette alliance forcée une réussite. Pour le bien de tous.

Il avait repris le vouvoiement. Joseph l'observait, le scrutait à la loupe, tentait de percevoir dans ses paroles et ses gestes des indices de duperie. La lueur des lampes ondoyait sur le visage de son rival et l'empêchait de discerner avec justesse les sentiments qu'il éprouvait. Il ne se laissa toutefois pas berner par sa voix calme et posée. Il demeurait sur ses gardes.

— Vous demandez l'impossible, répliqua-t-il.

— Croyez-vous que les choses sont plus faciles pour moi? Oubliez-vous, Joseph, que vous êtes à l'origine de nos fiançailles rompues? Avec ce marché que je vous propose, je pile sur mon amour-propre. Ne le voyez-vous donc pas?

L'Indien baissa la tête. Desmet avait raison. Joseph avait gagné le cœur de Claire. Il devait à présent apprendre à l'apprivoiser, à lutter pour le conserver. De son attitude dépendaient ses amours. Il ne devait pas tout gâcher sur un simple coup de tête, avec un accès de colère, de haine ou de violence.

— D'accord, consentit-il. Nous ferons équipe…

Jacques Desmet sourit et lui tendit la main pour sceller leur entente. Au lieu de la saisir, Joseph pivota, revint au puits et remonta à la surface en escaladant les échelons aménagés le long de la paroi. Dès qu'il sortit du trou, il mit le cap sur la cabane. Il frappa une série de petits coups en rafale contre la porte. Annie lui ouvrit et l'invita à entrer. Elle tenait à la main une layette qu'elle préparait pour son enfant. Betty lavait des assiettes dans une cuve d'eau bouillie. Claire lui tournait le dos, assise à la table, en train de faire manger sa mère.

— Je voulais vous souhaiter une bonne journée, mesdames, annonça-t-il, plus timide que jamais.

Claire posa la cuiller dans l'assiette, se leva et se tourna vers lui. Ses vêtements étaient sales et sa chevelure, moins brillante que du temps où elle chantait à Grand Forks. Une longue égratignure, probablement faite dans la mine, striait sa joue. Pourtant, elle était toujours aussi belle.

— Merci, Joseph, souffla-t-elle. Vous aussi.

Il avança d'un pas. Il aperçut alors un éclat de jade poindre du haut col de la jeune fille. Elle portait le collier qu'il lui avait offert le jour de son départ pour le lac Bennett. Cette vision le rasséréna.

— Je tenais à vous demander pardon, déclara-t-il. Je me suis comporté comme un idiot. Je ne m'attendais pas à… le revoir ici.

Claire accepta ses excuses d'un battement de cils.

— Nous non plus…

Elle fit un pas vers lui. Ils auraient aimé se toucher. Mais ils se savaient observés.

— Que diriez-vous d'une partie de cartes, ce soir, après le souper ? proposa-t-il aux deux autres locataires de la baraque.

— À la bonne heure ! répondit joyeusement Betty.

Les Dubois stoppèrent leur attelage là où ils découvrirent de nombreuses empreintes de pas et de raquettes. Ils n'étaient plus très loin du village indien. Ils se concertèrent du regard, hésitant à pousser plus loin leur expédition. La tribu qu'ils s'apprêtaient à rencontrer était-elle belliqueuse et sanguinaire ?

— Si ces Sauvages prennent soin de notre morveux, ils ne doivent pas être si pires que ça, évalua Gustave.

— Va savoir ce qui se passe dans la tête de ces gens-là !

— Établissons notre campement ici. Ils vont nous remarquer, si ce n'est déjà fait. Laissons-les venir à nous. Comme ça, ils verront qu'on ne leur veut aucun mal, qu'on attend qu'ils nous invitent avant de continuer.

— Bon sang de bonsoir, Gus ! On dirait que tu sais de quoi tu parles !

Comme il aurait aimé qu'il dise vrai ! Mais ses paroles n'étaient qu'hypothèses et suppositions. Il ne s'en cacha pas.

— On n'est plus au pays des Blancs, ici. On court de grands risques. Alors la question se pose : est-ce qu'on veut vraiment faire la peau à ce jeune-là ?

Chacun de leur côté, ils réfléchirent à ce qui les motivait. Zénon se sentait coupable de ne pas avoir éliminé Nicolas Aubry lorsqu'il l'avait vu à Montréal. Son manquement avait mis le clan en danger. À cause de lui, trois de ses frères avaient péri. Il ne pouvait plus reculer. Quant à Gustave, il envisageait de prendre bientôt sa retraite. Or, pour s'inventer une vie exemplaire avec femme et enfants, il devait d'abord effacer de l'ancienne ce qui pouvait un jour resurgir et venir lui pourrir la nouvelle. Alors seulement il aurait la conscience tranquille.

— On continue, fit Zénon, le visage durci. Après ça, on n'en parlera plus !

Son aîné approuva d'un signe de tête. Mais la peur l'habitait. Il craignait que tout s'arrête brusquement, qu'il n'ait pas le temps d'accomplir quoi que ce soit de valable. À y regarder de plus près, il n'avait jamais été le maître de sa destinée. En voulant les protéger, il s'était toujours laissé influencer par les autres membres de sa fratrie. En s'entêtant ensuite à les venger, il s'était enfoncé dans le crime. Tout cela pour l'honneur de la famille Dubois. Une pensée déconcertante traversa son esprit. Si Zénon mourait, il pourrait enfin vivre à sa guise, sans rendre de compte à personne. Pendant une fraction de seconde, ce désir qui le pénétrait de le voir là, étendu devant lui, sans vie, le perturba. Tout serait fini. Gustave deviendrait enfin libre de ses gestes.

La mort de Nicolas Aubry ne réglerait donc pas tout...

Il ravala de travers, s'étrangla presque avec sa salive. Il n'osa pas regarder Zénon de crainte qu'il devine ses pensées. Il se dépêcha de décharger le matériel de campement du traîneau et de monter la tente.

La partie de cartes se déroulait dans la bonne humeur. Betty détendait l'atmosphère en plaisantant à qui mieux mieux. Les joueurs riaient de bonne foi à l'écoute des anecdotes un tantinet salées de l'ancienne prostituée. Celle-ci ne se gênait pas pour rajouter de petits détails qui accentuaient leur hilarité ou qui attiraient davantage leur attention sur sa personne. Car, pendant ce temps, ils ne ruminaient pas leurs pensées jalouses. Pourtant, malgré les rires, les cœurs demeuraient fragiles. Une seule remarque déplacée risquait d'ébranler et d'anéantir pour de bon l'harmonie de pacotille qui les berçait ce soir-là.

Un peu avant minuit, Joseph posa ses cartes sur la table en bâillant.

—J'ai encore perdu, annonça-t-il. Une chance qu'on ne joue pas à l'argent, mademoiselle Claire, sinon vous nous plumeriez tous.

Claire rougit. Jacques Desmet approuva et referma son jeu à son tour. Les deux prétendants étaient de bons joueurs. Ils la laissaient gagner par galanterie.

—Si je veux me lever demain matin, je ferais bien d'y aller, ajouta le Malécite.

Il sortit de table et, près de la porte, récupéra son manteau. La main sur la clenche, il promena un dernier regard sur la maisonnée. Il se rappela des dimanches soirs dans la baraque du contremaître de la dix-sept Eldorado. Claire lui tenait parfois compagnie, épaule contre épaule, sa voix cristalline lui soufflant à l'oreille quelque douce mélodie qui le ravissait. Comme il était loin, ce temps béni! Et comme Desmet avait de la chance de profiter des charmes de la jeune fille, de sa présence, de son parfum!

—Bonsoir, la compagnie!

Tous lui souhaitèrent bonne nuit. Claire se leva et attrapa le bonnet de fourrure que l'Indien s'apprêtait à oublier. Elle le lui tendit, un petit sourire aux lèvres.

—Couvrez-vous comme il se doit, monsieur Joseph. Même si vous n'avez pas long à faire…

Le temps d'un soupir, leurs doigts se touchèrent. Joseph eut du mal à contenir son désir de lui voler un baiser. Il lorgna du côté de son rival, puis la remercia d'un signe de tête et s'en alla dans sa tente, gardée au chaud par un petit poêle prêté par les prospecteurs de la concession voisine.

Desmet s'habilla et sortit fumer dehors, devant la porte. En dépit du froid, il ne se pressait pas afin que les femmes aient le temps de faire leur toilette et de se mettre au lit. Oui, il avait de la chance, mais la situation n'était idéale pour personne. L'intimité leur manquait cruellement à tous.

Quand il rentra dans la baraque de rondins, Annie et Betty allongeaient madame Lambert dans le lit et s'y entassèrent à leur tour. Il ne restait qu'une étroite place pour Claire. D'ailleurs, elle avisait le lit de Jacques Desmet avec envie.

— Prenez-le, Claire, je vous en prie.

L'adolescente se détourna, embarrassée qu'il ait surpris ses pensées.

— Je dormirai sur une chaise, proposa-t-il.

Les deux anciens fiancés s'étudièrent à la lueur vacillante de la lampe.

— Vous aurez besoin d'un bon lit pour être en forme et travailler, remarqua avec justesse Betty. Et puis, une jeune fille de bonne famille ne peut dormir sous les mêmes couvertures qu'un homme qui n'est pas son époux. Ce ne serait pas décent.

Rien n'était convenable, dans cette cabane. Pourtant, sans cette intervention pleine de bon sens, Claire aurait accepté la proposition de Desmet. Elle s'imaginait déjà étendue sous les fourrures, s'enivrant des effluves de musc et de sueur de l'homme.

— Demain matin, annonça-t-il, je monterai ma tente à côté de celle de Joseph. J'aurais dû le faire bien avant. Dès votre arrivée, en fait…

Jacques Desmet prit quelques bûches et bourra le poêle pour la première moitié de la nuit. Claire posa alors sa main sur son épaule. Il se déroba d'un mouvement brusque qui la dérouta.

— Je… je voulais vous remercier, Jacques, bafouilla-t-elle.

Il ne répondit rien. Il ne la regarda pas non plus. Il alla se planter derrière le paravent et commença à retirer ses vêtements. Claire s'approcha. Elle colla sa joue contre la mince paroi amovible.

— Je croyais que nous étions devenus des amis, chuchota la jeune chanteuse dans l'espoir qu'Annie et Betty n'entendent pas ses paroles.

— Vous aimez Joseph, affirma-t-il sur le même ton secret. Vous l'avez choisi, Claire.

— Les choses ne sont pas aussi simples, plaida-t-elle.

Jacques reparut, torse nu.

— Vous portez toujours son collier de païen…

Il éteignit la lampe pour couper court à la conversation, puis se glissa sous les peaux. Sa respiration s'alourdit. Il se mit bientôt à ronfler.

Claire, debout au milieu de la cabane, tourna longtemps entre ses doigts délicats les perles qui paraient son cou. Regardant du côté du corps endormi de Desmet, elle ne savait plus lequel elle préférait, ni ce qu'elle souhaitait.

12

Le visiteur

UNE FORTE ODEUR se répandait dans l'air. Une odeur de sang qui lui piquait les narines au point de le tirer de son sommeil éthéré. Nicolas tourna la tête et observa les faits et gestes des femmes de la maisonnée. D'un côté, près des lanières de chair suspendues à la charpente de l'abri, deux d'entre elles déroulaient des peaux. Elles les tendaient sur des supports de bois, les grattaient à l'aide de couteaux de pierre et en retiraient les poils. Elles besognaient vite et en chantonnant, avec une grande minutie. Puis les Indiennes étirèrent les peaux autant que possible, les préparant à être fumées. Ainsi lissées, les peaux ressemblaient à celles d'immenses tambours.

Un peu en retrait, une autre femme était assise sur le sol couvert de rameaux et de peaux. Le dos voûté, elle tenait dans ses bras un bébé qui buvait le lait de sa mamelle allongée. La mère se berçait. Ses lèvres remuaient. Peut-être chantait-elle. Mais cela n'apaisait pas le petit. Il tétait le précieux nectar tout en donnant de vigoureux coups de pieds dans le ventre de la mère. L'enfant arborait une abondante tignasse noire et raide. Il devait avoir un peu plus d'un an. Tandis qu'il repoussait le sein, sa tête se renversa un court instant vers l'arrière. Nicolas remarqua qu'un objet fin et long lui transperçait la cloison nasale.

Une quatrième femme charroyait des branches pour entretenir le feu de la maison circulaire, pour que la température ne baisse pas d'un degré. Et près de sa paillasse, Nicolas reconnut la jeune fille qui prenait soin de lui. Comme chez les autres femmes autour d'elle, un curieux bandeau décoré d'os et de perles enserrait sa chevelure. Deux couettes de cheveux, attachées par un lacet de cuir, tombaient de chaque côté de son visage. Une troisième pendait sur sa nuque. Dans celle-ci étaient fichées trois plumes. Sa mystérieuse guérisseuse enfilait des perles sur du fil et les assemblait sur de nombreux rangs pour former un collier.

—Bonjour, lui dit-il.

Elle tourna vers lui son visage tatoué. L'intensité de son regard le troubla. Il sentit une enveloppe de braise le réchauffer. Elle prononça quelques mots incompréhensibles. À son ton, il devina qu'elle lui posait une question.

—J'aimerais avoir un peu d'eau, s'il te plaît.

Elle ne broncha pas, se contentant de le dévisager, de sonder son âme.

Nicolas s'assit sur la paillasse. La tête lui tournait toujours. Sa vue s'embrouilla. Ses mains devinrent moites, de même que le reste de son corps. La sueur perlait par chacun de ses pores.

La jeune Indienne, qui avait peut-être le même âge que Nicolas, posa son ouvrage sur le sol et se redressa. Sa longue tunique retomba sur ses genoux. Elle attrapa un gobelet et l'approcha des lèvres du blessé. Il sourit. Elle l'avait compris. Il but d'un trait. Ce n'était pas de l'eau. La texture lui ressemblait, mais elle avait dû y ajouter une herbe médicinale quelconque. Il avait déjà bu cette potion. Cette fois, le goût se révélait plus subtil.

Sa guérisseuse avait-elle diminué la dose ? Il en déduisit qu'il devait se porter mieux.

Des éclats de voix lui parvinrent. Dehors, des hommes discutaient et riaient. Des bruits de froissement se mêlaient à des cris d'encouragement. Se battaient-ils ?

Il repoussa les couvertures qui le tenaient au chaud. Il était nu, mais ne s'en formalisa pas. La jeune fille non plus. Il porta son attention sur le bandage enroulé autour de son bras gauche. Il remua les doigts. La douleur se répandit dans le membre. Non, il n'était pas encore guéri. Il défit le pansement, puis retira le cataplasme d'herbe qui protégeait la blessure. Il grimaça en voyant le piteux état de la plaie infectée.

La décoction produisait en lui un curieux effet de détachement et d'engourdissement. Les objets et les personnes se déformaient, les voix se distordaient. Entre deux eaux, le blessé entendit un puissant jappement. Puis les hommes dehors se turent. Une seule voix atteignait encore sa conscience ramollie. Ses intonations lui parurent familières.

— Cet homme… articula-t-il en basculant contre la couche, cet homme ne vient pas d'ici…

Son esprit se polarisa sur l'image menaçante des deux derniers frères Dubois. L'avaient-ils donc retrouvé ?

Il leva le doigt pour le poser sur ses lèvres et inviter sa guérisseuse à se taire. À la place, sa main retomba mollement le long de son flanc. Il sombra. Le sentiment de panique qu'il avait vaguement ressenti se dilua d'un coup.

Aussitôt qu'elle effectuait un mouvement, ses vêtements l'entravaient. Elle oubliait la présence des larges manches ballons de son chemisier et renversait les objets posés sur les tables de chevet. Combien de verres d'eau avait-elle ainsi cassés ? Elle ne les comptait plus. Lorsqu'elle se levait un peu trop vite pour aider un patient ou une religieuse, les pans de sa jupe s'empêtraient dans ses jambes et la faisaient tomber à la renverse sur les lits, sur les malades qui gémissaient de douleur. La maladresse de Daniella Di Orio, alias Dany, décourageait les sœurs de Sainte-Anne, si bien que la demoiselle, à qui cela n'échappait pas, demeurait souvent dans son coin à entretenir sa mauvaise humeur tout en pestant contre Guido Gianpetri et son intention avouée de la ramener chez son père. Et elle pleurait en secret la mort de Nicolas dont la nouvelle avait surpris la ville au retour de Joseph Paul.

La jeune fille ne s'habituait pas à reporter des vêtements féminins. Tout cet enchevêtrement complexe de tissu dont on enveloppait son corps lui semblait destiné à mieux la soumettre et à l'asservir. Elle avait vécu en homme. Elle avait goûté à la liberté de mouvements et de paroles que cela conférait. Les jupes et les robes représentaient désormais pour elle un avenir qu'elle ne souhaitait pas. Elles symbolisaient l'obéissance à son père, le mariage qu'il lui imposerait, la famille qu'elle devrait fonder.

Elle n'avait jamais eu l'intention de rester au Klondike pour le reste de sa vie. Elle désirait voyager, rencontrer des gens, admirer des paysages, vivre et aimer aussi. Depuis quelque temps, des idées que quiconque aurait jugé farfelues traversaient son esprit. Elle s'imaginait meneuse d'éléphants dans un cirque, coureuse à bord de cette invention qui défrayait la une des journaux et qu'on appelait « automobile », ou militante suffragette.

Le projet qui retenait le plus son attention consistait à s'inscrire dans une faculté. Le mot « sociologie » tournait en boucle dans sa tête. Étudier la société américaine, ses changements, ses aspirations. Évaluer les impacts de ses mutations profondes et prendre part aux nombreuses destinées qu'elle s'inventait au jour le jour. D'une certaine façon, se dit-elle, cela revenait un peu à s'étudier soi-même.

Elle attrapa une plume et une feuille mises à sa disposition, puis se mit à noircir le papier.

Papa,
Ma vie n'est pas parfaite. Mes frères et ma mère me manquent. Sache cependant que je préfère subir les affres de la solitude ainsi que toutes les misères du monde plutôt que de retourner dans ta maison qui n'est que tromperies odieuses. Tu me connais. Tu sais ce dont je suis capable. Si un de tes hommes voulait m'obliger à retourner vivre sous ton toit, je m'ôterai la vie…

Elle signa son prénom après ces mots terribles. Elle voulait au départ écrire une longue missive dans laquelle elle justifierait sa fuite, ses gestes. Mais au fond, cela suffisait. Daniella ne plia pas la feuille ni ne la glissa dans une enveloppe. Dès qu'une religieuse de l'hôpital St. Mary's vint vers elle, l'adolescente lui remit le bout de papier.

— Faites parvenir ceci au lieutenant-colonel Steele, lui ordonna-t-elle d'un ton sec qui choqua la bonne sœur. Et qu'il s'organise pour que mon père en prenne connaissance dans les meilleurs délais.

La femme toute de noir vêtue ne put s'empêcher de lire la note manuscrite. Daniella ne s'en offusqua pas. L'argent et l'or qu'elle avait trouvés et laissés dans la cachette de la cabane n'achèteraient pas Guido Gianpetri. Il prendrait cette petite fortune et la dépenserait sans tenir parole. Et même si elle dénonçait ses crimes à la

Police montée, celle-ci ne pouvait l'arrêter pour des actes criminels commis aux États-Unis. S'il se sentait piégé, Gianpetri n'hésiterait pas à quitter le territoire ni à payer quelqu'un d'autre pour lui ramener Daniella à la frontière.

Il ne restait qu'une carte dans le jeu de l'adolescente : l'amour de son père. Préférerait-il la savoir vivante loin de lui ou morte à cause de son entêtement ? Daniella n'était pas du tout certaine de ce qu'il choisirait.

«Pourvu que sa réponse arrive avant la fonte des glaces du printemps», espéra-t-elle. Car cette saison que tous les habitants du Klondike attendaient avec impatience signifiait pour elle son départ forcé au bras de Gianpetri.

Avec la présence de deux hommes sur la concession, Claire ne descendait presque plus dans la mine. Annie aussi passait désormais son temps dans la cabane, à préparer la venue de son enfant et à s'occuper de madame Lambert.

Jacques Desmet et Joseph Paul extirpaient du sol une bonne quantité de gravier, et les prospecteurs croyaient qu'il y en aurait assez pour laver l'or au long de l'été, toujours trop court en ces latitudes boréales. Quand le bourgeois se blessa à une main, Claire le remplaça, et Joseph se retrouva enfin seul avec celle qu'il aimait. S'il ne profitait pas de cette occasion rarissime, elle ne se représenterait peut-être pas de sitôt. Il devait prendre les devants et pourtant, il ne savait plus comment l'aborder.

—Je regrette d'avoir abandonné le *claim*, lâcha-t-il en soupirant.

Il avait perdu un ami, sans doute le meilleur. Et l'amour se tenait maintenant sur le pas de sa porte, prêt à fuir.

— Moi aussi, souffla Claire d'une petite voix.

— On ne dirait pas, la blâma-t-il sans la regarder.

En l'espace de quelques jours, leur relation avait brusquement changé. Leur amour n'avait-il été qu'un feu de paille ? Il l'avait pourtant cru à toute épreuve.

— Avant, les choses étaient simples, commença-t-elle.

— Qu'est-ce qui a changé, Claire ?

Depuis un an, elle allait de surprise en désagrément et ne se reconnaissait plus. Elle avait perdu ses repères. Elle s'était d'abord amusée à prendre des décisions importantes, à braver les conventions, à agir comme une adulte. Aujourd'hui, elle aurait préféré qu'on l'aide.

— Je m'ennuie de ma mère.

La jeune fille, autrefois fonceuse et déterminée, se sentait vulnérable. Elle fondit en larmes. Elle pleurait ses caprices d'enfant gâtée, sa solitude, son désarroi grandissant, son ignorance face à la vie et ses amours hésitantes, sa carrière de chanteuse... Elle ne savait plus où donner de la tête.

De gros sanglots soulevèrent ses épaules, des hoquets brisèrent sa voix.

— Je te demande pardon, réussit-elle néanmoins à articuler.

Ému par sa fragilité, Joseph fit un pas vers elle. Il ouvrit les bras et la serra contre lui. Elle se laissa faire, le visage contre son torse.

— Chut, murmura-t-il à son oreille. Ce n'est rien, mon amour...

Il lui massa la nuque. Elle se détendit et ses pleurs s'apaisèrent. Peu à peu, les mains de Claire remontèrent dans le dos de l'Indien et le pressèrent avec force.

— Je t'aime, Claire.

La tête de l'adolescente se renversa pour lui offrir sa bouche entrouverte. Joseph s'en empara. Leurs langues fusionnèrent pendant un bref instant avant qu'elle ne le repousse.

—Je… je ne peux… pas, bredouilla-t-elle, encore plus décontenancée.

—Avant, tu ne refusais jamais mes baisers ! Le jour de mon départ, tu as pratiquement accepté ma demande en mariage !

Joseph prenait ses désirs pour la réalité.

—Tu l'aimes, c'est ça ? enchaîna-t-il. Tu m'as remplacé par ce filou de Desmet !

Ses mots eurent l'effet d'une douche glacée. Claire sembla se réveiller. Elle se hissa sur la pointe des pieds. Elle prit le visage du garçon à deux mains et plaqua ses lèvres contre les siennes pour qu'il se taise. Le baiser s'éternisa et remplit Joseph d'espoir. Hors d'haleine, ils rompirent leur étreinte pour mieux se regarder.

—Je ferais mieux de partir, annonça-t-elle.

Joseph hocha la tête, presque heureux. Car si elle restait une minute de plus, il en perdrait la raison. Il la posséderait là, par terre. Mais ce n'était pas ainsi qu'il souhaitait lui faire l'amour. Pas dans un trou froid, humide, enfumé et obscur. Ce n'était pas le souvenir qu'il voulait garder de leur première fois. Elle non plus d'ailleurs.

Alors elle remonta à la surface et se précipita dans la cabane. Elle s'adossa contre la porte refermée et tenta de reprendre son souffle. Annie crut que le froid et la course lui avaient rougi les joues. Son sourire ne trompa cependant pas Betty.

—À quel jeu joues-tu ? s'enquit-elle, l'œil plissé et les poings sur les hanches.

Claire retira son manteau et s'assit près du poêle. Elle tendit les mains devant elle pour se réchauffer.

— Tu cours deux lièvres à la fois et tu leur promets chacun…

— Qui es-tu pour te mêler de ma vie ? l'interrompit la bourgeoise, le regard en feu. Tu te prends pour une mère parce que tu es enceinte et tu t'avises de jouer au parangon de vertu, mais on sait toutes les deux d'où tu viens et ce que tu faisais pour vivre, il n'y a pas si long-temps !

La tirade pleine de venin amusa Betty.

— Et on sait toutes les deux que les petites filles à papa ont l'habitude d'obtenir ce qu'elles désirent, hein ? Mais toi, que veux-tu ? Ou devrais-je plutôt dire : *qui* veux-tu ?

Devant la perspicacité de la fille de joie, Claire serra les mâchoires et les poings.

— Je n'autoriserai personne à me parler ainsi sous mon propre toit, postillonna-t-elle de colère. Tu n'es que de passage ici. Rappelle-t'en !

— Certes, s'excusa aussitôt Betty qui ne voulait pas se retrouver à la rue et à la merci de Guido Gianpetri. Je l'oubliais. Mais tu ne gagneras rien en jouant sur les deux tableaux. Un homme qui se respecte exige la fidélité. Si tu n'arrives pas à fixer ton choix, alors crois-moi, abstiens-toi de minauder.

Ce n'était pas la mère en devenir qui venait de lui parler, mais bien une femme qui connaissait le cœur des hommes. Claire percevait la sagesse de son propos. Elle avait toutefois trop d'orgueil pour l'admettre.

— Un mot de plus et…

Betty baissa le front pour signifier qu'elle compre-nait l'avertissement, ce qui ne l'empêcha pas de sourire en catimini. Claire était intelligente. Elle se souvien-drait de leur conversation.

—Me reconnais-tu?

Nicolas posa un regard vague sur l'homme à son chevet. Peu à peu, ses pupilles se contractèrent, et il émergea de la torpeur provoquée par la mystérieuse mixture. Les traits de celui qui lui parlait se détachèrent du néant pour se révéler à lui. Contrairement aux autres Indiens qui l'hébergeaient depuis quelques jours, le visiteur n'arborait pas de tatouages ni de petit osselet en travers du nez. Il n'était pas un des leurs.

Son esprit encore empêtré se fixa sur une rencontre faite quelques semaines auparavant, pendant qu'il chassait dans la taïga. Un inconnu portant des lunettes d'Esquimau et qui, avec son épais manteau de fourrure, avait l'air d'un ours. Il lui avait alors appris que les Dubois promettaient de l'or à ceux qui le dénonceraient.

—Pieds… Agiles? prononça Nicolas d'une voix pâteuse.

L'homme acquiesça.

—Que faites-vous là? demanda le blessé en tentant de mettre de l'ordre dans sa tête. Me suivez-vous?

Le visiteur éluda la question.

—Les Dubois sont ici, dans la forêt. Ils parlementent avec les Kutchins. Ils prétendent que tu es leur ami, qu'ils te cherchent depuis des jours et qu'ils souhaitent te reconduire à Dawson City pour te faire soigner.

La terrifiante annonce foudroya Nicolas. Elle réveilla sa conscience d'un coup, ainsi que sa peur viscérale. Il s'assit sur la paillasse en grimaçant de douleur. Michel Cardinal, alias Pieds-Agiles, avait encore rasé sa barbe afin de ressembler davantage à un Indien et duper Nicolas. Il tira sur la couverture. Le bras cassé

147

du garçon, enroulé dans un bandage souillé, apparut. Il souleva le cataplasme pour examiner la plaie. Le blessé ne put rien lire sur le visage hermétique de l'homme.

— Est-ce grave ?

— Ce n'est pas beau, dit-il sans la moindre émotion. Pas rassurant non plus.

Nicolas préféra changer de sujet.

— Ces Indiens… dit-il en indiquant l'abri où il séjournait.

— Les Kutchins, précisa Pieds-Agiles.

— Vont-ils se laisser amadouer par les Dubois ?

— Non. J'ai parlé en ton nom.

— Les Dubois risquent-ils de nous attaquer ?

— Si jamais ils essayent, ils signeront leur arrêt de mort. Les Kutchins sont belliqueux et coriaces. Tes ennemis ne sont pas des idiots. Ils savent qu'ils n'ont pas l'avantage du terrain.

Nicolas réfléchit. Si les Kutchins lui permettaient de profiter de leur hospitalité jusqu'à son rétablissement, il aurait peut-être la chance d'échapper aux Dubois. La présence de Pieds-Agiles se révélait providentielle. Il pouvait à coup sûr compter sur lui.

— Si vous m'avez retracé jusqu'ici, vous devez savoir ce qui est arrivé à mon ami Joseph…

Pieds-Agiles approuva, solennel. Il tendit au garçon un gobelet d'où s'élevait un agréable fumet.

— Bois. Ça va te ravigoter.

Le blessé obéit. L'effet ne se fit pas attendre. Nicolas battit des paupières et retomba mollement sur la couche. Pour la première fois depuis qu'il était dans la maison kutchine, Michel Cardinal esquissa un sourire en coin. Son plan se déroulait comme prévu. Nicolas Aubry ne se méfiait pas de lui. Du moins, pas encore.

13

Les doutes

À SON RÉVEIL, Nicolas le chercha des yeux, mais Pieds-Agiles n'était plus à ses côtés.

Il avait perdu la notion du temps. Depuis combien de jours se trouvait-il là, couché sur cette paillasse ? Les Dubois attendaient-ils son rétablissement pour lui tomber dessus, une fois qu'il se serait remis en route vers le lac Bennett ? Et d'ailleurs comment s'y rendrait-il désormais ?

Il se sentait lourd. Le moindre de ses gestes se révélait une torture. Il avait l'impression angoissante d'être paralysé. Puis, pour une raison obscure, une nouvelle question se tailla un espace parmi les autres et occupa d'un coup toute la place dans son esprit : ses ennemis avaient-ils pu engager un Indien pour amadouer ses hôtes ? Car l'arrivée de Pieds-Agiles survenait à point nommé. C'était la deuxième fois qu'il le rencontrait ; et à chaque occasion, le mystérieux inconnu lui avait parlé des Dubois… De plus, l'Indien n'avait pas voulu lui répondre quand il lui avait demandé s'il le suivait. Et cette boisson qu'il lui avait fait ingurgiter, à l'effet encore plus foudroyant que ce que la jeune fille kutchine avait l'habitude de lui donner… Il avait prétendu qu'elle le revigorerait. Pourtant, Nicolas ne se sentait pas mieux. Son bras allait-il guérir ?

— Es-tu là ?

Il ignorait comment son infirmière s'appelait. Il savait seulement qu'elle avait la peau douce et chaude, que son corps exhalait un parfum de cônes, de cocottes, de racines, de bois qui brûle, de sang séché… Toutes les odeurs de la taïga parfumaient son épiderme et sa chevelure soyeuse.

— Es-tu là, dis ? répéta-t-il avec un peu plus de force.

Près de lui, quelque chose remua. Son regard obliqua d'un côté et il la vit enfin. Il sourit.

— Bonjour…

Elle lui répondit quelques mots dans sa langue. Sa voix le berça. La jeune Indienne lui caressa le front. Sa main s'attarda un instant pour vérifier sa température. Aucune émotion ne marquait son visage. Elle prit un gobelet qu'elle présenta à Nicolas.

— Non, je n'en veux pas, refusa-t-il d'un ton ferme.

Elle sourcilla, comme si elle avait saisi le sens de ses mots. Elle approcha encore le récipient des lèvres du blessé. Celui-ci les tenait résolument fermées. Elle se redressa un peu et parla. Comme il ne comprenait rien, elle tapota la tasse, montra du doigt la porte taillée dans les peaux non tannées qui recouvraient la maison, puis mima avec son index et son majeur une personne qui marche.

— A… a-mi-i…

Ami ? Venait-elle de bredouiller ce mot ? En français de surcroît ? Qui le lui avait enseigné ? Cela ne pouvait être que les frères Dubois, en déduisit-il. Ou un complice à leur solde. Quelqu'un comme ce fameux Pieds-Agiles qui lui avait donné à boire cette puissante mixture qui le maintenait toujours cloué à la paillasse. Mais les effets de la potion faiblissaient. Déjà, il parvenait à remuer la tête.

—A… a-mi-i… prononça-t-elle encore en indiquant la porte.

Elle lui offrit le gobelet.

S'il acceptait la boisson, il sombrerait une fois de plus dans les limbes. Que lui arriverait-il ensuite ? Les Dubois en profiteraient-ils pour l'enlever avec le consentement des Kutchins ? Alors son compte serait bon. Il n'y avait aucun risque à courir.

—Non, pas ami… dit-il en secouant la tête. Pas ami.

Les paupières de la jeune fille se refermèrent davantage sur ses prunelles noisette. À son tour, elle agita la tête de gauche à droite.

—Pa-as… a-mi-i… Pa-as… a-mi-i.

—Non.

L'infirmière kutchine plongea un regard soucieux dans celui du blessé. Elle porta son attention sur le liquide reposant au fond du gobelet, puis sur les autres femmes de la maisonnée, restées en retrait. D'un geste vif, elle vida la boisson à ses pieds. Nicolas soupira de soulagement. Elle l'avait compris.

L'Indienne l'abandonna quelques secondes pour revenir avec une banique. Nicolas serra davantage les lèvres. La jeune fille devina ses réticences. Elle planta les dents dans le pain et en mangea un morceau. Après l'avoir avalé, elle déchira un second morceau qu'elle offrit au garçon. Cette fois, il l'accepta.

Tandis qu'il mâchait le bout de banique, elle se frappa la poitrine avec sa paume ouverte.

—A-mi-ie… dit-elle encore.

Nicolas acquiesça, ce qui la fit sourire.

Joseph chassait régulièrement et rapportait aux habitants de la concession du gibier dont ils se repaissaient avec bonheur, ce qui avait pour effet de ne pas épuiser trop vite leurs provisions de bacon, de farine, de flocons d'avoine, de haricots et autres aliments qu'ils avaient consenti à mettre en commun.

L'Indien dépeçait et conservait presque tout des carcasses. Il fumait les abats et la viande, il réservait la graisse et la moelle pour les soupes, il préparait les peaux pour les transformer ensuite en vêtements, en mocassins, en moufles, en bonnets ou en couvertures pour les lits. Il étirait et séchait les tendons et les nerfs afin de fabriquer des treillis pour les chaises et les landaus des bébés à venir, ou les enduisait d'huile pour conserver leur souplesse dans le but d'en faire de la corde. Avec certains os, il créait de petites perles qui lui serviraient à confectionner des colliers et autres parures. Il se fabriqua aussi une fronde avec laquelle il s'amusait à percuter des boîtes de conserve vides, qu'il plaçait à bonne distance. Ses origines amérindiennes se manifestaient avec éclat. Ses compagnons bénéficiaient avec joie de ses connaissances et de sa grande habileté.

Jacques Desmet, lui, ne possédait pas autant de talents. Alors, pour compenser, il acceptait de demeurer un peu plus longtemps dans la mine et de s'échiner à gratter le pergélisol et à en détacher le gravier.

Les femmes, elles, prenaient soin de l'intérieur de la cabane, alimentaient aussi les poêles des deux tentes qui jouxtaient leur modeste logis pour les tenir au chaud, en plus de préparer les repas. On les entendait souvent chanter en canon.

Chacun accomplissait ce qu'il savait faire le mieux. Et l'harmonie régnait sur le *claim*. Du moins en apparence. Les habitants se parlaient peu afin de ne pas jeter de l'huile sur le feu et protéger l'équilibre précaire de leur mode de vie. Car les deux seuls hommes de la place convoitaient toujours en silence la même jeune femme…

Comme à l'accoutumée, les dimanches après-midi, Joseph continuait d'enfreindre les règlements de la Police montée du Nord-Ouest qui interdisaient tout travail de quelque nature que ce soit le jour du Seigneur. Il était donc parti vérifier les collets placés sur sa ligne de trappe. Pendant ce temps, Betty et Annie s'adonnaient à une petite sieste et Claire cuisinait des tartes et des beignets. Elle fredonnait en lorgnant du côté de sa mère, immobile et apathique près de la fenêtre. Lorsqu'elle eut terminé, elle endossa son manteau et s'affaira à entreposer la moitié des victuailles dans la cache.

En ressortant du petit abri juché dans les airs, un violent coup de vent la happa de plein fouet. En perte d'équilibre, elle glissa le long de l'échelle en poussant un cri.

À quelques pas de là, Jacques Desmet, qui lisait le journal dans sa tente, se leva d'un bond et alla voir ce qui arrivait. En bras de chemise en dépit du froid qui sévissait, il se dépêcha d'aider son ancienne fiancée à se relever.

— Vous n'avez rien de cassé, Claire ?

— Non, je ne crois pas.

Elle rajusta son manteau et exécuta un pas vacillant. L'homme lui soutint le coude jusqu'à la porte de la baraque. Elle voulut le remercier, mais les mots ne vinrent pas. À la place, mue par une envie irrésistible, elle se haussa sur la pointe des pieds et posa un baiser sur ses lèvres. La moustache de Desmet la chatouillait à peine qu'il la repoussa et la maintint à bout de bras. Il lui décocha un regard sévère.

— Et Joseph ? lui rappela-t-il. Qu'en faites-vous ?

— Voyez… balbutia-t-elle en desserrant son écharpe d'une main tremblante. Je ne porte plus son collier.

— Cela ne suffit pas, protesta-t-il. Faites le ménage dans votre cœur et cessez de vous moquer de nous.

Au-delà des reproches qu'il lui adressait, la voix de Desmet était calme. Devant la surprise de la jeune fille, il ajouta :

— Je sais qu'il s'est passé quelque chose entre vous. Joseph passe son temps à sourire et à turluter. Il étale sa bonne humeur à tout venant et cela ne peut vouloir dire qu'une seule chose.

Le baiser, dans la mine... C'était cela qui transportait le bel Indien sur des nuages, de même que l'espoir de gagner sa main alors que la confusion régnait plus que jamais dans l'esprit de Claire. Un jour, son cœur volait vers le Sauvage ; le lendemain, il revenait vers le bourgeois.

— C'est lui ou c'est moi, ou rejetez-nous tous les deux. Mais de grâce, décidez une bonne fois pour toutes !

Les paupières de Claire clignèrent. Ses prunelles s'embrumèrent. Choisir lequel des deux prétendants ? « Pourquoi ne pas avoir... les deux ? » se demanda-t-elle, éperdue.

Jacques Desmet tourna les talons et disparut dans sa tente qui claquait aux grands vents. « Il m'aime, se dit-elle, il m'a pardonné l'affront que je lui ai fait subir à Skaguay. » Cela devait forcément être le signe d'un attachement puissant et tenace. Pouvait-elle en dire autant de celui de Joseph ?

Desmet n'avait pas voulu profiter d'une situation qui pourtant l'avantageait. Et, d'une certaine façon, celui qui résistait à l'adolescente par raison et droiture devenait encore plus séduisant à ses yeux. Non, il n'était pas l'homme qu'elle avait d'abord imaginé. Chaque jour en apportait la confirmation.

Il bluffait. Comme il lui était parfois arrivé en jouant aux cartes dans les saloons de Dawson City. Il souriait pour donner le change. Se montrer sous un jour avantageux et prouver qu'il avait bon caractère servaient aussi à tourmenter son rival. Il y consacrait son énergie et cela l'épuisait. Lorsqu'il se retrouvait enfin seul, le dimanche, sur sa ligne de trappe, Joseph montrait à la taïga blanchie son véritable visage : angoissé et torturé.

Avait-il regagné Claire pour de bon ? L'avait-il seulement déjà possédée ? Il ne savait plus de quelle manière interpréter les faits du passé. Le jour de son départ avec Nicolas, tout semblait possible entre la belle chanteuse et lui. Il s'en voulait de l'avoir abandonnée. Nicolas aurait dû partir seul. Il s'agissait de sa sentence, après tout.

Mais s'il était resté au bord du ruisseau avec son amoureuse, aurait-il pu empêcher la venue de ce maudit Desmet ? Le bourgeois possédait quand même l'entente signée à Skaguay…

— Pardi !

La pointe du couteau avec lequel il tentait de dégager une perdrix venait de glisser sous le nœud coulant et avait entaillé sa main gauche. Il porta la blessure à sa bouche et suça le sang, puis la recouvrit de neige.

Il n'avait plus la tête à ce qu'il faisait. Il n'avait plus le cœur à rien. Son rival et celle qu'il avait cru être sienne occupaient toutes ses pensées.

Pouvait-il vraiment ajouter foi à ce qu'il voyait ? Oui, Desmet avait changé depuis leur dernière rencontre à Skaguay. Autrefois manipulateur et gredin, il adoptait désormais une conduite irréprochable et polie envers

chacun, Joseph y compris. N'était-ce que de la frime ?
Que leur réservait-il ?

—Je ne lui fais pas confiance, lui avait confié Betty,
le lendemain de son arrivée. Et dans ma vie, j'en ai vu
des mille et des cents, des types pas nets...

L'ancienne prostituée entretenait elle aussi des
doutes. Mais cela suffisait-il à le condamner ?

Se rapprocher. Mais pas trop. Juste assez pour épier
les allées et venues. Sans presser le pas. Donner l'impression de chasser le petit gibier tout en respectant les
limites du village kutchin. Gustave Dubois ne connaissait pas ces Sauvages-là. Il ne savait pas de quoi ils
étaient capables. Il préférait donc ne pas se montrer
trop téméraire.

Il avait pris avec lui un des chiens de la meute afin de
tenir à distance d'éventuels attaquants. La tête baissée,
il semblait relever des empreintes dans la neige, mais
son regard balayait plutôt les environs, par-delà les
conifères et les bouleaux.

Le chien aboya quand deux silhouettes émergèrent
de la taïga. Gustave se redressa. Il posa sa carabine sur
son épaule droite, le canon vers le ciel. La nervosité le
gagna, surtout lorsque les deux hommes furent assez
près pour qu'il distingue leurs traits singuliers : basanés,
tatoués sur le front, les joues et le menton, et la cloison
nasale percée d'un étrange objet. L'un portait un arc et
un carquois, l'autre possédait un long fusil de chasse.

Sans un mot, Gustave salua d'un signe de tête les
deux inconnus. Puis, il sortit de son sac des cigarettes
ainsi qu'une bouteille de whisky. Il les tendit aux Indiens
qui se montrèrent intéressés. Ceux-ci baragouinèrent
dans leur langue. Le ton parut cordial. L'homme blanc

les invita de la main à les suivre. Il indiqua une direction, celle de son campement, puis pointa les cadeaux qu'il venait de leur offrir. Là-bas, il y en avait d'autres pour eux, voulait-il leur dire.

Les deux Indiens ne bronchèrent pas. Ils en avaient vu des dizaines qui s'imaginaient pouvoir les acheter avec du tabac, de l'alcool ou de simples bouts de métal. Ils se méfiaient. Alors Gustave s'éloigna en les saluant. Après ce premier contact réussi, il espérait en établir un second dès le lendemain. Si son frère et lui attendaient trop pour se lier d'amitié avec eux, Nicolas Aubry risquait de se remettre sur pied et de leur échapper, ce qu'ils ne se pardonneraient jamais.

En regagnant son bivouac, Gustave remarqua une autre silhouette qui louvoyait entre les arbres. Il stoppa et se cacha derrière une épinette pour mieux l'observer. Son chien s'agita et s'apprêtait à japper quand il tira si fort sur la laisse que celle-ci étrangla presque la pauvre bête.

L'homme avança sans se douter de rien. Quand il fut assez près, Gustave Dubois se rendit compte qu'il ne ressemblait pas aux autres Indiens du village malgré son anorak, son pantalon et ses bottes de peau. Son visage n'était pas couvert de tatouages et son nez n'était pas percé. Plus encore, son regard bleu acier lui rappelait quelqu'un… Puis son esprit fit tilt.

—Jupiter ! souffla-t-il, abasourdi.

Sans bouger, il le suivit des yeux et le vit entrer dans le village kutchin. Qu'est-ce que ça voulait dire ? Que diable faisait-il dans les environs ? Était-ce donc là que Michel Cardinal se cachait depuis tout ce temps ?

Gustave revint au campement où il trouva son frère en train de réchauffer la soupe.

—Tu ne devineras jamais qui je viens de voir chez les Sauvages ! déclara-t-il à son cadet.

—Ne me dis pas que notre petit morveux est déjà sur pied !

—Non… Enfin, je ne crois pas.

—Alors qui ? s'impatienta Zénon.

—Cardinal…

Les deux frères Dubois se dévisagèrent, petit sourire aux lèvres.

—Pas vrai !

—Je suis sûr que c'était lui.

—Bon sang de bonsoir, Gus ! Tu vas l'avoir, ta revanche. On va faire d'une pierre deux coups.

—Ouais, on dirait bien…

Sauf qu'avec les Sauvages dans les environs, comment ferait-il ? Il faudrait trouver le moyen d'attirer Cardinal à l'écart du village ou le suivre lors de ses promenades en forêt. Et cela, sans soulever la suspicion des Indiens.

—On n'aura pas le choix de jouer de finesse, conclut-il. Sinon on l'aura en pleine gueule…

Zénon approuva et, ensemble, ils se mirent à concevoir un plan pour se débarrasser de Michel Cardinal.

14

Un père et son enfant

—Es-tu là, amie ?

Nicolas l'appelait, mais elle ne se montrait pas. Il remua un peu. Ses membres répondaient maintenant à sa volonté. L'effet paralysant du médicament avait disparu. Il repoussa les couvertures et s'assit au bord de la paillasse. Son bras lui faisait toujours mal. Une rougeur sombre, presque noire, se répandait au-delà du bandage. Il préféra ne pas vérifier l'état de sa blessure, comme si ce qu'il ne voyait pas n'existait pas.

Il se mit debout. Trois femmes kutchines assises près du feu l'observaient en silence. Sa nudité ne parut pas les choquer. Ne trouvant pas ses propres affaires, il attrapa des vêtements en peau d'orignal doublée de fourrure, laissés sur la couche, et s'habilla. Nicolas se réjouit de ne plus éprouver de vertiges. Il allait mieux, même si son bras l'inquiétait. Il trouva aussi un anorak assez ample pour lui et le passa maladroitement par-dessus sa tête, n'enfilant que la manche de son bras valide.

—Je… sors…

Il se sentit idiot d'annoncer ses intentions puisque personne ne le comprenait. Les Indiennes semblèrent d'ailleurs s'en moquer, concentrées qu'elles étaient sur leurs travaux de broderie.

Une fois dehors, l'air pur de la clairière où se trouvait le village emplit ses poumons. Une masse de poils se précipita aussitôt sur lui. Il tomba à la renverse en tentant de protéger son bras blessé.

— Yeux-d'Or! Comme je suis content de te revoir!

La chienne-louve jappa, puis enfonça son museau sous l'aisselle de son maître. Il lui caressa vigoureusement la nuque.

— C'est toi, hein, qui m'as amené ici? Oh, oui! Tu es une bonne fille! C'est toi ma fidèle amie, maintenant.

Autour d'eux, comme dans la maison ronde, les Indiens observaient son comportement sans intervenir. Lui glissait toujours la main dans la fourrure de la bête qui quémandait son affection.

Au bout d'un moment, Nicolas se releva. Il détailla ce lieu où on l'hébergeait depuis il ne savait combien de jours, peut-être des semaines. Les Kutchins vaquaient à leurs occupations. Ils jouaient à se chamailler, discutaient ou jetaient de la nourriture à leurs chiens. D'un côté comme de l'autre, il ne vit aucune trace de son infirmière. Pas plus que du mystérieux Pieds-Agiles.

Il marcha vers la taïga. Yeux-d'Or le suivit sans qu'il eût besoin de l'appeler. Le vent lui faisait du bien après son séjour prolongé dans la maison emboucanée. Il respirait à grandes goulées, fermant les yeux pour mieux s'en imprégner. Sa promenade l'essouffla vite, mais il ne désirait pas rentrer tout de suite. Il tenait à profiter de ce sentiment de bien-être qui l'envahissait.

Plus le vent soufflait sur son visage et le ranimait, plus la réalité le rattrapait. Les fantômes de son passé revinrent le hanter. Son retour chez lui, à Maskinongé, était-il compromis?

Il s'immobilisa à l'orée de la forêt. Les Dubois se cachaient là, quelque part. Il ne pouvait s'y enfoncer sans risquer de perdre la vie.

Une pensée traversa soudain son esprit. Et s'il demeurait chez les Kutchins ? Pourrait-il devenir un des leurs ? Son infirmière pourrait sans doute l'y aider. Avec ses nouveaux habits, la chose lui paraissait presque possible... Samuel Steele l'avait banni du territoire du Yukon, mais la Police montée du Nord-Ouest allait-elle jusqu'à effectuer des rondes de reconnaissance parmi les Indiens ? Ou se contentait-elle de mener ses opérations là où les Blancs vivaient ?

Nicolas appréciait la vie qu'il sentait couler dans ses veines. Depuis son arrivée au Klondike, il ne comptait plus les fois où il était passé à un cheveu de la mort. Tous ces dangers à cause d'une vendetta... il avait joué à un jeu dangereux. À quoi donc son père avait-il pensé en lui demandant de laver l'honneur de la famille ? Et lui-même, en acceptant ?

Il fit le tour du village qui ne comptait que quelques habitations circulaires. À chaque pas, ses pieds s'enfonçaient dans la neige. Il devait les lever haut pour s'extirper des empreintes profondes qu'il créait, ce qui épuisa les muscles de ses jambes, restés inactifs trop longtemps. Nicolas décida de retourner dans la maison de ceux qui l'avaient accueilli.

La haute stature de Pieds-Agiles vint alors vers lui. Ses paupières presque closes formaient deux étroites fentes. Nicolas ne put discerner l'éclat de ses yeux. Le soleil se cachait derrière d'épais nuages. Le jour gris ne pouvait donc pas l'aveugler. Celui qui se faisait passer auprès des Kutchins pour son ami le salua d'un signe de tête.

— Tu te portes mieux.

Nicolas décida de jouer le jeu de celui qui ne se doutait de rien.

— Sûrement grâce à votre remède.

Pieds-Agiles garda le silence. Son visage impassible, encadré par le bonnet de fourrure qui retombait de chaque côté de ses oreilles, intimida le garçon.

— Je vous remercie, continua-t-il. Il me tarde de rentrer chez moi.

Celui qu'il voyait pour la troisième fois semblait figé dans la neige, telles les grandes épinettes de la taïga.

— Ne te fie pas aux apparences. Ton état est grave.

Pieds-Agiles ne parlait plus comme un Indien et il n'affichait plus la même réserve que lors de leurs rencontres précédentes. Jusqu'à maintenant, il avait évité de croiser le regard de Nicolas. Là, il le dévisageait. Sa voix était franche et directe, pour ne pas dire féroce. Il avait mis de côté les convenances.

Le blessé n'avait peut-être eu droit qu'à un bref répit, mais pourquoi autant de pessimisme ? Pieds-Agiles voulait-il lui faire peur ?

— Oui, sans doute, acquiesça-t-il enfin, de plus en plus sur ses gardes. Je vais retourner me coucher.

Et Nicolas rentra se mettre au chaud, heureux de ne plus se trouver face à face avec le mystérieux personnage.

Après le souper, lors de la traditionnelle partie de cartes qui divertissait chaque soir les occupants de la concession du ruisseau Hunker, Annie Kaminski préféra se mettre au lit. Sa grossesse l'éprouvait davantage et la fatigue commençait à se faire sentir. Aussi, personne ne s'inquiéta de la voir se retirer.

Elle déploya le paravent devant le lit qu'elle partageait avec Betty afin de se ménager un peu d'intimité.

Elle se coucha, remonta l'épaisse fourrure jusque sous son nez, se recroquevilla et… se mit à pleurer en silence.

Depuis deux jours, elle ne se sentait guère vaillante. Une douleur lancinante lui broyait les reins et se propageait maintenant de façon insidieuse vers son abdomen. Il lui semblait que sa poitrine prenait un peu moins de place dans son corsage. Elle avait des vertiges et ses bras s'affaiblissaient. Parfois, son cœur s'emballait pour un rien, donnant l'impression qu'il allait exploser. La nausée des premières semaines avait disparu, mais ce qu'elle vivait pour l'heure était-il normal ? Elle songea à sa mère morte depuis de nombreuses années. Elle aurait pu lui raconter et lui expliquer les *choses* des femmes. Betty aussi, sûrement. Mais la petite orpheline ne voulait rien dire de ce qu'elle vivait, comme si sa douleur était synonyme de honte.

Elle ferma les yeux et serra les poings quand une crampe l'assaillit au ventre. Elle souffla par petits à-coups, doucement, pour s'empêcher de gémir. Puis une onde chaude lui enveloppa le haut des cuisses. Elle secoua la tête, les mains jointes sur son sexe. Elle se replia encore plus.

La douleur devint fulgurante. Ses larmes cascadèrent sur ses joues crispées. Sa main droite remonta le long de son corps vers son visage. Elle s'essuya les yeux. Ouvrant sa bouche pour mieux respirer, sa langue toucha le côté de sa main. Aussitôt, un goût âcre et amer envahit ses papilles. Elle ouvrit les yeux. Du sang ! Sa main était tachée de sang !

Elle repoussa les couvertures et, paniquée, frissonna d'effroi.

— Betty !

De l'autre côté du paravent, son amie leva à peine les yeux de son jeu.

— Qu'est-ce qu'il y a, chérie ?

Les paupières d'Annie papillotèrent fébrilement devant la mare de sang qui inondait sa robe de nuit, le lit et les peaux.

— Betty...

D'un bref regard complice, Jacques Desmet, Joseph Paul et Claire Lambert firent signe à la quatrième joueuse d'aller voir ce qui se passait. Celle-ci délaissa la partie à contrecœur. Dès qu'elle passa la tête au bout du paravent, son corps se figea de stupéfaction. Annie secouait la tête, hagarde. Aucun son ne sortait de sa bouche béante.

Betty retrouva son sang-froid. Elle retroussa les manches de son chemisier en se retournant vers les joueurs.

— La partie est terminée, annonça-t-elle d'une voix autoritaire. Messieurs, rentrez chez vous.

Ses compagnons la dévisagèrent avec perplexité. Elle se pencha près de Claire et lui glissa à l'oreille :

— Elle perd l'enfant...

De la main, elle balaya l'air pour presser les hommes de s'en aller, ce qu'ils firent sans poser de questions. Quand la porte se referma derrière les deux prétendants, Betty enchaîna les ordres :

— Prends des linges propres et mets-les dans l'eau chaude. Puis tiens-lui la main et rassure-la. Chante-lui une berceuse. N'importe quoi...

— Est-ce que je vais mourir ? murmura Annie, tremblante.

— Mais non, la rassurait Claire qui, au fond, n'en savait rien. Chut... Tout va bien aller. N'est-ce pas, Betty ?

Celle-ci, soucieuse, ne répondit pas. Comme Claire se mettait à fredonner, elle allongea son amie sur le dos, releva les pans souillés de sa robe et lui écarta les jambes. À l'aide des bouts de tissus mouillés, elle épongea le sang et les caillots que son corps frémissant expulsait.

Et, ce faisant, elle retenait son souffle. Car tout le monde savait qu'une femme enceinte qui en aidait une autre en train de faire une fausse couche, cela portait malheur…

Un homme approchait. Carabine à la main, il parcourait la forêt à la recherche de sa pitance. Il ouvrait l'œil, scrutait les environs, avançait d'un pas lent et prudent, les sens aux aguets. Un seul ne fonctionnait pas aussi bien que les autres… l'odorat. Il n'avait donc pas encore senti le danger qui rôdait autour de lui. Mais il était bien armé.

Depuis des jours, la bête cherchait en vain un lièvre à se mettre sous la dent. Elle avait faim. Et le vent lui soufflait l'odeur du sang chaud qui coulait dans les veines du chasseur. Elle avança un peu. Ses omoplates roulaient sous son épaisse fourrure blanche et grise, couverte d'ocelles noirs. Ses larges pattes effleuraient à peine la neige. Puis le lynx stoppa. Il baissa l'arrière-train tout en piétinant la neige, prêt à bondir. Sa petite queue frétillait devant la vulnérabilité de sa proie. Ses pupilles contractées se rivaient sur la cible mouvante. Ses oreilles aux pointes garnies de pinceaux se dressaient, à l'affût d'un autre prédateur qui pourrait venir lui ravir son repas.

Alors il chargea. Il courut à la vitesse de l'éclair. À portée de sa victime, il s'éleva sur ses pattes de derrière et lui sauta dessus. Sa gueule vorace chercha la chair tendre du cou. Mais elle ne planta ses crocs que dans le manteau.

Surpris, Zénon Dubois tenta de repousser son assaillant. La lutte s'amorça. Dans leur duel désespéré, l'homme et la bête échangeaient coups de crosse et claquements de gueule qui fendaient l'air sans atteindre leur objectif.

Au bout de ce qui lui parut une éternité, Zénon réussit enfin à s'éloigner suffisamment du lynx pour le mettre en joue. Il tira. Deux détonations presque simultanées retentirent. Le félin s'écroula mollement… ainsi que son meurtrier.

Le chasseur examina sa cuisse ensanglantée d'un air ahuri. Comment avait-il pu se viser lui-même avec la longueur de son canon ? Il se débarrassa de son manteau et s'empressa de faire un garrot avec les bretelles de son pantalon. Il essaya de marcher. La douleur le renversa contre une épinette qui l'ensevelit de flocons de neige. Il eut toutes les misères du monde à remettre son manteau. Il cria à tue-tête. Il appela à l'aide. Seul le sifflement du vent lui répondait. Il pesta. Il jura. Il profana le nom de tous les saints du ciel.

— Gus ! Par ici, Gus !

Il tourna la tête de côté. Le lynx gisait, inerte, dans la neige maculée de leur sang.

— Bon sang de bonsoir ! Ce n'est pas vrai que ça va se terminer de même !

C'était trop absurde. Il ne pouvait pas mourir comme ça ! Sa blessure n'était pas mortelle, mais la morsure du froid, elle, le deviendrait vite. Il devait rentrer au campement avant la tombée de la nuit. Contre toute attente, une silhouette se faufila entre les arbres.

— Hé, vous ! Par ici !

Elle bifurqua dans sa direction, sans se presser.

— Aidez-moi ! supplia Zénon en montrant l'état de sa cuisse, puis en tendant la main pour qu'on l'aide à se relever.

L'homme s'arrêta à quelques pas de lui et détailla la scène. Il saisit la carabine du blessé et vida le chargeur, en prenant soin de récupérer ensuite les munitions tombées à ses pieds.

—Mais que faites-vous, bon sang de bonsoir ! Vous ne voyez pas que…

Celui qui venait de surgir de la forêt abandonna l'arme dans la neige, près du lynx. Il retira ensuite son bonnet. Zénon reconnut enfin les traits de Michel Cardinal.

—C'est toi… souffla le blessé, incrédule. C'est toi qui m'as tiré dessus !

—Mais voyons, ricana l'ennemi juré de son frère. Ce n'était qu'un accident de chasse. Comme il y en a tant d'autres.

—Espèce de…

—À ta place, je garderais ma salive et je penserais au moyen de me sortir de là.

Les deux hommes savaient qu'il n'y en avait pas. Zénon tenta néanmoins de se remettre sur pied. À l'aide d'une branche morte, Cardinal lui asséna un puissant coup dans le ventre. Le blessé s'affaissa comme un pantin. Il effectua un nouvel essai. Cette fois, des salves portées à la jambe blessée, puis à l'autre, et ensuite à l'abdomen le contraignirent à rester au sol. Il respirait avec difficulté. Le froid s'empara de lui. Il se mit à grelotter et à claquer des dents.

Michel Cardinal recula d'un pas. Zénon l'abreuva d'injures. Aucune ne l'atteignait. Au contraire, l'impuissance de sa victime et sa colère inutile l'amusaient. Il resta donc planté là, à jouir du spectacle de cette mort lente mais inéluctable.

Puis, au crépuscule, Cardinal consentit à s'éloigner un peu. Il fit un petit feu qui ne réchauffait que lui et il cassa la croûte. Au fil du temps qui s'écoulait, la voix de Zénon Dubois proférant des insultes faiblissait.

— Gus va t'avoir... Il l'a promis...

Sa voix se perdait dans la rumeur du vent. Le froid bleuissait son visage crispé, le couvrait de frimas. Il ne parvenait plus à remuer. Il ne ressentait plus son corps. Seules la rage et l'envie de tuer l'habitaient toujours. Il ne pria pas Dieu. Il ne L'implora pas de lui envoyer un bon Samaritain. Il ne Lui promit rien en échange de Sa grâce. Il n'eut aucune pensée pour ses crimes ni pour ses nombreuses victimes. Il ne regretta pas le moindre de ses gestes. Il n'était pas ce genre d'homme. Il continuait d'entretenir les mêmes pensées sombres et violentes qui l'avaient animé au long de sa vie. Il n'avait pas peur de mourir. Il haïssait seulement un peu plus la vie et la façon dont la sienne était en train de se terminer. Un silence glacial s'abattit sur la taïga. Zénon rendit l'âme.

Cardinal effaça les traces de son feu, puis s'approcha. Il sortit de la poche de son manteau le revolver de Théodule Dubois qu'il avait volé dans les affaires de Nicolas Aubry, à l'intérieur de la maison kutchine, et le posa sur la neige, près de la main de Zénon.

— Et de quatre... murmura-t-il, sourire en coin.

Il s'en alla sans toucher au lynx. La mort de Zénon Dubois devait avoir l'air d'un accident de chasse. Même aux yeux des Indiens.

Ce soir-là, Nicolas finit par trouver ses affaires, roulées en tapon derrière la paillasse. En prenant son manteau, il s'étonna de sa légèreté. Il plongea la main dans les poches. Elles étaient vides. L'arme de Théodule Dubois ne s'y trouvait plus...

15

Le dernier des Dubois

IL NE RESTAIT qu'une seule balle dans le barillet du revolver de Théodule Dubois...

Même au cœur de la forêt, alors que ses chances de survie semblaient réduites à néant, Nicolas ne s'était jamais résigné à l'utiliser pour mettre un terme à ses souffrances. Il avait gardé espoir et avait eu raison de le faire. La jeune fille qui prenait soin de lui ou un autre Kutchin avait-il dérobé l'arme?

Dès qu'il vit son infirmière revenir, il s'empressa de lui poser la question qui lui brûlait les lèvres. Avec sa main droite, l'index tendu vers elle et le pouce en l'air, il mima un revolver.

—Mon bang-bang... où il est? Bang-bang?

—Bang-bang pas a-mi-i... répliqua-t-elle en montrant la porte.

Ses craintes se confirmaient. Pieds-Agiles avait donc récupéré l'arme au cours d'une de ses visites. Mais dans quel but? L'avait-il rendue aux Dubois?

Il allait ajouter quelque chose quand l'Indienne montra les habits qu'il portait depuis sa promenade autour du petit village. Il ne saisissait pas le sens des mots, mais le ton de même que son attitude s'avéraient aussi clairs que l'eau des montagnes: elle fulminait. Dans une série de gestes qu'elle enchaîna à la vitesse de l'éclair, elle lui reprocha de s'être levé et aventuré dehors en dépit de l'état de sa blessure. Et comme il restait de marbre, elle souleva l'anorak et lui empoigna le bras.

Nicolas ne sentit pourtant rien. Et lorsqu'elle le relâcha, le membre retomba mollement le long de son corps. Il parvenait à peine à le bouger. Elle lui prit ensuite la main droite et la posa sur celle de gauche. Elle était glaciale! Le sang n'y circulait plus.

Les larmes embrouillèrent son regard. La tête lui tourna. Il s'assit sur la paillasse pour reprendre ses esprits.

L'Indienne s'agenouilla auprès de lui, le visage radouci. Avec délicatesse, elle retira le pansement souillé et l'obligea à regarder l'horrible plaie. La lésion ne cicatrisait pas. Au centre des lèvres noircies et puantes, l'os cassé saillait. Son avant-bras jusqu'aux doigts se marbrait de teintes grisâtres. La putréfaction des tissus irradiait au-delà du coude. Sa fracture et une trop longue exposition au froid intense de l'hiver yukonnais avaient semé la gangrène en lui!

La belle infirmière au visage tatoué se remit à parler. Il ferma les yeux et l'ignora. Il ne voulait pas la voir ni entendre les mots dont il devinait le sens. Il ne souhaitait pas qu'on l'expose à la dure réalité.

—A-mi-i… l'appela-t-elle en touchant sa cuisse.

Nicolas s'était retranché dans ses pensées, rongé par ses nouvelles inquiétudes. Elle prit son bras sain, le droit, et fit mine de le couper un peu en haut du coude. Nicolas la repoussa.

—Jamais! s'insurgea-t-il. Jamais on ne m'amputera! J'aime mieux… mourir!

Puis il éclata en sanglots. La jeune fille kutchine l'étreignit. Dans la maison, les femmes présentes chuchotaient, tête baissée.

Gustave Dubois n'avait pas dormi de la nuit. Il attendait le retour de son frère, pestant comme dix. À l'aube, deux hommes kutchins se pointèrent à son campement. Ils se tenaient à bonne distance de la tente et parlaient entre eux. Leurs voix aux sonorités étranges l'intriguèrent et il se décida à sortir. Avec leur faciès impassible, sans armes en vue, les deux Indiens se contentèrent de remuer la main pour qu'il les suive.

Gustave craignit soudain le pire. Il se munit de sa carabine et laissa les Kutchins ouvrir la voie devant lui, au cœur de la taïga. Ils marchèrent vite et en silence. L'homme blanc tenait son long fusil prêt à tirer. Il ne faisait confiance à personne. Sa promenade matinale pouvait être un piège.

Au bout d'une heure, le trio arriva sur le site d'une partie de chasse qui avait mal tourné, autant pour la proie que pour le braconnier. Un magnifique lynx gisait dans son sang. Tout près, à quelques pas seulement, Zénon Dubois, assis dans la neige et le dos contre une épinette, regardait le ciel de ses prunelles sans vie. La colère marquait son visage rigide et couvert de frimas.

Gustave approcha, sa carabine le long de sa jambe.

—Pardonne-moi, souffla-t-il à son frère qui semblait le dévisager.

Il ressentit une culpabilité et une lassitude extrêmes. À cause de lui, à cause de sa rage envers Michel Cardinal, il avait contraint sa fratrie à traverser le pays et à franchir maints obstacles dans le seul but d'assouvir sa vengeance. Maintenant, il ne restait plus que lui. Les quatre autres avaient péri par sa faute. Il ne pouvait blâmer que son entêtement.

Gustave aurait voulu prononcer une belle oraison pour rendre hommage à ses frères maintenant réunis dans la mort, mais surtout pour soulager sa conscience. Or, aucun mot ne sortait de sa bouche. Ceux qui restaient dans son esprit lui parurent fades et ridicules. Il s'apprêtait à tourner les talons quand il aperçut un revolver au bout de la main droite de son frère, à côté de la carabine.

Le Colt! Avec le nickel ouvragé et la crosse d'ivoire jauni. Celle-ci marquée des initiales de Théodule...

—Jupiter! ne put-il s'empêcher de lâcher entre ses dents.

Il se pencha pour récupérer l'objet et le soupesa d'un air encore plus désemparé. Zénon était gaucher. Si, au départ, Gustave s'était laissé berner par les apparences, il n'y avait désormais plus aucun doute dans son esprit: il ne s'agissait pas d'un simple accident de chasse. La présence du revolver était un message de l'assassin. Dans son esprit, le p'tit gars de Maskinongé avait réussi à récidiver!

Depuis la fausse couche d'Annie, les parties de cartes du soir avaient cessé. Les hommes ne restaient dans la cabane que le temps des repas qu'on leur préparait et qu'ils avalaient en un rien de temps afin de retourner dans la mine ou de regagner l'intimité de leur tente.

Comme le lui avait conseillé Betty, Claire se montrait plus prudente. Elle n'adressait plus la parole à Jacques Desmet ni à Joseph Paul, sauf lorsque la situation l'exigeait. Souvent, l'ancienne prostituée leur servait à manger et les femmes de la baraque ne cassaient la croûte qu'une fois les deux hommes repartis.

L'Indien trouvait la situation intenable. Ne pas être regardé par son amoureuse, même du coin de l'œil, ne plus entendre le doux son de sa voix... C'était trop pour lui. Étrangement, elle servait la même médecine à son rival. Qu'est-ce que cela signifiait?

Joseph ne supportait plus la présence de Desmet, si calme et bon enfant. À première vue, rien ne l'affectait. Il acceptait la situation avec politesse et compréhension, sans s'y opposer, sans se rebeller. Et son humeur égale n'était pas sans déplaire à Claire. Le bourgeois faisait preuve de confiance en lui et cela achevait d'irriter l'Indien. Aussi décida-t-il d'aller travailler dans une autre mine de leur concession, un peu plus haut par rapport au ruisseau Hunker, derrière la cabane et les abris de toile. Personne n'y vit d'objection.

Là, Joseph appréciait sa solitude. Il pouvait dire sa frustration à haute voix et ne se gênait d'ailleurs pas pour le faire dans sa langue maternelle. Et au diable les oreilles indiscrètes penchées au-dessus du puits! Il se moquait qu'on surprenne des bribes de sa colère. L'amour et ses vicissitudes l'avaient transformé. Il n'aimait pas celui qu'il était devenu.

Claire et lui avaient rêvé l'un de l'autre, puisant tous les deux dans leur sentiment la force de triompher des embûches. Ils s'étaient espérés, puis retrouvés. Ils avaient révélé leur amour au grand jour, ils s'étaient embrassés et avaient échangé des vœux. Maintenant, celle qu'il aimait se taisait. Elle l'ignorait.

On dit que le temps arrange les choses. Cette fois, il en doutait. Il n'appréciait pas ce silence qu'elle imposait à ses deux prétendants et n'acceptait pas qu'elle les traite pareillement. Lui, Joseph, méritait plus d'égards que son rival. Du coup, il ne croyait plus en elle. Il ne lui faisait plus confiance. Au fil des jours qui passaient, son amour prenait des allures de haine.

Seul dans la mine, sans témoin, il ruminait. Dans les tréfonds de la terre, dans ses entrailles pétrifiées depuis des millénaires par le froid, il grattait les parois de la mine avec acharnement et vigueur pour s'abrutir, pour se vider de toute violence, pour trouver de l'or aussi. Nicolas avait déjà découvert une énorme pépite, au début de l'hiver, à la concession dix-sept du ruisseau Eldorado. Un joli caillou qui avait émergé du pergélisol et qui n'avait pas attendu qu'on le lave pour montrer sa splendeur brute aux prospecteurs.

Joseph espérait en faire autant. Sauf que cette fois, il ne déclarerait ses trouvailles à personne. Il les garderait pour lui. Il s'enrichirait aux dépens de ses associés. Son besoin d'obtenir réparation lui montait à la tête. Et il espérait que sa réussite future fasse tourner celle de Claire dans sa direction. Il l'imaginait en train de le supplier de revenir. Alors il ne succomberait pas. Il la ferait languir à son tour ! Cette mise en scène l'obsédait.

Dans la petite cabane de rondins, érigée devant le ruisseau gelé, Annie ressemblait à madame Lambert. Assise près de la fenêtre, immobile pendant de longues heures, elle fixait un point imaginaire.

— Je ne comprends pas, glissa Claire à l'oreille de Betty. Elle devrait se réjouir plutôt que de rester prostrée.

— Ce n'est pas aussi simple que ça.

— Mais enfin ! s'indigna la jolie bourgeoise en essayant de ne pas élever la voix. Elle est libre de reprendre sa vie d'avant maintenant qu'elle n'a plus ni mari ni bébé.

Betty la fustigea du regard.

— Comment peux-tu croire cela ? À tes yeux, je serai peut-être toujours rien qu'une putain sans éducation, mais moi, au moins, j'ai du cœur !

— Je sais que ce n'est pas très chrétien de penser ainsi, avoua Claire en lui prenant le bras pour la retenir. Pourtant, c'est la vérité.

Betty attrapa une brosse et se planta derrière Annie. Elle fit glisser l'objet dans ses cheveux défaits, les noua en une longue tresse qu'elle releva ensuite en chignon.

Annie esquissa un imperceptible sourire.

—Merci, balbutia-t-elle.

Betty se pencha et lui embrassa la joue.

—Tu en aurais fait autant pour moi.

—As-tu… as-tu déjà…

L'ancienne fille de joie opina en silence. Oui, elle avait déjà perdu des bébés. Certains par choix, d'autres contre sa volonté. Le premier de tous, elle l'avait presque porté à terme. Elle y pensait encore très souvent.

—Je me sens toute mélangée en dedans de moi, souffla Annie.

Betty tira une chaise près de son amie et s'assit. Elle lui prit les mains et l'invita à se confier. Derrière elles, Claire écoutait tout en lavant la vaisselle du dîner.

—Il y a de la tristesse en moi. De la culpabilité aussi.

—Pourquoi?

Annie secoua la tête, les larmes aux yeux. Elle ne parvenait pas à dire ce qu'elle se reprochait depuis des jours.

—Parce que tu as… souhaité sa mort?

La jeune fille acquiesça, prête à éclater en sanglots.

—Et puis il y a une sorte de soulagement, compléta Annie, le cœur gros. Je… je ne me reconnais plus. Comment puis-je éprouver de tels sentiments?

—Tout ça est normal, ma chérie. Je te le jure. Tu n'es pas une mauvaise personne pour autant.

Betty hésita, puis elle fit signe à Claire de venir les rejoindre. Celle-ci s'empressa d'obéir, heureuse qu'on ne la laisse pas en plan. Toutes trois s'étreignirent pour mieux affronter l'adversité, sachant qu'elles ne seraient jamais complètement à l'abri des mauvaises intentions de ceux qui croiseraient leur chemin.

Assis sous la tente, collé contre le poêle portatif qui chauffait, le dos voûté et retournant entre ses mains le revolver de son défunt frère Théodule, Gustave Dubois hésitait.

Au cours des dernières semaines, il avait souvent songé à abandonner cette folle idée de vengeance afin de voler vers une vie calme et rangée. Chaque fois qu'il avait manifesté ce désir, l'un de ses frères l'avait rappelé à ses obligations. Or, à présent, il était seul. Le dernier des Dubois n'avait plus de compte à rendre à qui que ce soit. L'occasion était belle de se consacrer enfin à ce qui lui plaisait. Mais justement, que voulait-il en son âme et conscience ?

D'un côté, les remords étaient nombreux. Il avait échoué sur toute la ligne. Il avait d'abord manqué à la parole donnée des années plus tôt à sa pauvre mère mourante, car il n'avait pas réussi à éloigner ses frères cadets de la criminalité. Pire, il les avait condamnés à mort. Rester les bras croisés et ignorer cette affaire lui paraissait inconcevable. Pourtant, il sentait la fatalité planer au-dessus de sa tête. Quatre Dubois avaient déjà péri en moins d'un an. S'il s'entêtait, il risquait d'y laisser lui aussi sa peau. Alors jamais il ne connaîtrait un autre destin.

Ces quatre-là devaient-ils trépasser afin que le cinquième puisse profiter d'une vie plus paisible ? Celle que sa mère, justement, avait tant souhaitée pour sa progéniture ? Se croyait-il à ce point meilleur qu'eux pour être le seul à en bénéficier ? Non. Il leur ressemblait, au fond. Même lorsqu'il s'efforçait de sortir ses frères du pétrin, il ne le faisait que pour se gonfler d'orgueil, les rabaisser et justifier son mépris.

C'était décidé. Il oublierait Cardinal et le p'tit gars de Maskinongé. Il regagnerait Skaguay sans plus tarder. Il y attendrait sa Betty et préparerait sa nouvelle vie. Puis ils pousseraient ensemble vers le sud, vers la Californie. Vers ses vallées verdoyantes, gorgées de fruits et de soleil. Ils vivraient heureux. Au moins un des Dubois devait réussir. Au nom des autres. C'était la seule chose qu'il pouvait espérer.

Son choix enfin arrêté, Gustave se leva d'un bond. Il s'empressa de lever le camp et de quitter la taïga pour retrouver, en compagnie de sa meute de chiens, la piste blanche qui serpentait le long du fleuve Yukon.

16

Le retour

Michel Cardinal assista de loin au départ de Gustave Dubois. Ni son ennemi ni les chiens n'avaient détecté sa présence, tapi qu'il était entre les conifères enneigés. Il les suivit, marchant dans les ornières des patins du traîneau. Il ne tarda pas à les perdre de vue ; il continua cependant sur leurs traces pour s'assurer de la direction que l'équipage prendrait.

Arrivé aux abords du fleuve, il découvrit que l'attelage filait au loin, vers le sud-est. Dubois n'avait-il donc pas vu le revolver et compris son message ? Il devait forcément croire Nicolas Aubry coupable du meurtre…

— Pas vrai ! ricana-t-il soudain en se tapant la cuisse. Il abandonne, le lâche ! Il a peur !

Cardinal avait gagné la partie. Dubois battant en retraite, il n'avait plus besoin de Nicolas Aubry pour appâter l'ennemi. Il le laisserait chez les Kutchins. Le garçon pouvait se faire couper le bras et en crever.

Cardinal n'avait plus rien à faire là. Il lui tardait de regagner Dawson City et de recommencer à voler de l'or dans les poches des autres.

Il fallait agir. Chaque minute comptait et le mal se propageait. Déjà, la nécrose marbrait son biceps gauche. L'amputation était devenue inévitable. Nicolas ne s'y résignait toutefois pas. Et plus il tergiversait, plus on devrait lui entailler le bras un peu plus près de l'épaule.

Du regard, la jeune fille le pressait d'accepter l'opération. Un vieil homme au visage raviné et plissé, dont le nez était aussi percé, lui montra un couteau. Nicolas s'épouvanta.

— Non! se rebiffa-t-il en s'agitant en tous sens. Pas question! Je veux un médecin! Je veux un hôpital!

Des mains s'abattirent sur lui pour le maintenir, alors que son infirmière tentait de l'apaiser de sa voix douce.

— Non! s'entêta le blessé. J'ai dit non!

Les Kutchins l'avaient recueilli et soigné sans que leurs remèdes ne le guérissent. Qu'adviendrait-il de lui après l'amputation? Le moignon finirait-il par cicatriser et guérir? Et cette lame qu'on lui présentait? Était-elle seulement stérilisée ou bouillie?

Nicolas redoutait que la pourriture continue d'envahir son corps et s'en prenne à sa gorge, à ses poumons, à son cœur. Il ferma les yeux en avalant de travers.

— Je veux un vrai médecin!

Les Indiens présents autour de lui le dévisageaient sans saisir un traître mot de ce qu'il disait.

Nicolas sentit qu'il allait y rester. Depuis son départ de Dawson City avec Joseph et la meute de chiens, il savait qu'il ne se rendrait jamais au lac Bennett, que les Dubois l'attendaient au détour de la piste glacée. Mais ce qu'il vivait à présent, c'était encore pire. Tout cela à cause du lieutenant-colonel Steele! Il jura. Puis son visage s'éclaircit.

— Samuel Steele ! dit-il avec force en se cramponnant à la paillasse. Je veux Sam Steele ! Conduisez-moi à l'hôpital St. Mary's ! St. Mary's !

Cette fois, les Kutchins comprirent ce que le blessé exigeait d'eux. Ils se concertèrent du regard et l'un d'eux approuva en silence. Puis les hommes disparurent de la maison.

— Mais où vont-ils ? Ne me laissez pas ici, bon sang !

L'Indienne qui avait pris soin de lui posa la main sur la joue du blessé. Elle lui sourit et déposa un timide baiser sur sa bouche. Oui, il allait partir. Ils ne se reverraient jamais plus. Les autres l'avaient laissée seule avec le Blanc pour qu'elle lui fasse ses adieux.

— Merci… lui glissa-t-il à l'oreille tout en l'étreignant de son bras valide. Merci pour tout, amie…

Il aurait aimé connaître son prénom… et le prononcer. Mais il emporterait avec lui le souvenir de son visage, de son affection, de son incroyable chaleur qui l'avait ramené à la vie. Jamais il ne l'oublierait.

Alors ils mangèrent une dernière fois ensemble. Elle l'aida à se vêtir : pantalon, tunique, hauts mocassins, anorak et moufles… Il ressemblait presque à l'un des siens. Il sortit de la maison et deux hommes l'installèrent sur un traîneau. La meute de chiens s'ébrouait. Parmi eux trépignait Yeux-d'Or. Nicolas se tourna pour saluer la jeune fille, mais celle-ci était retournée à l'intérieur de la maison ronde. Le traîneau glissa sur la neige et quitta le village kutchin.

Guido Gianpetri se rendait souvent à l'hôpital St. Mary's pour vérifier comment se portait sa prisonnière. Il n'y restait jamais longtemps, car Daniella Di Orio s'éloignait dès qu'il arrivait, sans lui adresser la parole. L'homme s'en moquait. La seule chose qui comptait à ses yeux était la bonne santé de l'adolescente.

Un soir, après sa journée de travail à la caserne de pompiers où il avait réussi à se dénicher du travail, alors qu'il entrait à l'hôpital, quelle ne fut pas sa surprise de la voir venir vers lui, accompagnée de l'une des sœurs de Sainte-Anne. Il les salua en touchant le rebord de son chapeau.

—Je vois que tu te montres plus sage, constata-t-il.

—Les choses changent, répondit-elle d'un ton vague.

—Ça tombe bien, parce qu'on va bientôt mettre les voiles.

Le visage de Daniella se couvrit d'une ombre qu'elle chassa aussitôt, ne tenant pas à ce que Gianpetri devine ses sentiments.

—Que faites-vous de la neige et des glaces ? lui fit-elle remarquer.

—Je m'en fous comme du premier type à qui j'ai…

Il s'interrompit en décochant un regard inquiet à la religieuse qui haussait les sourcils. Comme du premier type à qui il avait brûlé la cervelle, s'apprêtait-il à dire. La nonne pinça le bec.

—Ouais, l'hiver est beaucoup trop long à mon goût, débita-t-il. Il y a un type qui est retourné à Skaguay en bicyclette… En bicyclette ! On dit qu'il a mis huit jours pour se rendre là-bas. Tu n'en as pas entendu parler ? Alors on peut bien en faire autant, ma belle !

L'homme de main de Ricardo Di Orio n'avait qu'une envie : retrouver des latitudes plus clémentes et s'enrichir enfin.

—La police ne vous a-t-elle pas informé, monsieur Gianpetri ? demanda soudain la religieuse.

—À propos de quoi ?

—Miss Di Orio ne partira que lorsque la police aura reçu une réponse de son père.

Le regard de Gianpetri papillonna entre les deux femmes.

— Qu'est-ce que ça veut dire ?

— Je lui ai écrit, annonça Daniella. Si jamais on veut me faire partir d'ici contre mon gré…

— S'il vous plaît, miss ! l'arrêta la nonne qui ne voulait rien entendre du crime odieux que la jeune fille avait l'intention de commettre si une pareille situation survenait.

— Quoi ? s'impatienta l'homme dont la bonne humeur s'était envolée. Qu'est-ce que tu vas faire, hein ?

Daniella avança d'un pas, le visage aussi dur que malicieux.

— C'est les pieds devant que vous me reconduirez là-bas… Pas autrement.

La bonne sœur se signa d'un geste rapide et baisa la grosse croix dorée qui ornait sa robe noire.

— Vous n'aurez pas l'argent de mon père, le défia Daniella. Du moins, pas grâce à moi.

La religieuse prit l'adolescente par les épaules et la força à s'éloigner.

— Je n'ai pas dit mon dernier mot ! grommela-t-il avant de sortir de l'hôpital.

Malgré sa rage, Guido Gianpetri gardait la tête froide. Il lui restait encore une carte dans sa manche. Et il était maintenant temps de l'abattre.

C'était une sensation étrange, tantôt floue, tantôt plus persistante, et qui la prenait au dépourvu. Elle ne comprenait pas ce qui se passait. Des silhouettes tournaient autour d'elle. Elle entendait des voix sans les reconnaître. Ses sens la trompaient. Elle voulait parler, demander de l'aide, ou à boire. Mais son corps ne lui obéissait pas.

Parfois, elle avait l'impression de se réveiller d'un coup. Où se trouvait-elle ? Depuis combien de temps était-elle dans cet état ? Qui étaient ces gens qui allaient et venaient ? Que lui voulaient-ils ? Leurs mains se promenaient sur son corps. Elles l'habillaient, la lavaient, la peignaient, la nourrissaient. Et elle se laissait faire. Il lui semblait qu'elle ne savait rien faire d'autre. Oh, il était bien arrivé, il n'y a pas si longtemps, qu'elle s'y oppose. Mais ses pensées n'avaient pas franchi le mur de ses lèvres. Pour une raison obscure, elles étaient restées enfouies au fond de son être.

Qu'est-ce que cela signifiait ? Et puis tout s'éteignait ensuite brusquement.

Alexandrine Lambert était sur le point de se réveiller. Mais personne encore dans la cabane ne s'en doutait. L'intermittence de ses états de conscience l'y préparait en douce, pour que le choc ne soit pas trop brutal. Quelquefois, elle montrait d'imperceptibles signes de retour à la vie. Comme le cillement répété d'une paupière, le mouvement soudain des sourcils, le sursaut d'un auriculaire ou le murmure discret d'une syllabe… Pour les remarquer, il fallait lui porter une attention soutenue. Chacun de ceux qui défilaient dans la baraque s'était habitué à sa présence immobile et silencieuse. Aussi ne la regardait-on jamais très longtemps.

Un soir, alors que Claire faisait une patience pour se désennuyer, elle crut percevoir un léger mouvement en provenance de la chaise berçante. Contre toute attente, l'épaule droite de la femme s'éleva pour reprendre aussitôt sa position initiale. Claire posa ses cartes et se tourna vers sa mère. Avait-elle rêvé ? Elle l'observa avec curiosité, mais il ne se passa plus rien.

— Quelque chose ne va pas ? s'informa Betty en surprenant son drôle d'air.

— On dirait qu'elle a bougé.

Elles se rapprochèrent, bientôt imitées par Annie. Claire agita sa main devant le visage de sa mère.

— Maman ?

Elles attendirent quelques secondes, à la recherche d'une réaction. Claire l'appela à deux autres reprises.

— Toujours rien, constata Betty qui se redressait, déjà prête à aller dormir.

— Non, attends ! l'interrompit Annie.

Et elle montra l'index qui tapotait le tissu de la robe.

« Ça y est ! » se dit Alexandrine Lambert.

Sa fille pleurait de joie.

— Maman ! Comme tu m'as manqué !

Le doigt s'immobilisa, puis s'agita avec plus d'ardeur.

— Je pense qu'elle essaie de communiquer, supposa Annie.

Elles tentèrent de la faire réagir encore, mais, épuisée, la femme retourna séjourner dans les limbes pour quelques heures.

Il soupesa le caillou doré. Deux livres ? Peut-être trois ? Combien cela représentait-il ? Au bas mot sept cent cinquante piastres, estima-t-il après un rapide calcul. Il devrait se procurer une petite balance pour s'assurer du poids exact, et la cacher dans ses affaires. Il faudrait aussi dénicher une place de choix pour stocker sa découverte et les autres qui allaient suivre.

Ses prunelles brillaient, aussi éclatantes que la pépite au creux de sa main tremblante. Joseph la caressa avec tendresse et amour, comme il l'aurait fait avec Claire. Mais cela, c'était avant. Ce serait l'or, désormais, sa maîtresse ! Elle, elle ne trompait ni ne manigançait. Elle lui appartiendrait pour toujours. À moins qu'il l'échange contre des espèces sonnantes et trébuchantes. Lui seul en déciderait.

Pour l'instant, pas question d'ébruiter sa découverte. Pas tant et aussi longtemps qu'il serait copropriétaire de la concession du ruisseau Hunker et qu'il y travaillerait. Et pas tant qu'il vivrait au Klondike. Il accumulerait sa fortune puis l'emporterait dans ses bagages, comme il avait portagé une tonne de provisions et de matériel pour se rendre à Dawson City.

Et Claire… Ne s'était-il pas promis de la faire fondre d'envie avec ce qu'il réussirait à accumuler ? Ne s'était-il pas dit qu'il prendrait un malin plaisir à la faire poireauter, à ignorer ses supplications ? Pfft ! Au diable, Claire ! La belle bourgeoise ne le méritait pas. Déjà, à un si jeune âge, Joseph en avait assez de l'amour. Il ne voulait plus y penser ni gaspiller ses énergies en sentiments vains qui s'effritaient si facilement.

Sa première expérience sentimentale lui avait laissé un goût de cendres dans la bouche. Il ne tenait pas à ce qu'une autre femme entre dans sa vie. Non, il ne montrerait jamais plus ce qu'il éprouvait.

Un soir, lorsque Jacques Desmet l'aida à se sortir du puits de la mine, il ne put garder pour lui ce qui le turlupinait depuis des jours.

— Vous ne remontez pas beaucoup de gravier, ces temps-ci.

Joseph s'attendait à ce que tôt ou tard on lui fasse la remarque. Chaque fois qu'il dégageait des mottes de terre, il s'affairait à les réchauffer immédiatement pour vérifier si elles renfermaient de l'or, plutôt que d'attendre au printemps pour laver le sable aurifère. Cette méthode était donc plus longue et, forcément, les tas de

gravier à l'entrée de la mine où il s'enfermait ne s'élevaient pas au même rythme que ceux de Desmet.

—J'ai tout le temps la tête qui tourne, plaida l'Indien.
Et j'ai peur de tomber.

—Ça doit être le mal des mines, conclut Desmet
sans se méfier.

À une journée de distance du lac Bennett, Gustave
s'apprêtait à poursuivre sa route. Il monta sur l'étroite
plateforme, derrière le traîneau, et leva le fouet pour
commander aux chiens le départ, quand il jeta un œil
par-derrière.

Dawson City. Vers le nord-ouest. Au loin. Par-delà
de nombreux méandres du fleuve. Là-bas, il y avait celle
qu'il aimait. Il n'arrêtait pas de penser à Betty.

Puis comme la lanière de cuir claquait dans les airs
et que la meute bondissait en avant, il lui ordonna de
s'arrêter. Les chiens couinèrent en piétinant le sol.

Gustave se retourna cette fois complètement. Et si
sa maîtresse ne venait pas le rejoindre à Skaguay ? Et si
quelque chose ou quelqu'un l'en empêchait ?

Il se remémora les craintes de la jeune femme. Elle
avait parlé d'un dénommé Guido Gianpetri qui avait
déjà attenté à sa vie. Et il se trouvait là-bas, à Dawson
City…

Gustave secoua la tête. Il n'aurait jamais dû la laisser
seule dans la capitale de l'or. Il aurait dû l'emmener.
Maintenant, il risquait de la perdre elle aussi.

Alors il décida d'aller la chercher et fit demi-tour. Il
s'en voulut de ne pas y avoir songé plus tôt.

Depuis l'incendie de l'automne précédent, Dawson City s'était dotée d'un service de pompiers d'une centaine d'hommes et, grâce à eux, les habitants de la ville respiraient un peu mieux. Ce qui n'empêchait pas quelques lampes à huile de faire des dégâts, par ailleurs vite maîtrisés.

Quelques mois plus tard, les pompiers demandèrent à obtenir de meilleurs gages, ce que le conseil municipal refusa. Les hommes firent la grève et leurs chaudières – qu'ils maintenaient sans cesse en activité et qui servaient à réchauffer les glaces du fleuve pour y puiser l'eau – finirent par s'éteindre.

Or, le 26 avril 1899, un autre incendie se déclara, prenant naissance dans la chambre d'une artiste de *dancehall*, qui logeait au saloon Bodega. En quelques minutes à peine, les flammes se propagèrent d'un édifice à l'autre. Les habitants de la ville et les pompiers, bien qu'en grève, se précipitèrent vers le fleuve, tentant de briser la glace pour pomper l'eau. En vain. Avec ses quarante-cinq degrés Fahrenheit sous zéro, l'hiver gelait le liquide dans les boyaux.

La moitié de l'avenue Front partit en fumée. Les flammes couraient, léchaient, avalaient la capitale de l'or. La foule peinait à y croire et pourtant, un troisième incendie en moins de deux ans dévastait la ville. Certains propriétaires offraient dix dollars de l'heure à ceux qui les aideraient à sauver leurs commerces. Le gérant de la banque British North America promit même une récompense de mille dollars à quiconque parviendrait à l'éteindre. Mais même l'argent ne peut venir à bout de l'enfer.

Des explosions retentirent. Des édifices s'écroulèrent d'un coup. Les coffres des banques éclatèrent. À travers les flammes qui montaient dans le jour sans vent, la poussière et les pépites d'or, ainsi que des bijoux de toutes sortes, formèrent un étrange parasol dans le ciel puis fondirent avant de retomber dans la boue fumante des rues. Les pertes se chiffrèrent à plus d'un million de dollars.

Le lendemain, l'incendie s'était enfin éteint de lui-même. Dans les halls des hôtels et des saloons ravagés, plusieurs sans-abri épuisés tentaient de dormir un peu.

Midi n'avait pas encore sonné que, comme après les précédents sinistres, Dawson City se remettait à vibrer sous les coups des marteaux et les gémissements des scies. Ce n'était qu'une question de temps avant de voir une toute nouvelle ville émerger des cendres.

DEUXIÈME PARTIE

Lutte à finir au soleil de minuit

17

Le paradis ou l'enfer?

Dawson City, mai 1899

Jamais il n'avait éprouvé une sensation aussi agréable. Tout était doux, beau, réconfortant. Les problèmes, les craintes n'existaient plus. Il se rappelait à peine les gens qu'il avait connus. Ses amis, sa famille et même les pénibles événements des jours précédents étaient relégués aux oubliettes. Tout allait pour le mieux dans le meilleur des mondes. Était-ce les rossignols qu'il entendait chanter? Le paradis devait ressembler à cet incroyable bien-être. D'autant plus que la personne qui se penchait souvent au-dessus de lui était des plus rassurantes. Sa voix lui rappelait vaguement quelque chose. Il goûtait chaque seconde de cet état de demi-conscience qui le transportait sur des nuages.

Puis l'effet des drogues se dissipa. Les ombres se densifièrent et les voix se clarifièrent. Les couleurs reprirent de leur vigueur et de leur netteté. Son corps redevint la masse de chair qu'il avait toujours connue. Enfin, son esprit émergea de cette détente délicieuse.

— Nicolas?

Il tourna la tête. Ses yeux se fixèrent sur le visage d'une jeune fille. Il sourit, encore entre deux eaux.

—Daniella, souffla-t-il, incrédule.

Il leva la main vers son visage. Oui, il devait être au paradis. Son amoureuse ne portait plus ses vêtements de garçon. Ses cheveux noirs et bouclés avaient un peu poussé. Elle ne se cachait plus. Pourquoi ? Nicolas sourit de plus belle. Tout ce qui importait au fond, c'était de l'avoir retrouvée.

—Bonjour, Nicolas.

Il se laissa bercer par son accent, par sa tendresse. Pourtant, une pointe de tristesse imprégnait sa voix.

—Je suis si heureux de te revoir...

Embarrassée, Daniella se crispa. Elle toussota. Un visage sévère apparut à côté du sien. C'était celui d'une des sœurs de l'hôpital St. Mary's.

—Qu'est-ce qu'il raconte ? demanda celle-ci. Il doit vous confondre avec Annie, sa jeune épouse.

—Annie ? prononça-t-il.

—Elle va très bien, monsieur Aubry. Ne vous en faites pas pour elle.

À ces mots, Nicolas sortit complètement de l'état second où il se trouvait plongé depuis plusieurs jours. La réalité le frappa de plein fouet. La mémoire lui revint en bloc. Daniella et lui se dévisagèrent avec impuissance. Non, il ne séjournait pas au paradis.

—Comment vous sentez-vous, monsieur Aubry ? s'informa la religieuse.

—Bien... je crois, bredouilla-t-il.

La femme s'éloigna afin de s'occuper d'un autre patient.

—Que fais-tu là, Daniella ? Et tes habits... Tu es tellement belle !

Elle posa son index sur les lèvres du garçon pour le faire taire et lui raconta ce qui lui était arrivé depuis qu'il avait dû quitter la ville.

—Et tu n'as pas encore reçu de nouvelles de ton père ?

Daniella secoua la tête.

—Joseph… articula-t-il à mi-voix.

Elle lui toucha le bras pour le rassurer.

—Ne t'inquiète pas. Il a réussi à s'échapper. Il se porte très bien.

Il soupira de soulagement, puis remarqua le sourire embarrassé de Daniella.

—Qu'est-ce qu'il y a ? lui demanda-t-il.

—Tu devrais plutôt te faire du souci pour toi…

—Je ne vois pas pourquoi, rétorqua-t-il. Je ne me suis pas senti aussi bien depuis longtemps. Et mon bras gauche me pique. C'est signe que ma blessure est en train de guérir.

Comme il avait bien fait de pousser les Indiens kutchins à le ramener en ville !

—Ça te pique ? répéta-t-elle. Vraiment ?

—Oui, près du poignet…

Ce disant, Nicolas voulut se gratter, mais sa main droite ne rencontra que du vide. Alors d'un geste brusque, il souleva le drap. Il regarda d'un air ahuri l'espace où il s'attendait à voir son bras gauche. Il n'y avait plus qu'un pansement qui enveloppait le bout de chair qui pendait de son épaule.

—Mais ça me démange ! s'écria-t-il, en état de choc. Ça me fait mal ! Et j'ai l'impression… qu'il bouge ! Je ne peux pas ressentir ça si je n'ai plus de bras ! Qu'est-ce que ça veut dire ?

Une religieuse accourut pour le calmer.

—Ce sont les terminaisons nerveuses, monsieur Aubry. Elles continuent d'envoyer des signaux à votre cerveau. On vous a amputé une partie du bras, mais votre cerveau, lui, ne le sait pas…

Un terrible vertige s'empara de Nicolas.
Oui, il vivait bel et bien en enfer !

Pierre Aubry tapota l'enveloppe. Elle portait le tampon du territoire du Yukon. Une lettre de la Police montée du Nord-Ouest. Elle arrivait au moment même où, selon les informations contenues dans le télégramme de Nicolas, celui-ci comptait revenir. Devait-il y voir un mauvais présage ? Le seul moyen de le savoir était évidemment de l'ouvrir et d'en prendre connaissance.

D'emblée, quand il remarqua que la lettre datait du début du mois de mars, il sut que quelque chose de grave était arrivé.

Il commença à lire. Ses yeux sautèrent sur les mots jusqu'à la moitié de la courte missive. À partir de là, ses pires craintes se confirmèrent. Les phrases se détachèrent les unes des autres pour s'imprimer en lui à jamais.

… Hélas, un accident est survenu. Votre frère Nicolas a péri sur les eaux gelées du fleuve Yukon. Seul son compagnon Joseph Paul a survécu et a pu nous transmettre la triste nouvelle. Le froid et la nature sans pitié du pays ont eu raison de sa vie. Veuillez recevoir, cher monsieur, l'expression de mes plus sincères condoléances.

Bien à vous,

Lieutenant-colonel Samuel B. Steele
Police Montée du Nord-Ouest

Un accident. Samuel Steele ne décrivait pas les circonstances. Il ne parlait pas non plus des frères Dubois. Sûrement n'étaient-ils pas impliqués. Son frère était mort, mais il n'avait pas été assassiné. Il se sentait néanmoins responsable de sa disparition.

Un autre de ses devoirs, désormais, était d'annoncer le décès de son cadet à sa famille. Le premier qu'il aborda fut Antoine, ensuite son père Émile, puis sa jeune sœur Marie-Anna. Les pleurs déchirants de celle-ci alertèrent la maisonnée. Les trois hommes auraient voulu attendre un peu avant d'en informer Alice, mais celle-ci s'était toujours attendue au pire. Elle s'y préparait depuis un an.

La femme s'appuya au dossier d'une chaise et s'assit sans un mot à la table de la cuisine. Son regard s'embrouilla. Elle pinça les lèvres et abaissa son menton vers sa poitrine soulevée par son cœur qui palpitait de plus en plus.

— Où a-t-il été mis en terre ? articula-t-elle péniblement.

Les Aubry se tournèrent vers Pierre qui haussa les épaules. À la lecture de la lettre, jamais cette question ne lui avait effleuré l'esprit.

— La police ne l'a pas mentionné, maman.

— Voyons donc ! s'énerva-t-elle. Es-tu en train de me dire que mon petit gars peut être n'importe où ? Qu'il n'a pas eu droit à un office religieux ? Que personne n'a prononcé d'oraison funèbre ? Mais quelle sorte de monde vit donc là-bas ? Des barbares ?

La femme avait le visage cramoisi. Ses poings se crispaient tant sur la table que ses jointures en blanchissaient.

— C'est ici, sa maison ! martela-t-elle. C'est ici qu'il doit reposer ! Auprès de nous ! Avec son chien ! Et pas ailleurs ! Allez me le chercher !

— Calme-toi, ma femme… l'enjoignit Émile en la prenant par les épaules.

Elle allait répliquer avec vigueur quand son visage grimaça et son corps se recroquevilla d'un coup. Elle échappa un faible gémissement. Une autre attaque terrassait Alice Aubry! Les hommes de la maison s'empressèrent de la mettre au lit tandis que Marie-Anna courait chercher le docteur Caron.

À travers la douleur foudroyante qu'elle ressentait et le tumulte qui régnait autour d'elle, les pensées d'Alice se tournaient vers son fils disparu. Ce qu'elle voulait, c'était de savoir ses enfants autour d'elle. Peu importe le temps que cela prendrait. Peu importe s'ils étaient morts ou vivants.

Antoine ressassait la requête de sa mère. Il voulait bien y accéder, mais de quelle manière ramènerait-il du Klondike le corps de son cadet? D'ailleurs, dans quel état celui-ci se trouverait-il après tout ce temps? Il n'osait y penser... Non, cette demande était insensée.

Si elle se rétablissait une fois de plus, il faudrait faire entendre raison à Alice Aubry.

Des talons claquaient sur le plancher de bois. On les distinguait d'abord faiblement à travers les nombreuses allées et venues dans le dortoir de l'hôpital, puis les coups se firent plus nets et plus fermes. Nicolas devina sans peine qui lui rendait visite.

— Bonjour, Nicolas.

— Lieutenant-colonel Steele, répondit son interlocuteur en lui faisant un signe de tête.

Le policier tira une chaise et s'y installa. Il s'adossa, le corps droit comme toujours, et croisa ses jambes. Ses bottes de *Mountie* étaient astiquées à la perfection. À croire qu'il avait volé au-dessus des flaques de boue pour se rendre jusqu'à l'hôpital.

—Je suis heureux de vous savoir en vie. Nous avons tous craint le pire.

Le convalescent n'émit aucun commentaire. Il se contenta de se mordre l'intérieur de la joue.

—Jamais je ne me serais attendu à…

—J'espère que vous ne me tiendrez pas rigueur de mon retour, lieutenant-colonel, l'interrompit Nicolas.

—Bien sûr que non. Ces circonstances spéciales et urgentes le commandaient.

De fait, l'homme ne montrait aucun signe d'agacement ou de colère.

—J'ai appris que Joseph avait lui aussi survécu.

—Oui, confirma le Lion du Nord. Vous êtes de véritables forces de la nature.

—Joseph vous a-t-il parlé de l'attaque des Dubois?

Le policier se contenta d'acquiescer en silence, sans détourner le regard, sans s'excuser non plus. Il se sentait dans son droit d'avoir agi ainsi. Si c'était à refaire, il délivrerait au jeune Canadien français un autre *blue ticket*.

—Que comptez-vous faire? s'informa l'officier.

—J'imagine que je n'ai pas le choix de m'en aller…

Pour la première fois depuis le début de l'entretien, Sam Steele sourit, ce qui retroussa les pointes de sa moustache.

—Votre sentence est en effet toujours en vigueur, jeune homme. J'accepte cependant de vous accorder un délai d'exécution compte tenu de votre récente opération. Prenez le temps de vous remettre. Vous devrez nous quitter au plus tard avec le dernier vapeur, à la fin de l'été.

—Votre générosité me touche.

Le Lion du Nord ne releva pas l'ironie. Il décroisa ses jambes puis se remit sur pied.

—Au retour de votre ami Joseph, j'ai écrit une lettre à votre famille…

— Bien sûr, l'interrompit le blessé. Les miens devaient connaître la vérité, n'est-ce pas ?

Samuel Steele s'était trompé à quelques reprises. Il conservait toutefois un sang-froid à toute épreuve.

— Je vous souhaite un prompt rétablissement.

Il se retira. Deux reporters du *Klondike Nugget* et du *Dawson Daily News* s'approchèrent alors du lit du garçon pour le questionner en détail sur les aventures qu'il venait de vivre dans le désert glacé et en pays kutchin.

La nouvelle du retour de Nicolas se répandit par la ville et les ruisseaux. Edmond Blanchette et Basile Mercier, deux de ses compagnons de la concession dix-sept Eldorado, vinrent prendre de ses nouvelles à l'hôpital.

— Sacré nom d'un chien, le jeune ! On peut dire que la malchance te court après…

— Oui, mais plus pour longtemps, leur apprit Nicolas. Je m'en retourne bientôt chez nous. Et vous autres, comment ça va ?

— On travaille toujours pour Picotte et Hall, dit Basile. Prime n'arrête pas de se plaindre et de se chicaner avec Oscar. Tu les connais…

— Mais on s'amuse ferme le soir venu, compléta Edmond. Ça compense pour le temps qu'on passe dans les mines et pour leurs niaiseries.

Nicolas sourit au souvenir des soirées où Prime Lavoie consentait à mettre sa mauvaise humeur de côté pour raconter ses histoires à dormir debout qui faisaient tant rire.

— Allez-vous rester ? s'informa-t-il.

Basile haussa les épaules.

—On ne sait pas encore… Mais ça se pourrait.

Le blessé approuva d'un signe de tête. Ses amis ne possédaient pas encore leur propre concession et ils cherchaient plus que jamais le moyen d'en acquérir une.

Après leur visite qui dura presque tout l'après-midi, Nicolas reçut celle de son ami Joseph.

—Pardi, Nick! le salua joyeusement l'Indien. Je ne pensais jamais te revoir un jour!

Il se pencha pour lui faire l'accolade, à laquelle Nicolas répondit de bon cœur en le serrant de son seul bras. Le visiteur s'assit à califourchon sur une chaise. Il n'arrêtait pas de secouer la tête, le sourire béat, les yeux grands comme des pièces de cinquante cents.

—Tu reviens d'entre les morts! se moqua-t-il.

—Tu n'es pas loin de la vérité! Et toi aussi, à ce que j'ai entendu dire…

Joseph acquiesça.

—Et ton bras? s'informa-t-il ensuite après une brève hésitation.

—Je ne sais pas trop. C'est bizarre. J'ai l'impression qu'il est toujours là. Quand je parle et que ma main droite gesticule, eh bien, on dirait que l'autre fait la même chose…

En effet, cela paraissait étrange à tous ceux à qui il en parlait. Son membre amputé se comportait comme un fantôme : on ne le voyait pas, mais il se manifestait par des sensations de mouvement, des douleurs, des démangeaisons, des brûlures… Lorsque Nicolas tentait de se gratter ou de se masser avec sa main droite, il se heurtait à la dure réalité de sa nouvelle condition.

Plusieurs fois par jour, Daniella ou une religieuse venait changer son pansement. Il regardait son moignon. Force était de constater que la cicatrisation s'opérait lentement, mais avec succès.

—Je m'en veux, tu sais, lui confessa Joseph. J'aurais dû convaincre les policiers de partir à ta recherche.

—Je suis là, Jos. C'est ce qui compte. Pas vrai ?

Joseph approuva. Les deux garçons s'observèrent sans trop savoir de quelle manière commencer le récit de leurs aventures respectives.

—J'ai appris pour Annie, dit le convalescent pour briser le silence. Je suis content qu'elle soit revenue. Comment va-t-elle ?

—Elle a perdu l'enfant…

Nicolas baissa les yeux. Sa poitrine se compressa. Non, la vie ne réservait pas que d'agréables surprises. Elle n'hésitait pas à tourner un événement heureux en tragédie. Annie ne méritait pas que les Dubois s'acharnent sur elle. Mais la perte de ce bébé signifiait qu'ils s'étaient mariés pour rien, qu'ils s'étaient engagés trop tôt. Ils resteraient unis pour toujours alors que l'honneur de la jeune fille ne se trouvait plus en jeu. Et Daniella, si proche et si loin en même temps… Jamais il ne pourrait l'aimer au grand jour.

Devinant son trouble et ses regrets, Joseph fit dévier la conversation.

—Tu te rappelles l'ancien fiancé de Claire ?

—Desmet ?

—Il est revenu…

Nicolas soupira de lassitude. L'entente conclue entre son ami et le bourgeois du Manitoba revenait donc les hanter. Il savait que Joseph n'aurait jamais dû la signer. Pourtant, il n'avait pas trouvé d'autre manière de quitter Skaguay et de partir à la conquête du col Blanc.

—Et les Dubois ? Est-ce que tu les as revus ?

Joseph secoua la tête avec vigueur. D'ailleurs, il n'avait pas recroisé son oncle non plus. Le jeune Indien passait surtout son temps à accumuler de l'or en catimini. Il le soustrayait à la vue de ses associés. Il les volait afin de mieux s'acquitter des responsabilités qui incombaient à Michel Cardinal. Ainsi, il prendrait soin de sa famille de Cacouna à la place de son oncle.

— Steele me laisse jusqu'à la fin de l'été pour m'en aller.

— À la bonne heure! jubila Joseph. Je suis content que tu nous reviennes. La solitude me pèse, tu n'as pas idée!

Ils savaient tous les deux qu'avec un bras en moins, Nicolas ne serait pas d'une très grande utilité à la concession. Encore une chance que le sort n'ait pas frappé son bras droit!

À cette pensée, le blessé repensa aux siens. À l'heure actuelle, ils devaient avoir reçu la missive de la Police montée. Il les imaginait plongés dans le deuil. Il n'eut aucun mal à voir sa mère, inconsolable, pleurer à chaudes larmes. Devait-il prendre la plume pour les informer de sa survie? Il pouvait encore lui arriver malheur. Sam Steele devrait alors leur annoncer sa mort une seconde fois.

Non, décida-t-il. Il ne ferait rien. Il préférait garder l'espoir de leur faire un jour la bonne surprise de son retour.

18

Les revenants

MICHEL CARDINAL était revenu sans encombre à sa petite cabane, située sur la colline, derrière Dawson City. Il avait été fort surpris de voir les changements survenus dans la capitale de l'or depuis le grand incendie de la fin d'avril. Cette ville isolée du reste du monde, au nord du continent, à moins de deux cents milles du cercle polaire, possédait une extraordinaire réserve de vitalité et d'espoirs. Et cela faisait bien son affaire !

Enfin libéré des soucis qu'il voulait fuir en se rendant au Klondike, il allait reprendre sa vie d'autrefois. Pas celle de commis-voyageur, non. Celle-là n'avait servi qu'à camoufler ce qu'il était au plus profond de lui : un voleur. Lors de ses visites dans les maisons, il profitait toujours de la brève absence d'une mère qui s'empressait d'aller soulager les pleurs d'un bambin pour subtiliser de menus objets. De l'argenterie ici, un bibelot de porcelaine là, ou encore un chandelier ou un mouchoir de dentelle. Chaque fois qu'il réussissait à vendre un des objets qu'il trimballait dans sa valise, il se faisait un devoir de chaparder quelque chose pour le remplacer. Il écoulait ensuite le fruit de ses larcins dans des réserves indiennes où, avec ses allures de Métis, il était toujours bien accueilli. On lui faisait confiance même s'il exigeait des prix élevés pour sa marchandise. D'une part, il volait les Blancs ; d'autre part, il refilait aux Sauvages des objets volés. Cardinal se moquait des uns comme des autres !

À Dawson City, il continuait de mener sa carrière de filou, mais avec plus de discrétion et moins de régularité. Il ne voulait pas attirer l'attention. La ville était somme toute petite et la Police montée du Nord-Ouest se trouvait partout. Une chose avait changé dans son *modus operandi* : il gardait pour lui le fruit de ses vols, car ici, il s'agissait d'or. L'homme était passé maître dans le vol à la tire. Il repérait un moineau un peu ivre et bavard, qu'il plumait sans que sa victime s'en aperçoive, souvent dans la cohue des rues ou dans le désordre des saloons, lorsqu'une petite bagarre éclatait entre des joueurs de cartes. Il profitait de la moindre occasion et ne poussait jamais sa chance en se montrant trop avide. Et cela se révélait plutôt payant.

Il avait ainsi accumulé un joli magot qu'il cachait dans une trappe, sous le lit de sa cabane. Quand était venu le temps de quitter son abri pour se lancer à la poursuite des Dubois et du jeunot Aubry, il avait hésité. Devait-il tout emporter ? Laisser une cabane sans surveillance pendant une période indéterminée comportait aussi son lot de risques… Pourtant, à son retour, son trésor était toujours là, bien rangé à sa place, même si quelques indices laissaient croire que quelqu'un était venu chez lui pendant son absence.

Il n'y avait pas à dire ! Au Klondike, le vol était l'un des crimes les plus mal vus. Personne ou presque ne s'y adonnait. Ce qui le confortait dans l'idée de ne pas abuser des bonnes choses de la vie et de ramasser l'or dans la poche des autres, petit à petit.

Les sœurs de Sainte-Anne lui avaient donné son congé. La plaie de Nicolas guérissait bien et, à condition qu'il change régulièrement de pansement, rien ne l'obligeait à rester à l'hôpital St. Mary's, ce qui faisait son affaire. Il avait hâte de respirer l'air frais du printemps, de marcher en compagnie d'Yeux-d'Or, de retrouver ses amis, d'essayer de reprendre sa vie là où il l'avait laissée, même s'il n'était plus celui qu'il avait été. Il se doutait bien qu'il devrait se mesurer à de nouvelles difficultés. Les surmonterait-il? Rien n'était moins sûr. Aussi préférait-il ne pas trop y penser. « Une chose à la fois », s'encouragea-t-il.

Nicolas portait toujours les vêtements kutchins que lui avait confectionnés la jeune fille indienne. Une des sœurs lui avait remis son alliance, récupérée avant son amputation. Lorsqu'il se prépara à partir, les autres patients le dévisagèrent. Certains le surnommaient le « revenant ». D'un côté, ils enviaient son courage ; de l'autre, ils le prenaient en pitié à cause de son membre perdu. Tous le saluèrent et lui souhaitèrent la meilleure des chances.

Devant l'hôpital, Joseph et la chienne-louve l'attendaient. En le voyant venir, celle-ci se mit à aboyer avec force. Le Malécite avait toutes les misères du monde à la retenir. D'un signe de la main, Nicolas lui donna l'autorisation de lâcher la laisse. Yeux-d'Or bondit en avant, se releva sur ses pattes postérieures et posa celles de devant sur les épaules de son maître. Celui-ci vacilla, mais réussit à conserver son équilibre. Il la caressa de sa main tandis qu'elle lui léchait les joues.

— Arrête donc un peu! lui dit-il, néanmoins amusé. Toi aussi, tu m'as manqué…

La bête retomba sur ses pattes et caracola autour de lui.

— Vous êtes devenus des inséparables, tous les deux, nota Joseph.

— Oui. À la vie, à la mort ! Pas vrai ?

Comme si elle avait compris leurs mots, Yeux-d'Or poussa un hurlement qui les fit rire. Puis Joseph montra du bout du menton une des fenêtres de l'hôpital. Nicolas se retourna et aperçut le visage triste de Daniella. Les secondes s'égrenèrent. Ils s'observèrent en silence, imprimant dans leur mémoire ce qui deviendrait le dernier souvenir qu'ils garderaient l'un de l'autre.

Il l'aimait. Elle l'aimait. Ils se l'étaient dit. Ils se l'étaient montré au cours d'un certain après-midi de février. Ils se souvenaient de cette fois unique où leurs corps avaient fusionné. Ils en rêvaient encore, même éveillés. Pourtant, entre eux, rien n'était possible. Pourquoi se blesser davantage ? En dehors de Betty, personne n'était au courant de leur idylle. Et cela était mieux ainsi.

Nicolas la salua de la main et s'éloigna, le cœur gros, en compagnie de Joseph et de la chienne-louve.

— Je me suis toujours dit que c'était un drôle de p'tit gars, ce Dany… déclara l'Indien. Tu savais, toi, que c'était une fille ?

— Non, répondit simplement son ami qui ne désirait pas s'étendre sur ce sujet douloureux.

— En tout cas, il nous a bien eus ! Je veux dire… elle !

— Pour ça oui…

Ils traversèrent la ville qui reprenait vie. Partout, la construction allait bon train. Les saloons et les hôtels s'élevaient, encore plus beaux qu'avant. Des trottoirs de bois garnissaient l'ensemble des rues. Depuis que les glaces du fleuve s'étaient rompues et que les bateaux à vapeur avaient recommencé à sillonner ses eaux, les grandes baies vitrées des commerces exhibaient des marchandises raffinées, à la mode de Paris. Peu à peu, les chevaux remplacèrent les chiens comme bêtes de trait. Dawson City se modernisait. Mais avec les nouveaux prospecteurs en herbe qui affluaient une fois de plus en ville, le taux de chômage se remit à grimper. Les vieux de la vieille, les *sourdoughs*, avaient l'impression que l'histoire se répétait sans fin.

L'air se réchauffait. L'été allait bientôt revenir. Après les doutes et la longue période d'engourdissement et de rationnement, les habitants du Klondike se remettaient à espérer des jours meilleurs. Le pire était derrière eux, croyaient-ils. Mais les choses ne sont jamais aussi simples qu'elles en ont l'air.

Depuis une semaine, Nicolas Aubry était revenu à sa concession du ruisseau Hunker et reprenait contact avec ses amis et son épouse. Hélas, la présence d'Annie l'emplissait de regrets. Elle lui rappelait trop Daniella, celle à qui il avait renoncé. La petite immigrante polonaise ressentait la même amertume, maintenant que son enfant ne verrait pas le jour. Tous deux devaient réapprendre à s'apprivoiser. Le premier pas était difficile à faire. Intimidés et troublés, ils s'évitaient. Joseph avait proposé à son compagnon d'aventures de dormir dans sa tente, ce qu'il avait accepté sans la moindre hésitation. Ainsi, les femmes restaient seules dans la cabane, ce qui préservait leur intimité.

Quand Jacques Desmet et Joseph descendaient chacun dans leur mine, ou lorsque l'Indien coupait du bois pour construire sa propre cabane, Nicolas s'assoyait devant la tente et fumait une cigarette qui restait accrochée à ses lèvres. Il gardait son mégot si long-temps qu'il s'éteignait souvent seul, roussissant au passage quelques poils de sa moustache qu'il négligeait. Il avait pris l'habitude de fumer afin d'éloigner les moustiques de son visage et s'enduisait aussi le cou d'une bonne couche de graisse d'ours. De sa main, il caressait la fourrure d'Yeux-d'Or, couchée à ses côtés. Son regard fixait le ruisseau qui chantait avec vigueur. Il ne bougeait presque pas de son siège, sinon pour manger, le matin et le soir. Ainsi collés l'un sur l'autre, le prospecteur et son chien semblaient figés dans le temps.

Le jeune homme ruminait les revers qu'il avait subis depuis plus d'un an. La colère, la frustration et l'impuissance alimentaient son cœur maintes fois éprouvé. Au fil des jours, son visage se crispait davantage. Deux longues rides verticales se creusaient entre ses sourcils. Il se sentait plus coincé que jamais. Dans un mariage de raison précipité, mais aussi à cause de ce bras qui n'existait plus et qui, étrangement, le faisait souffrir.

Le seul souvenir qui lui arrachait un timide sourire était celui du corps de Daniella contre le sien. Puis il repensait à cette jeune Indienne qui lui avait procuré chaleur et soins pour lui sauver la vie. Il l'avait aimée, elle aussi, d'une certaine façon. Pourrait-il un jour en dire autant d'Annie?

— Il ne fait rien de la journée! s'impatientait Claire en l'observant par la fenêtre de la cabane. Est-ce que ça va durer encore longtemps?

Betty ne s'étonnait plus de la froideur de la belle bourgeoise. Leurs vues s'opposaient trop pour qu'elle perde son temps à répliquer. Elle préférait garder son énergie pour l'enfant qui se développait en elle et tendait le tissu de ses robes jusqu'à en faire craquer les coutures.

— Que voudrais-tu qu'il fasse ? rétorquait Annie. Ne vois-tu pas dans quel état il est ?

Elle aussi s'inquiétait. Jamais elle ne l'avait vu ainsi, même lorsque la situation paraissait sans issue. Maintenant, il s'isolait dans un silence déconcertant. Elle n'osait pas aller lui parler, redoutant sa réaction et ses reproches.

— Je ne sais pas, moi ! répliqua Claire. Il pourrait… transporter de l'eau, corder du bois ou alimenter les poêles !

Bien sûr, Nicolas pouvait encore faire de nombreuses petites tâches pour se rendre utile.

— Il a traversé de dures épreuves, lui rappela Annie. Il a vu la mort de près. Il a besoin de temps.

Betty approuva d'un signe de tête, ne quittant pas des yeux son ouvrage de broderie.

— Il peut repartir seulement dans trois mois, leur rappela Claire. Et on va l'endurer pendant tout ce temps ? Eh bien, il ferait mieux de s'en aller de suite ! Même Jacques…

Cette fois, l'ancienne prostituée releva le nez. Madame Lambert, impassible depuis le début de la journée, démontra, à son tour, un intérêt soudain pour la conversation. Son état s'améliorait de jour en jour bien qu'elle éprouvât parfois de la difficulté à saisir correctement ce qui se passait autour.

— Quoi ? fit Betty. Tu lui en as parlé ? Quand ça ?

— Hier, ou avant-hier… Je ne sais plus, répondit Claire, embarrassée d'en avoir trop dit. Il pense comme moi. La présence de Nicolas gêne tout le monde.

Annie soupira. Oui, peut-être devait-il quitter pour de bon le territoire du Yukon. Chez lui, à Maskinongé, entouré des siens, Nicolas se rétablirait beaucoup plus vite.

Mais elle ? Que ferait-elle ? Annie devait en discuter avec lui. Ils ne pouvaient s'ignorer plus longtemps.

Jouer le tout pour le tout. Il s'apprêtait à bluffer. Il excellait à ce jeu. Et il était certain de l'issue de cette ultime partie. Il s'amena à l'hôpital St. Mary's avec une dégaine de hors-la-loi nonchalant, sans scrupule, qui ne craint rien ni personne. Surtout pas une adolescente de seize ans.

Quand Daniella vit Guido Gianpetri arriver et la saluer d'un sourire arrogant, elle devina qu'il avait trouvé le moyen de la forcer à rentrer. Sa poitrine se resserra. Elle chercha son air et toussa.

— J'ai un petit quelque chose à te dire, lui annonça-t-il d'emblée.

Elle tenta un pas de côté pour l'éviter, mais il se pencha aussitôt vers elle pour lui glisser à l'oreille :

— Tu sais, ton amie la pute…

La jeune fille se crispa. Betty ! Évidemment, il l'avait retrouvée…

— C'était bien la première fois que je laissais un témoin derrière moi, confessa-t-il en se grattant la tête. Je ne sais pas comment elle s'y est prise, la petite gueuse, mais je te jure que je ne lui permettrai pas de filer, ce coup-ci. À moins que… tu changes d'idée et que tu reviennes gentiment avec moi à New York. Sans faire de bêtises.

Daniella avala de travers. La vie de son amie reposait entre ses mains. Qui allait-elle sacrifier ?

— Un mot, souffla-t-elle, pleine d'appréhension. Un seul mot à Samuel Steele et vous n'aurez jamais le temps d'accomplir ce que vous vous promettez de faire…

— Un mot, répéta-t-il avec amusement. Un seul mot à qui tu voudras et la catin va croupir là où je l'ai enfermée. Si la police m'arrête, je ne dirai rien à son sujet.

Je nierai tout. Et on ne la retrouvera jamais. Elle va crever comme la chienne qu'elle est. C'est un fait tout ce qu'il y a de plus sûr.

Daniella l'écoutait, haletante et tremblante.

— Alors, c'est toi qui décides, ma belle.

— Qu'est-ce qui me prouve que… qu'elle est bien votre prisonnière ?

Gianpetri n'était pas né de la dernière pluie. Il avait prévu le coup.

— Je t'ai apporté ceci…

Il lui présenta un foulard taché. Il décroisa les pointes du bout de tissu et lui montra ce qu'il cachait. Dès que Daniella aperçut un doigt tranché, noirci de sang séché, elle s'agrippa à un lit pour ne pas tomber. Le bandit replia le foulard qu'il fourra ensuite dans sa poche.

— La prochaine fois, c'est sa tête qui va y passer.

Il s'en alla. Une religieuse remarqua alors l'état de pâmoison de la jeune fille. Elle accourut et mit la main sur son front.

— Vous allez bien, miss Di Orio ?

— Hum, hum… répondit vaguement l'adolescente.

— Est-ce ce monsieur qui…

La bonne sœur n'eut pas le temps de terminer sa question que Daniella regagna la petite alcôve qui lui servait de chambre. Ses pleurs se ponctuèrent d'une toux creuse. Elle toussait de plus en plus et pour la première fois, de fines éclaboussures de sang mouchetèrent son oreiller, mais elle n'en avait cure. Elle n'avait guère besoin de réfléchir davantage avant de prendre sa décision. Elle suivrait Gianpetri jusqu'à New York, car elle ne pourrait jamais vivre avec la mort de Betty Dodge sur la conscience.

De son côté, Guido Gianpetri jubilait. Sa petite mise en scène avait produit l'effet escompté. Près du quai, il sortit le foulard de sa poche, prit le doigt tranché et, après l'avoir débarrassé de son ongle pointu et bien limé, l'avala presque sans le mâcher !

Car à vrai dire, il s'agissait d'un simple bout de saucisson à l'extrémité duquel il avait soigneusement enfoncé l'ongle d'une prostituée de Paradise Alley qui le lui avait cédé, non sans une certaine surprise, contre cinq dollars. L'objet, au premier coup d'œil, ressemblait assez à un doigt pour que Daniella, dégoûtée et choquée par cette chose immonde qu'elle découvrait, ne la regarde plus qu'il ne le fallait…

Depuis son retour à Dawson City, Gustave Dubois avait l'impression de s'être fait avoir. Il ne pouvait pas croire que Nicolas Aubry soit lui aussi rentré en ville. Pire, son nom courait sur toutes les lèvres. On parlait même de lui dans les journaux.

Les mots des reporters dansaient dans sa tête à lui en donner la nausée : *un jeune homme au courage à toute épreuve… une incroyable épopée dans le désert de glace… une amitié surprenante avec les Indiens kutchins… une blessure qui le marquera à jamais, mais qui inspire le plus grand des respects… une chienne-louve à la rescousse…*

—Jupiter ! enrageait-il.

Non seulement il avait perdu le dernier de ses frères à cause de lui, mais en plus, on l'élevait au rang de héros !

—Toi, je t'aurai, mon maudit ! Et blessure ou pas, je ne me laisserai pas attendrir comme les autres !

L'unique survivant du clan Dubois n'avait pas lu les articles jusqu'à la fin. Mais il était de nouveau déterminé à se venger. Et quand les conversations dans les saloons se mettaient à tourner autour du gamin, il s'en allait, incapable d'en entendre davantage à son sujet. Il ignorait donc en quoi consistait la fameuse blessure de Nicolas. Mais, se disait-il, elle ne devait pas être si grave puisqu'il avait réussi à éliminer Zénon.

Il avait appris à travers les branches que Nicolas habitait de nouveau sa concession du ruisseau Hunker et il espérait s'occuper de lui avant de reprendre la route vers Skaguay. Mais d'abord, il chercha Betty. Il fit le tour des maisonnettes de Paradise Alley et questionna plusieurs filles, dont la Boiteuse, une de ses anciennes voisines et amies. Personne ne l'avait vue depuis un bon bout de temps. Toutes lui conseillèrent d'aller à l'hôpital St. Mary's et de poser la question à Dany. Ce que Gustave fit aussitôt.

À l'hôpital, quelle ne fut pas sa surprise de tomber nez à nez avec le garçon… habillé en demoiselle !

—Jupiter ! s'exclama-t-il, sans trop savoir s'il devait rire ou s'offusquer. Qu'est-ce que ça veut dire, cet accoutrement ?

Daniella hésita. Dubois était l'ennemi de Nicolas. Il avait attenté plusieurs fois à sa vie. Mais il était aussi certainement le seul à pouvoir sauver Betty.

—Il la garde prisonnière… bredouilla-t-elle en tentant de baisser la voix pour que ni les patients ni les religieuses n'entendent ses paroles. Je ne sais pas où… Il lui a coupé un doigt… Il me l'a… montré ! C'était horrible…

Les larmes affluèrent de plus belle. Soudain délestée du terrible secret, elle agrippa le bras de Gustave.

—Je ne comprends pas un traître mot de ce que tu racontes, lui reprocha-t-il.

—Gianpetri, articula-t-elle au travers de ses toussotements. Il a fait du mal à Betty…

19

La vengeance sur la glace

D E LA LANGUE, Nicolas expulsa son mégot qui atterrit à quelques pieds de sa chaise.

—Allez, ma belle ! Tu viens ?

Yeux-d'Or redressa les oreilles. Son maître se remit sur pied et cette fois, la chienne-louve le dévisagea, la tête de travers, comme si elle cherchait à comprendre ce qu'il faisait.

Nicolas s'étira le bras vers l'arrière et fit rouler ses omoplates. La manche gauche de sa chemise, repliée et cousue à quelques pouces sous l'aisselle, battait au vent. Il marcha un peu. La bête se leva d'un bond. Mais où allait-il ainsi ? semblait-elle se demander.

Il s'arrêta devant le ruisseau Hunker. Il ferma les yeux, huma l'air frais. Derrière lui, le gravier crissa. Il se retourna et découvrit Annie.

—Tu vas bien ? s'informa-t-elle.

—Oui, et toi ?

Elle acquiesça timidement.

—Je m'excuse, enchaîna Annie avant que son courage ne flanche. On aurait dû attendre avant de se marier.

—Oui, mais qui aurait pu prédire ce qui est arrivé ?

Il la couva d'un regard tendre et Annie se sentit soulagée. Elle sourit. Le premier pas venait d'être franchi. Mais il en restait encore beaucoup à faire.

—Que comptes-tu faire, Nicolas ?

—Pas grand-chose ! souffla-t-il en haussant les épaules.

Sa jeune épouse se planta à côté de lui, devant le ruisseau qui courait librement à leurs pieds.

—Tu dois reprendre goût à la…

—Je ne peux plus rien faire ! l'interrompit-il d'un ton sec.

À ses yeux, personne ne comprenait ce qu'il vivait, ce qu'il endurait. Tous ces petits gestes que les autres accomplissaient sans même y penser et qui coulaient de source… Lui, il devait se résigner à ne plus pouvoir les exécuter. Ou encore à s'y prendre différemment, sans aucune garantie de succès.

—Tu as perdu ton bras, pas la vie.

Il se tourna brusquement vers Annie pour mieux l'envoyer promener, elle et ses conseils de pacotille. Mais son visage calme, ses joues rousselées et ses prunelles azur l'en empêchèrent. Elle aussi avait connu l'enfer. Elle était pourtant toujours là à travailler et à rire le soir quand elle jouait aux cartes avec ses compagnes.

—Comment fais-tu, Annie ? voulut-il savoir, la larme à l'œil. C'est si dur…

—Je ne sais pas, avoua-t-elle en lui touchant le bras. Je mentirais si je te disais que c'est toujours facile. On est tous plus forts qu'on ne le croit.

Il se remit à contempler le Hunker et les crêtes d'écume que l'eau formait en se fracassant contre les rochers. Peut-être devrait-il mettre à profit les beaux mois de l'été, car ce serait les derniers dont il jouirait. Après, il repartirait chez lui. Aurait-il de l'or dans ses poches ? Il n'en savait rien encore.

—Je vais essayer, lui promit-il.

Elle retourna dans la cabane pour préparer le dîner. Nicolas poursuivit son tour de la concession, accompagné de sa fidèle Yeux-d'Or qui ne le lâchait pas d'une semelle. Il inspecta l'ouverture des puits des mines, ainsi que les tas de gravier qui les entouraient. Jacques Desmet travaillait sans conteste beaucoup plus vite que son ami Joseph.

Il allait revenir sur ses pas quand l'Indien s'extirpa du trou où il s'était enfermé depuis l'aube. Le garçon déversa deux seaux pleins de gravier, s'essuya les mains sur ses pantalons et salua Nicolas d'un air amène.

—Pardi, j'ai faim! Qu'est-ce qu'on mange?

—C'est tout ce que tu rapportes? nota son ami, un peu déçu.

Joseph baissa la tête. Il n'aimait pas mentir. Il ne voulait pas servir à Nicolas les excuses qu'il avait inventées pour Desmet. Il n'était toutefois pas question de lui révéler la vérité.

—Je ne suis pas certain qu'il y en aura assez pour laver de l'or tout l'été, constata Nicolas. Il va falloir accélérer la cadence.

L'Indien approuva d'un signe de tête.

Nicolas repensa aux paroles qu'il venait d'échanger avec Annie.

—Je sais que c'est loin d'être facile pour toi, avec Desmet et Claire.

Le regard de Joseph s'embruma. Le commentaire avait frappé juste.

—Je crois qu'on est rendus à la croisée des chemins, conclut Nicolas. Bon sang! Ça m'a tout l'air que soit on prend sur nous et on fonce devant, soit on ressasse le passé et on s'enlise pour de bon.

Au fond, tous aspiraient à quelque chose de plus grand.

—Allez, viens! dit-il encore. De la soupe et du pâté de lièvre nous attendent, je crois.

Et serrés l'un sur l'autre, le bras sur les épaules, les deux garçons cheminèrent jusqu'à la baraque où Desmet arrivait lui aussi.

Clouée à son lit, Alice Aubry se portait plus mal que jamais. Une douleur lancinante lui embrasait le bras gauche. Des dizaines d'aiguilles lui picotaient le cœur. Sa respiration chuintante s'entrecoupait d'accès de toux insoutenables. Son visage crispé ne se ressemblait plus.

Son mari Émile la contemplait avec un désarroi grandissant. Il ne voulait pas la perdre. Pas maintenant, ni jamais. Pourtant, la mort la dévorait à petit feu. Le temps filait. Et il n'arrangeait rien. Elle s'en irait. Elle le quitterait.

« Par ma faute! » se blâmait-il sans discontinuer. Il avait l'impression de creuser la tombe de sa femme pouce par pouce depuis le printemps de l'année précédente. Lui et ses gaffes! Lui et son caractère de chien!

En dépit de ce qu'il était, Alice continuait de l'aimer. Il avait de la chance. Oh, elle avait certes pensé qu'elle finirait par le changer. Puis elle avait compris qu'on ne transforme les autres que s'ils le souhaitent vraiment.

Quand il se levait le matin, il craignait toujours de la découvrir aussi froide et rigide que la glace. Mais au fond, il savait pourquoi elle résistait au néant qui l'aspirait.

—Alice… souffla-t-il à son oreille. Alice?

Elle rouvrit les yeux. Une larme s'échappa de ses cils et s'engouffra dans son oreille. Émile lui sourit avec une tendresse infinie. Il lui prit la main et la porta à ses lèvres.

— On n'ira pas le chercher, ma femme. On ne peut pas faire ça.

— Je sais… balbutia-t-elle avec lassitude.

— Alors tu ne nous en voudras pas ?

— Mais non…

L'homme respira beaucoup mieux. Il n'avait pas cru qu'elle se résignerait si facilement, lui qui pensait que le rapatriement du corps de leur fils cadet représentait sa dernière volonté. Il ne chercha pas à comprendre pourquoi elle avait changé d'idée.

— Je t'aime, mon Alice.

— Moi aussi, mon homme…

Ses recherches ne donnaient rien. Gianpetri ne semblait nulle part. Gustave Dubois était allé voir du côté du service de pompiers, sans succès. Le bandit avait quitté ses fonctions. Sûrement parce qu'il envisageait de partir sous peu pour des latitudes plus clémentes. Il finirait par revenir chercher Daniella et s'embarquer à bord d'un bateau à vapeur, mais quand ? Dubois s'impatientait. Il avait du mal à tenir en place. Il ressentait un furieux besoin de se défouler, de tuer. Sa présence autour de l'hôpital et les questions qu'il posait ici et là étaient peut-être venues aux oreilles du kidnappeur.

Et s'il commençait par aller régler son compte à ce damné Nicolas Aubry ? Il en aurait pour un jour à peine. Oui, décida-t-il. Il irait au ruisseau Hunker et vengerait ses quatre frères. Il loua donc un cheval et, quelques heures plus tard, se présenta à la concession de son ennemi juré.

Nicolas dormait devant la cabane, assis dans sa chaise, les jambes allongées, le chapeau sur son visage. Dès que le cheval approcha, Yeux-d'Or se mit à aboyer.

Le garçon se redressa et s'aperçut que Gustave Dubois braquait une arme dans sa direction.

— Tu le reconnais ? lui demanda l'aîné du clan en désignant le revolver de Théodule.

Le garçon avala de travers. Il lorgna du côté des mines. Joseph et Desmet s'y trouvaient, mais, à cause de leurs coups de pic, ils n'entendaient rien de ce qui était en train de se passer à la surface.

— Tu as tué Zénon avec. Et je vais en faire autant pour toi !

Zénon Dubois ! Il était donc… mort ? Nicolas n'était pas certain de bien saisir les paroles de son rival. Gustave allait sauter à terre quand la chienne-louve lui rappela sa présence. Le cheval rua et l'homme faillit tomber à la renverse.

La porte de la cabane s'ouvrit avec fracas. Betty apparut sur le seuil, le poing sur le cœur.

— Gus ? C'est toi ?

Le seul survivant des Dubois tiqua. Il avait l'impression de contempler un mirage.

— Betty… mais… je croyais que… Et Gianpetri ? Il ne t'a pas…

Elle accourut et tendit les bras. Il la souleva sur la selle, devant lui. Il lui attrapa aussitôt les mains et s'empressa de lui compter les doigts. Ils étaient tous là, à la bonne place ! Puis il aperçut ensuite le ventre rebondi de son amoureuse. Devant son air hébété, elle sourit en donnant de petits coups de tête.

— Tu es revenu nous chercher ?

— Jupiter ! Est-ce que c'est moi… le père ?

— Qu'est-ce que tu crois ?

Il la serra contre lui et l'embrassa, heureux comme un roi. Alors que Nicolas se relevait et faisait un pas vers la cabane, Gustave repointa son arme vers lui.

— Ne bouge pas de là, toi !

Le p'tit gars de Maskinongé obéit. Sa manche gauche, coupée et cousue un peu plus haut que le coude, renvoyait son amputation à la figure de Dubois. Il aida Betty à mettre pied à terre, puis descendit à son tour du cheval. Yeux-d'Or grognait, montrait des dents. La chienne-louve le reconnaissait. Elle le haïssait. Elle n'attendait que le signal de son maître pour lui sauter à la gorge. Gustave l'ignora ; il n'avait d'yeux que pour son ennemi manchot.

— Comment t'es-tu fait ça ?

— Quand vous m'avez forcé à partir en forêt, j'ai eu un accident. Et ma chienne m'a traîné chez les Indiens. Ils n'ont pas réussi à me guérir et m'ont rapatrié à Carmacks. Ce sont les policiers basés là-bas qui m'ont ramené en ville.

Le dernier survivant du clan Dubois fixait la manche ballante de Nicolas. Il repensa à Michel Cardinal, entrevu aux abords du village kutchin. Se pouvait-il qu'il ait assassiné Zénon ? Et si ce Blanc ensauvagé avait été au courant des déplacements des Dubois depuis le début ? Et s'il s'était moqué d'eux au point de les éliminer un à un sans que personne ne le soupçonne ? Aurait-il pu maquiller chacun de ses crimes en accident afin d'en faire porter le chapeau à un autre, comme le jeunot qui pourchassait le clan de bandits, par exemple ? Après tout, ce genre de manipulation perfide était pile dans ses cordes.

— Tu ne l'as pas tué ? articula péniblement Dubois, tentant d'y voir clair.

— Non, et je n'ai tué aucun de tes frères. Ce n'est pas l'envie qui me manquait, mais je n'ai rien à voir là-dedans. Et puis, avec un bras en charpie, je n'aurais pas fait long feu contre Zénon…

Gustave grimaça. Michel Cardinal se cachait-il vraiment derrière les circonstances troubles qui lui avaient ravi ses frères un à un? Depuis le lac Bennett jusque dans la taïga… Était-ce bien lui le coupable? Gustave n'était encore sûr de rien. Néanmoins, il remit le revolver à sa ceinture et plongea son regard dans celui du garçon.

— C'est vrai, on a mis le feu chez vous, avoua-t-il contre toute attente, les yeux plissés, accentuant ses rides. À force de jouer au chat et à la souris, on a assez souffert comme ça, toi et moi. Alors je te propose une affaire. Je ne toucherai pas à un cheveu de ta tête et tu m'oublies. Considère qu'on est quittes.

Gustave Dubois lui demandait ni plus ni moins de faire la paix. Après tout, quatre des incendiaires avaient été envoyés *ad patres*. Était-ce suffisant pour réparer les torts causés à la famille Aubry? Nicolas y consentit d'un signe de tête.

— Si tu manques à ta parole et que tu viens me jouer dans le dos, le prévint Gustave, je me défendrai bec et ongle.

Nicolas approuva une fois de plus. Un des cinq bandits resterait en vie? Eh bien soit! se dit-il. Il n'avait plus le cœur ni le courage de vivre d'autres drames. Zénon Dubois, celui par lequel tout avait commencé, était mort. Il aurait aimé le voir de ses yeux et y être pour quelque chose, mais cela le satisfaisait.

Gustave se tourna vers Betty.

— Prends tes affaires. On s'en va.

La jeune femme ne se fit pas prier, trop heureuse d'avoir retrouvé son amoureux. Elle rentra dans la cabane et fourra le peu qu'elle avait apporté avec elle dans une sacoche de cuir. Elle embrassa madame Lambert sur le front, puis Claire et Annie.

— Vous allez me manquer, leur dit-elle en guise d'adieu. Vous saluerez Desmet et Paul pour moi.

Et elle revint auprès de Gustave qui se hâta de fixer le bagage à sa monture.

Nicolas fit un pas vers Betty.

—Je te remercie pour ce que tu as fait pour Annie.

—Prends soin d'elle, Nick, dit-elle, même si elle était au courant de l'affection qu'il nourrissait pour une autre. Elle en a besoin. Et elle te le rendra au centuple.

Elle l'embrassa sur la joue et grimpa sur le cheval avec l'aide de Gustave, qui se contenta de tenir la bride et de marcher à côté de la monture. Le couple s'éloigna en suivant le ruisseau Hunker.

Yeux-d'Or courut se jeter dans l'eau et demeura longtemps figée, sans doute pour s'assurer que l'ennemi de son maître ne revienne pas lui faire du mal.

Le départ inattendu de Betty Dodge avait procuré un sentiment de soulagement à certains des habitants de la concession. Après tout, elle demeurait une fille de vertu douteuse compte tenu de son ancien travail dans Paradise Alley et de ses amours avec un bandit notoire, même si elle s'était toujours montrée digne de la confiance de chacun.

Madame Lambert vivait une autre de ses périodes de lucidité, mais ne le laissait pas paraître. Elle écoutait et regardait. Son ancien gendre, surtout. Chaque fois que son regard tombait sur lui, elle ne savait comment s'expliquer sa présence. Que faisait-il donc là ? Elle ignorait tout des événements survenus depuis son coma. Elle se rappelait cependant deux choses : Claire le détestait et Desmet en voulait à leur argent. Que s'était-il produit pour qu'une relation polie et pleine d'œillades à la dérobée s'installe entre lui et sa fille ? Quand il la saluait, elle sentait un mouvement de répulsion l'envahir. Comme si chaque fibre de son corps savait qu'il était à l'origine de son accident, dans les rues de Skaguay.

Desmet parlait d'une voix posée, sûre et calme, comme celle qui l'avait autrefois embobinée. Pouvait-elle lui accorder sa confiance ? Devait-elle imiter Claire et lui pardonner ? Elle hésitait et le gardait à l'œil. Car comment savoir ce qui se cache réellement dans le cœur et l'âme des hommes ?

20

Le prix de l'or

LES MINES ÉTAIENT FERMÉES pour la plupart et les prospecteurs se livraient désormais au lavage du sable aurifère. Au ruisseau Hunker, cependant, il y en avait encore quelques-unes en opération. Et elles se trouvaient toutes sur la même concession…

À première vue, Desmet et Joseph n'avaient pas accumulé assez de gravier pendant l'hiver. Le lavage se ferait en un rien de temps et, ensuite, tout le monde se tournerait les pouces jusqu'au retour de la saison froide. Moins il y avait de gravier, moins les chances de découvrir de l'or étaient grandes. Cette triste équation décourageait Nicolas qui avait pensé pouvoir profiter des mois de sursis accordés par Steele pour s'enrichir.

Déterminé à changer le cours des choses, il attrapa une pelle et décida d'aller donner un coup de main à Joseph. Dès que l'Indien l'entendit s'échiner dans le puits, il comprit que ce jour-là, il ne pourrait pas faire son travail comme d'habitude.

— Pardi, Nick ! Qu'est-ce que tu viens faire ici ?

— Tu vois bien ! J'essaie de descendre dans ce maudit trou !

La planche sur laquelle il était assis tapait contre les parois du puits. Sa main droite glissait le long de la corde reliée un peu plus haut au treuil. La peau de sa paume s'écorchait, mais il s'en moquait. Joseph lui attrapa enfin les pieds et lui permit de se stabiliser dans le tunnel vertical. Le reste de la descente se déroula alors beaucoup mieux.

— Il fait de plus en plus chaud et ça devient dangereux de rester enfermé ici-dedans, plaida Nicolas. On n'en a plus pour longtemps alors il faut se grouiller !

Joseph sourit. Au fond, il éprouvait du bonheur à savoir son ami près de lui.

Ils se mirent aussitôt à la besogne. Contre toute attente, l'amputation de Nicolas ne le ralentissait pas trop. Dès qu'ils avaient réchauffé le pergélisol, il donnait des coups de pics avec son bras droit. À force de travailler, il soufflait fort, suait à grosses gouttes, tremblait même parfois sous l'effort. Après des semaines d'inaction, la fatigue vint vite l'éprouver. Pourtant, il continuait. Il n'avait qu'une seule idée en tête : trouver de l'or.

Joseph aussi s'épuisait à la tâche. Aucun des deux ne se plaignait. Seuls leurs ahans et le choc de leurs outils contre la pierre brisaient le silence qu'ils s'imposaient afin de garder leur concentration et d'abattre le plus de travail possible. Bientôt, les mottes détachées des parois de la galerie souterraine jonchèrent le sol et les empêchèrent presque de bouger. Ils durent en remonter plusieurs seaux à la surface. Le gravier s'empilait, pour la plus grande joie des femmes et de Desmet. Après tout, eux aussi tireraient avantage de leur acharnement.

Au quatrième jour de cette cadence effrénée, au milieu de l'après-midi, un orage éclata sans crier gare. De grosses gouttes fracassèrent le sol. Nicolas et Joseph se dépêchèrent de remonter encore deux derniers seaux pleins de gravier avant de se retirer dans leur tente. L'Indien, déjà à la surface, manipulait le treuil pour aider son compagnon à s'extirper du puits quand une partie du déblai sur lequel il se tenait debout se détacha et glissa dans le trou. En moins de deux, il perdit pied, lâcha la corde, et Nicolas dégringola au fond de la mine. La couche de terre le recouvrit en entier! Il peina à se sortir la tête de cet éboulis. La pluie qui déferlait furieusement dans le souterrain menaçait d'affaiblir le reste de la paroi.

—Au secours! hurla-t-il.

Joseph se releva et empoigna le sifflet qui pendait à son cou. Entre deux coups de tonnerre, il siffla de toutes ses forces à trois reprises, ce qui était le signal convenu avec Desmet pour annoncer un accident. L'homme, qui s'était déjà réfugié dans sa tente, en ressortit aussitôt. Il accourut et, ensemble, ils s'activèrent à remonter Nicolas qui nageait dans une boue immonde. Le sauvetage ne prit heureusement que quelques minutes, pendant lesquelles ils ressentirent toutefois une bonne frousse.

—Merci, les gars! souffla Nicolas, reconnaissant. Un peu plus et j'y restais.

Peu importe ce qu'il faisait, le danger lui courait après, se disait-il. Ou était-ce plutôt lui qui le défiait sans cesse…

—Je crois que cet incident clôt définitivement la saison des mines, ne croyez-vous pas, messieurs? déclara Desmet en s'épongeant le front.

Les deux jeunes gens en convinrent. Ils avaient joué avec le feu. Ils avaient eu de la chance de s'en tirer à si bon compte.

—Où est Yeux-d'Or? demanda Desmet. Je la croyais avec vous.

—Elle doit être partie chasser, dit Nicolas.

De fait, la chienne-louve apparut en trottinant vers eux, la gueule encore tachée du sang de sa dernière victime.

Desmet et Joseph allèrent se mettre à l'abri de la pluie qui tombait avec un peu moins de force. Nicolas, lui, profita de cette douche froide pour débarrasser ses vêtements et ses cheveux de la boue.

Elle attendait, assise sur le lit étroit, le menton fier et haut. Gianpetri se présenta à l'hôpital St. Mary's à l'heure convenue. Daniella ne bougea pas d'un iota. Elle ne manifesta aucune intention de le faire non plus. Elle se contenta de le dévisager avec dégoût.

— Où sont tes bagages ? lui demanda-t-il sans perdre son temps en civilités.

— Je ne pars plus.

— Ah non ? Et qu'est-ce que tu fais de ton amie, la pute ?

Daniella désigna d'un haussement de sourcil une personne qui approchait derrière le bandit. Il se retourna et reconnut non sans surprise Betty Dodge. On l'avait démasqué. Pire, il lui faudrait inventer un nouveau prétexte pour forcer la petite Di Orio à regagner New York en sa compagnie.

Il s'apprêtait à faire un pas en direction de la fille de joie quand une haute silhouette surgit entre eux.

— Décampe, ou tu auras affaire à moi ! le menaça Gustave Dubois qui enregistrait dans son esprit les traits de Guido Gianpetri pour ne jamais plus les oublier.

Gianpetri sentit la soupe chaude. Il ne servait à rien de tenter quoi que ce soit. L'hôpital renfermait trop de témoins.

— Je n'ai pas dit mon dernier mot !

— Oh oui, tu l'as dit ! le prévint Betty qui, en dépit de la présence de son amoureux, le redoutait toujours. Steele sait pour le juge.

Cette fois, le tueur grimaça. Et Dubois avança pour le forcer à battre en retraite.

Gianpetri sortit de l'hôpital en coup de vent. La prostituée l'avait-elle vraiment dénoncé à la police ? Il ne prit pas la peine de le découvrir. Aussi fila-t-il en direction du quai. Il monta seul à bord du vapeur qui aurait dû les ramener, sa prisonnière et lui, au lac Bennett.

Steele l'avait dit à Daniella : tant qu'il ne recevrait pas de réponse de son père, la jeune fille resterait à l'hôpital. C'était la seule façon qu'il avait trouvée de protéger cette personne mineure. Mais l'adolescente gardait encore des séquelles de la fièvre typhoïde qu'elle avait contractée au début de l'hiver. Et côtoyer chaque jour des malades la rendait plus faible. Elle toussait de plus en plus souvent, mais se gardait bien de montrer aux bonnes sœurs ses mouchoirs tachés de sang.

Gianpetri ne représentait plus de dangers. Betty était saine et sauve, et elle avait tous ses doigts ! Néanmoins, Daniella ne respirait pas mieux. Le mal grandissait en elle, et elle ne voulait rien dire à son amie pour ne pas l'inquiéter.

— Nous allons partir bientôt, lui annonça Betty.

— Tu vas me manquer terriblement.

— Toi aussi. Je reviendrai te dire au revoir.

— Je l'espère bien ! la taquina Daniella.

Enlacés comme des jeunes mariés, Betty et Gustave s'en allèrent. La tête contre l'épaule de son amoureux, la jeune femme rêvait de jours meilleurs. Il était revenu pour elle. Ils auraient un enfant. Peut-être même plusieurs. Sa vie allait changer et elle souriait. Oh, ce ne serait peut-être jamais le grand luxe, mais la vie lui accordait enfin un peu de répit. Il lui semblait que rien ne pouvait entraver son bonheur.

Pourtant, une fois dans l'avenue Front, elle sentit Gustave se crisper.

— Jupiter ! C'est lui !

Droit devant, un homme fendait la foule en courant. Gustave s'élança à ses trousses sans un mot pour Betty qui leva le bras pour tenter de lui attraper la manche.

— Gus !

Il ne décéléra même pas. Il n'avait d'yeux que pour Michel Cardinal. Et les deux ennemis jurés couraient à en perdre haleine.

« Qu'est-ce que Dubois fabrique en ville ? » se demandait Cardinal, à bout de souffle. Il l'avait pourtant vu emprunter la piste vers le sud-est… Avait-il donc décidé de revenir pour lui ? Comment avait-il deviné qu'il était à Dawson City ? Il ne comprenait plus rien.

Pour l'instant, il lui tardait de se mettre à l'abri. Ensuite, il réfléchirait au moyen de se débarrasser pour de bon du dernier Dubois. Il n'avait surtout pas envie qu'il resurgisse à tout venant.

Il était loin de se douter que Gustave Dubois et Nicolas Aubry avaient conclu un marché. Mais cela ne l'empêcherait certainement pas de se servir encore une fois du garçon pour arriver à ses fins.

Quand Gustave revint à la chambre d'hôtel qu'il avait louée pour lui et Betty, celle-ci l'attendait sur le pied de guerre.

— Veux-tu bien me dire ce qui t'a pris !

— C'est Cardinal. Il m'a filé entre les doigts, mais il est dans le coin.

—On s'en moque! tempêta-t-elle. On prend le bateau demain!

—Avant, j'ai un compte à régler.

Betty s'agrippa à sa chemise et le secoua autant qu'elle put. Gustave lui attrapa le bras et le lui tordit doucement pour lui faire lâcher prise.

—Tu ne comprends pas, Betty.

—C'est toi qui ne comprends pas, espèce de grand nigaud! s'emporta-t-elle de plus belle. Ne brave pas le sort! Au diable Cardinal et ce qu'il a pu te faire! Tu vas être père, Gus! Je n'ai pas envie de mettre au monde un orphelin! Parce que tu ne sais pas ce qui va arriver! Tu ignores de quelle manière les choses se termineront. Oublie ce type et allons nous inventer une nouvelle vie ailleurs!

Il allait être père… La phrase dansait dans son esprit troublé. Betty avait raison. S'il s'entêtait, qu'allait-il léguer à cet enfant sinon la haine et l'esprit de vengeance? Lui donnerait-il le cadeau empoisonné qu'il avait reçu de son propre père? Non, il devait mettre fin à ce cercle vicieux.

Il tendit la main pour caresser la joue de Betty.

—Pardonne-moi. Nous partirons comme convenu…

La jeune femme ne se calma toutefois pas. Elle le regardait sans le voir. Son visage s'empourprait davantage. Sa tête dodelinait. Elle se plia en deux en joignant les mains sur son ventre.

—Qu'est-ce qui t'arrive, Jupiter!

—Le bébé… souffla-t-elle de peine et de misère.

Il l'allongea aussitôt sur le lit. Comme elle avait l'habitude des fausses couches, elle lui dicta quoi faire, et il obéit. Les crampes diminuèrent. Aucune goutte de sang ne vint souiller ses vêtements ni les draps. Au bout d'une heure, elle essaya de se relever en s'appuyant sur

Gustave. Une autre douleur lancinante lui déchira le ventre et la rejeta en arrière. Elle comprit qu'elle n'était pas en train de perdre l'enfant, mais que sa grossesse ne se déroulait pas aussi bien que prévu. Elle se mit à pleurer. Pas parce qu'elle avait mal, mais parce que dans cet état, elle ne parviendrait jamais à quitter Dawson City puis à franchir les montagnes de la chaîne Côtière menant à Skaguay.

— On va attendre, Betty. On va attendre, c'est tout…
Elle s'accrocha à lui.

— Promets-moi que tu vas faire comme pour Nick et que tu laisseras ce maudit Cardinal tranquille !

Gustave accepta sans rouspéter et la serra fort contre lui.

Depuis le début de mai, dès qu'il terminait ses journées de travail, Joseph s'affairait à construire sa cabane. Il avait choisi un emplacement à la limite supérieure de la concession, en retrait du ruisseau Hunker, mais aussi de l'autre baraque où vivait Claire. En s'éloignant un peu d'elle, il espérait que la douleur s'en irait plus facilement. Or, elle restait là, bien ancrée en lui.

Quand le logis fut fin prêt à le recevoir, quelques semaines plus tard, il alla voir Nicolas qui vérifiait les nouvelles installations d'irrigation et les dalles de bois allant servir à laver le sable aurifère.

— Elle est belle, ta maison, dit ce dernier. Je me demande pourquoi Desmet n'en fait pas autant. J'ai de la difficulté à imaginer que ce bourgeois se complaise autant dans sa tente !

— Si tu veux mon avis, prétendit l'Indien, ça doit être parce qu'il a autre chose en tête.

— Comme quoi ?

Joseph se racla la gorge. Il se garda de dévoiler le fond de sa pensée. Son compagnon aurait certainement cru qu'il s'évertuait une fois de plus à dénigrer son rival. À ses yeux, si Desmet n'entreprenait pas la construction de sa propre baraque, c'est qu'il planifiait d'épouser Claire. Ce faisant, il l'aurait, sa cabane. Sans se fatiguer pour rien…

— J'ai un cadeau pour Annie et toi, annonça l'Indien avec un petit sourire afin de détourner la conversation.

— Ah oui ? fit son ami, piqué par la curiosité.

— Je vous prête ma cabane jusqu'à l'automne.

L'annonce prit Nicolas de court. Il aurait voulu se réjouir, mais se retrouver soudain si près de son épouse l'intimidait, lui qui pensait souvent à Daniella, et même à son infirmière kutchine. Annie et lui se parlaient davantage, mais une réserve naturelle colorait leur relation. Habiter avec elle pour les prochaines semaines l'emplissait d'une certaine panique.

— Merci, souffla-t-il, mal à l'aise, mais incapable de refuser l'offre généreuse de son ami qui souhaitait secrètement contribuer au rapprochement des deux époux.

— Je vais vous aider à transporter vos affaires.

Joseph se chargea de déménager celles d'Annie ; Nicolas s'occupa des siennes. Lorsqu'il retourna dans la tente qu'il partageait jusque-là avec son ami indien, il tira sur sa malle et un objet qui se trouvait coincé glissa par terre. Il l'attrapa. C'était un petit coffre dont le couvercle s'ornait d'une tête de faucon sculptée. Joseph y avait certainement déposé des souvenirs de ceux qu'il avait laissés derrière lui, à Cacouna. Pourtant, le poids du coffre le laissait perplexe. Son contenu s'entrechoqua quand sa main droite faillit le faire tomber par mégarde. C'est alors que le loquet se détacha, le couvercle s'ouvrit

et des pépites d'or de toutes les grosseurs se retrouvè-
rent sur le sol couvert de sapinage. Joseph entra dans la
tente sur ces entrefaites.

— Bon sang! clama Nicolas, stupéfait. Ne me dis pas
que c'est à cause de ça que tu ne sortais pas autant de
gravier que Desmet!

Découvert, l'Indien bredouilla des excuses mala-
droites.

— Je n'en reviens pas, dit encore Nicolas. Tu as fait
ça à cause de Claire…

— Même en colère, je ne fais que penser à elle… se
confessa le fautif en se laissant choir sur son lit de camp.
Je l'aime, Nick. C'est plus fort que moi. Si Claire
apprend ça, jamais plus elle ne voudra de moi.

Nicolas en convint.

— Il y en a pour combien?

— Environ cinq mille piastres, affirma Joseph,
penaud.

Nicolas grimaça.

— Mais y as-tu pensé? Tu m'as volé moi aussi!

— Tu étais mort…

— Je ne le suis plus! Tu as… changé, Joseph.

Le Malécite ferma les yeux. La douleur qui l'envahit
en cette circonstance était plus terrible encore que celle
qui résultait de l'éloignement de son amoureuse. Il
venait de tromper la confiance de son meilleur ami.

— Que vas-tu faire? lui demanda Joseph sans le
regarder.

Nicolas hésitait. Devait-il passer l'éponge ou le
dénoncer? S'il choisissait cette dernière option, Jacques
Desmet ne se priverait pas pour déclarer son crime à la
Police montée. Ainsi, il se débarrasserait pour de bon
de son rival. Joseph avait jusqu'alors joui d'une bonne
réputation mais à cause de cette offense, jamais il ne
trouverait du travail ailleurs dans la région.

—M'est avis que personne n'est à l'abri d'une erreur de jugement, mais celle-ci me paraît énorme, Jos.

L'Indien ne dit mot, attendant sans broncher sa sentence.

—Bon sang! pesta encore Nicolas. Pourquoi tout est toujours si compliqué!

Joseph lui avait prêté main-forte tant de fois… Il ne se résignait pas à balayer leur amitié ni à le condamner au bannissement. Il fit un pas vers l'Indien et lui parla à mi-voix:

—Écoute-moi bien: demain, quand on va commencer à laver le gravier des mines, on y placera ces pépites et on fera comme si on venait de les trouver.

—Tout ce que tu veux! accepta Joseph, honteux.

Son honneur serait sauf. Claire n'en saurait rien, pas plus que Desmet. Malheureusement, aucun des deux garçons n'oublierait qu'il avait menti. Et tous deux savaient que si Nicolas n'avait pas découvert le pot aux roses, l'Indien aurait continué à jouer son petit jeu longtemps…

—Que les choses soient claires, l'avertit Nicolas. Si jamais je te reprends la main dans le sac…

—N'aie crainte, Nick. Ça ne se reproduira plus.

Joseph avait conçu sa cabane pour une seule personne. Ses dimensions étaient donc restreintes de façon à ce que, au cours de l'hiver, le petit poêle situé en son centre diffuse une chaleur uniforme dans tous les coins. Mais surtout, elle ne comptait qu'un seul lit, ce qui embarrassa d'emblée les époux.

Ils avaient bien sûr déjà dormi ensemble, pendant toute une semaine, au lendemain de leur mariage arrangé. Mais c'était dans une autre vie, leur semblait-il, tant ils avaient depuis vécu d'événements et accumulé de revers.

— Bonne nuit, Nicolas.

— Bonne nuit, Annie.

Côte à côte sous les draps, lui vêtu de sa longue combinaison à panneau et elle de sa robe de nuit de flanelle, Nicolas et Annie se tournèrent le dos sans se toucher, l'esprit de chacun obnubilé par ses propres ressentiments.

21

La parade des prétendants

DEPUIS QUE LES GLACES du fleuve Yukon s'étaient rompues et que l'eau coulait librement, le spectacle des arrivées incessantes avait repris. Des bateaux à vapeur côtoyaient des embarcations de tout acabit et venaient accoster à tour de rôle au quai de Dawson City.

La ruée vers l'or du Klondike reprenait de plus belle. Des gens en quête d'une vie meilleure venaient tenter leur chance dans la célèbre ville. L'histoire se répétait pour un troisième été d'affilée. Les apprentis prospecteurs étaient trop nombreux, et les emplois manquaient. Du coup, les rues accueillaient le défilé constant des pauvres et des chômeurs. Malgré le faste qui suivait toujours le réapprovisionnement et l'arrivée des premiers vapeurs de la saison, les prix montaient en flèche.

Oui, un sentiment de déjà-vu s'emparait de ceux qui avaient vécu au moins un hiver au Klondike. Ils avaient souhaité le retour du printemps pour enfin plier bagage. Pourtant, ils se laissaient eux aussi avaler par la folie et se demandaient s'ils ne devaient pas rester encore un peu. Au cas où le sort leur serait enfin favorable.

Les beaux jours de Dawson City étaient, hélas, comptés. Aux yeux de plusieurs, la ville ne représentait plus qu'un mirage, qu'une coquille vide. Déjà, des rumeurs venaient de l'ouest, rapportées pas les vapeurs qui sillonnaient le fleuve en sens inverse, depuis la mer de Béring. Et encore une fois, on parlait d'or…

Le lac Bennett avait bien changé. On y construisait toujours des embarcations pour voguer vers Dawson City, mais la mode était maintenant au *steamer*. Les voyageurs achetaient un billet et poursuivaient leur route tout de suite après avoir traversé les montagnes de la chaîne Côtière. Ainsi, s'ils en avaient les moyens, les nouveaux chercheurs d'or ne perdaient plus des jours entiers à construire un esquif qui allait peut-être s'abîmer au fond des eaux. Et puis les vapeurs étaient beaucoup plus rapides et sécuritaires.

Guido Gianpetri regardait les environs d'un œil agacé. Lui, il filait à contresens, vers Skaguay. Sans un sou vaillant en poche ou presque. En tout cas, sans l'otage qui lui permettrait d'assurer ses vieux jours.

Une fois là-bas, les choses seraient différentes, s'encourageait-il. Il serait chez lui, aux États-Unis. Il savait comment le système fonctionnait et de quelle manière tirer son épingle du jeu. C'est là qu'il attendrait Daniella Di Orio et Betty Dodge. Les deux jeunes femmes allaient forcément y repasser pour sortir du territoire du Yukon. La prostituée apprendrait alors qu'on ne se moque pas de lui impunément. Et ce type qui l'accompagnait ? Un meurtre de plus ou de moins, cela ne changerait pas grand-chose.

Quitter le Canada et la surveillance de la Police montée du Nord-Ouest représentait pour Gianpetri l'unique façon de réaliser son nouveau fantasme. Combien de temps allait-il poireauter avant que l'une de ses trois cibles ne s'amène devant lui ? Et que ferait-il pour patienter jusque-là ? Devrait-il se trouver du travail ? La construction du chemin de fer avançait bien à travers les montagnes. Il lui serait facile de s'y faire engager. Mais occupé toute la journée, il raterait sans doute le passage de ses ennemis. Le mieux était encore d'offrir ses services à celui qui dirigeait la ville et de garder sa mobilité pour surveiller les allées et venues des gens qui transitaient par Skaguay.

Sauf que Jefferson Randolph Smith était mort depuis un an. L'ancien maître de Skaguay avait été remplacé par un shérif. À moins que Gianpetri devienne l'un de ses adjoints... Ainsi, il serait bien placé pour connaître en détail ce qui se passait à la porte d'entrée du Klondike.

L'idée lui plut. Restait désormais à établir de quelle manière il s'y prendrait pour attirer l'attention du chef de police de la ville et montrer qu'il était digne de confiance et vertueux comme pas un. Guido Gianpetri n'en était pas à une mise en scène près.

L'état d'Alexandrine Lambert s'améliorait de jour en jour. Ses périodes de conscience s'allongeaient et, dorénavant, elle pouvait presque manger seule. La femme observait ce qui l'entourait avec grand intérêt.

Claire s'occupait de la cabane. Elle donnait un coup de balai, rentrait du bois, préparait les repas, raccommodait les vêtements, dépoussiérait les peaux et lavait les draps, faisait la vaisselle... Sa mère n'en revenait pas de la voir à l'ouvrage comme une simple domestique. Pire, l'adolescente semblait accepter son sort puisqu'elle accomplissait souvent ses tâches en turlutant un air enjoué.

— Dire que... que c'est moi qui... qui t'ai emmenée de force... ici !

Madame Lambert parlait en bégayant un peu. À la suite du départ de Betty et du déménagement d'Annie, seule en compagnie de sa fille, elle se permettait enfin de prononcer quelques paroles sans se sentir raillée par les autres.

—Les choses pourraient être pires, maman chérie…

Claire s'interrompit et s'assit sur ses talons, la main toujours posée sur la grosse brosse qui lui servait à récurer le plancher de la baraque. Elle fixa intensément sa mère. Une larme perla au coin de son œil.

—J'aurais pu devenir orpheline.

Madame Lambert comprit que sa fille avait beaucoup souffert de se retrouver sans repère dans ce monde dangereux et imprévisible. Elle s'en voulut.

—Raconte-moi…, Claire. Je veux entendre chaque… chaque détail de ce que… de ce que tu as vécu depuis… notre séjour à Skaguay. Nous sommes si loin de… de la civilisation…

La jeune fille jeta la brosse dans le seau plein d'eau, puis s'essuya les mains sur son tablier. Elle se releva et vint s'asseoir auprès de sa mère.

—J'ai dû prendre des décisions, commença-t-elle par dire. Je n'avais plus personne sur qui me fier. J'espère que vous ne les jugerez pas trop durement.

Alexandrine Lambert secoua la tête. À ses yeux, le plus important était qu'elles soient réunies.

Claire sourit puis débuta son long récit. Sa mère écouta, tout ouïe. Elle émettait parfois un « oh » indigné ou un « hum, hum » approbateur. Sa fille lui révéla ses faits et gestes, de même que ses pensées intimes et ses motivations. Madame Lambert découvrait peu à peu qu'elle n'avait plus affaire à une enfant, mais à une jeune femme.

Claire parla deux bonnes heures sans s'interrompre. Quand elle eut terminé, elle se sentit extrêmement fatiguée. Elle avait relaté ses souvenirs avec passion, comme s'il lui avait suffi de les évoquer pour les revivre.

Alexandrine Lambert, décontenancée par ce qui s'était déroulé à son insu, lui posa la question qui lui brûlait les lèvres depuis des semaines.

— Pourquoi as-tu permis à… Jacques Desmet de s'installer près… près de nous?

— Je vous l'ai dit, maman. Joseph et lui avaient passé une entente, à Skaguay.

— N'est-ce pas à cause… de lui… si j'ai…

La femme suspendit sa phrase. L'accusation qu'elle s'apprêtait à porter était grave. Elle ne se résignait pas à formuler l'odieux qu'elle comportait.

— Il a changé, maman.

— Mais j'ai… j'ai failli mourir!

Claire baissa la tête. Il y avait bien longtemps que sa mère ne l'avait grondée.

Les deux femmes furent dérangées par trois petits coups donnés contre la porte.

— Je viens vous aider à sortir madame votre mère, mademoiselle Claire! lui offrit Joseph.

Les relations tissées entre les jeunes gens n'inspiraient que suspicion à Alexandrine Lambert. Desmet qui se montrait sous un jour nouveau et qui travaillait comme un ouvrier; le Sauvage qui faisait des pieds et des mains pour les aider… Était-ce donc ainsi que les prétendants de sa fille comptaient s'emparer de son cœur et gagner sa main, puis profiter de son héritage?

«Ciel!» songea la femme en son for intérieur. Tant qu'elle vivrait, aucun des deux n'emporterait la fortune des Lambert! C'était une promesse qu'elle tenait à respecter. Elle protégerait sa fille contre elle-même, s'il le fallait.

L'eau s'écoulait, dévalait, parcourait la longue pente descendante que formait l'aménagement des auges de bois supportées par des tréteaux, jusqu'au ruisseau. Les pelletées de gravier se diluaient, et les trois hommes guettaient avec un vif intérêt l'or briller au fond des dalles, contre les petites lattes transversales qui servaient à arrêter sa course et qui évitaient ainsi que le précieux métal ne disparaisse pour de bon dans les flots du Hunker.

Nicolas et Joseph avaient réussi à y jeter les pépites que l'Indien avait découvertes dans la mine. Desmet n'y avait vu que du feu. Quelle chance !

Chaque jour, le lavage s'avérait payant. Les prospecteurs récoltaient les paillettes une à une. Leur cœur palpitant se gonflait d'orgueil et d'avidité. Plus, plus ! Ils en voulaient toujours plus !

Puis, avant le souper, ils procédaient chez Nicolas à la pesée officielle de leurs trouvailles de la journée.

— Six cent soixante-quinze piastres ! se réjouit l'Indien.

— Ce n'est pas notre meilleure cueillette, nota Desmet.

— N'empêche, depuis qu'on s'est mis à laver, ça nous fait une moyenne qui frise les neuf cents beaux dollars ! fit valoir Nicolas, le regard aussi brillant que l'or étalé devant lui. Ce n'est pas rien !

Nicolas estima que sa part de trente pour cent combinée à celle d'Annie, même rabaissée à sept et demi pour cent depuis le retour de Desmet, faisait grimper leur fortune d'environ trois cent trente dollars par jour.

Si les choses continuaient de la sorte, il n'aurait plus le goût de repartir chez lui. Sam Steele serait-il disposé à lui accorder un deuxième sursis ? Il y avait fort à parier que non. Il se mit à envier Joseph et Desmet. Eux, ils resteraient encore un bout de temps au Klondike. Eux, ils s'en mettraient plein les poches.

— Après ce qu'on a enduré depuis qu'on a quitté nos foyers, déclara Annie alors qu'ils avalaient leur soupe en tête-à-tête dans la cabane, je trouve que c'est bien mérité !

Elle enfourna encore deux ou trois cuillerées puis s'arrêta, l'air soucieux.

— Qu'allons-nous faire, ensuite ?

Nicolas lui jeta un bref coup d'œil de biais. Il déchira un morceau de mie, le trempa dans son bol et le mangea presque sans le mâcher.

Sous ses apparences anodines, la question le contrariait. Un mot surtout. Ce « nous » qui lui renvoyait à la figure le fait qu'il formait un couple avec Annie.

— Je vais retourner à Maskinongé.

— Et... moi ?

Il devinait l'angoisse qu'elle éprouvait. Annie ne voulait plus jamais être seule. L'idée même de l'abandon lui donnait la nausée.

— Tu... m'accompagneras. Avec Yeux-d'Or.

Pendant un instant, elle se demanda si elle ne valait guère mieux que la chienne-louve.

— On se fera un nid à Maskinongé, ajouta-t-il pour la rassurer.

La voix de Nicolas se fracassait sur chaque mot. Ses intonations hésitantes ne la réconfortaient pas. Elle savait que l'esprit de son mari était troublé par une autre personne. Elle était au courant pour Daniella Di Orio. Et quand Nicolas souriait parfois, croyant que personne ne le voyait, elle devinait que c'était à elle qu'il rêvait les yeux grands ouverts. Pire, il ne portait même plus l'alliance de bois qu'il avait sculptée, après leur mariage. À son retour de l'hôpital St. Mary's, il l'avait rangée dans son coffre.

— Crois-tu que… que c'est possible… nous deux ?

Le garçon posa sa cuiller à côté de son bol maintenant vide. Il lui prit la main et la serra.

— On va essayer…

C'était tout ce qu'il pouvait promettre. Lui aussi, il entretenait certains doutes. Annie et lui ne s'aimaient pas d'amour. Il agissait souvent avec elle comme il l'aurait fait avec sa sœur Marie-Anna. Il éprouvait de la tendresse et de la pitié pour la petite orpheline, sans plus. Il voyait mal comment la situation évoluerait et transformerait ce sentiment d'affection presque anodine en quelque chose de plus solide, de plus réjouissant, aussi.

Nicolas se sentait continuellement tiraillé entre passion et devoir. Parfois, il se disait que si Annie et lui se séparaient, ils pourraient vivre chacun de leur côté comme si de rien n'était, à des milliers de milles l'un de l'autre, sans plus jamais se voir. Ils pourraient envisager d'aimer une autre personne et, qui sait, se remarier. Qui viendrait s'opposer à cette nouvelle union ? Qui les dénoncerait ou les accuserait de bigamie ? Les risques que cela se produise lui paraissaient infimes, pour ne pas dire nuls. Pourtant, il n'osait parler ouvertement de cette possibilité à Annie. Des catholiques ne pouvaient se laisser distraire par ce genre de tentation diabolique.

« Je vais l'oublier… » conclut-il en son for intérieur. Oui, il devait s'enlever Daniella de l'esprit.

— On va essayer, répéta-t-il avec un peu plus de conviction.

Le vendredi, Joseph Paul se rendait souvent à Dawson City pour déposer les gains de la concession. Il en profitait ainsi pour se changer les idées et voir du monde. Il lui arrivait de jouer une ou deux parties de cartes dans un saloon et de discuter un brin avec quelques connaissances, comme avec Edmond Blanchette et Basile Mercier avec lesquels il avait travaillé à la concession dix-sept Eldorado. Il terminait toujours sa visite en allant dire bonjour au chef indien Isaac, au village de Mousehide.

Un jour, il avait revu son oncle tandis qu'il déambulait dans les rues. Comme ça, par hasard, parmi la foule. Poussé par la curiosité, Joseph l'avait suivi. Sa filature l'avait conduit dans la colline, derrière Dawson City. Marchant sur la mousse, en parallèle du sentier menant au Dôme de Minuit, il avait progressé sans bruit, sans se faire remarquer.

Michel Cardinal s'arrêtait souvent. Ses pauses ne duraient que quelques secondes au cours desquelles il jetait un œil suspicieux par-dessus son épaule. Se savait-il pourchassé ou prenait-il simplement les précautions d'usage pour que personne ne découvre sa cachette? Il repartait ensuite avant de s'immobiliser un peu plus loin. Joseph se camouflait derrière les épinettes et retenait son souffle.

Le mari de sa tante quitta le sentier, là où trois bouleaux morts montaient la garde. C'était un indice facile à repérer. L'homme, toujours devant, avançait sans plus se retourner. De toute évidence, il se croyait à l'abri des curieux.

Au bout d'une trentaine de minutes, Joseph aperçut enfin la cabane de son oncle. Une mince colonne de fumée s'élevait de la cheminée. Aucun bruit ne parvenait de l'intérieur. Rien ne bougeait non plus autour de la baraque. Son oncle y était-il entré?

Joseph décida d'attendre pour voir ce qui arriverait. Il grimpa dans un pin et fit le guet sur un haut embranchement de ramures. À travers le feuillage, il avait une vue partielle sur le site. Il appuya sa tête contre l'écorce et surveilla le moindre mouvement.

Il commençait à sentir un engourdissement envahir ses fesses et ses jambes quand la porte s'ouvrit enfin. Michel Cardinal apparut sur le seuil. Immobile, il épiait les alentours. Son oncle alluma une cigarette, prit une carabine, puis s'en alla. Il contourna son modeste logis et reprit sa route vers le sommet de la colline. «Il s'en va relever des collets ou chasser», pensa Joseph. À moins qu'il s'éloigne pour mieux revenir et le surprendre? Non, se convainquit-il. Il ne savait pas qu'il était là.

Joseph ne redescendit pas tout de suite de l'arbre. Mieux valait ne pas précipiter les choses. Au bout d'une dizaine de minutes, il mit enfin pied à terre. Il avança à pas de loup et pénétra dans la cabane.

Il scruta ce qui l'entourait avec une attention soutenue. Il ne devait laisser derrière lui aucun indice de son passage et ne toucher à rien. Il fallait faire vite. Cardinal pouvait revenir d'un instant à l'autre.

Joseph tourna sur lui-même. Il chercha des yeux l'endroit idéal pour cacher quelque chose, même s'il ne savait pas ce que cela pouvait être. Son cœur battait la chamade.

Il approcha d'une malle qu'il ouvrit. À part quelques vêtements et des couvertures, il n'y avait rien d'intéressant. Il se soucia ensuite de la tablette où étaient rangés des sacs de denrées. En s'élevant sur la pointe des pieds, il remarqua qu'elle était couverte d'une mince pellicule de farine. Les déplacer trahirait sa curiosité et sonnerait l'alarme.

Les minutes s'écoulaient et il était toujours là, à sentir l'angoisse monter d'un cran. Il allait repartir quand son regard glissa sur le plancher, près du lit. Là, nulle trace de poussière, alors que partout ailleurs dans la cabane, les lattes de bois étaient tapissées de saletés de toutes sortes. Il souleva un pan des draps qui touchait le sol. Pourquoi cet endroit en particulier était-il si bien astiqué ? Il s'accroupit et distingua sous la paillasse une planche retroussée. Il glissa la main dessous et la souleva davantage. Il trouva ainsi le coffre au trésor de Michel Cardinal. Il détailla son contenu.

—Pardi ! laissa échapper Joseph, ébahi devant la fortune de son oncle. Je suis certain que tu n'as pas l'intention de ramener tout ça à Cacouna, murmura-t-il encore, cette fois avec colère.

Un coup de feu retentit non loin. Redoutant le retour rapide de Cardinal, Joseph hésita néanmoins. Devait-il prendre avec lui le trésor ?

Une seconde détonation fendit l'air. Beaucoup plus proche, celle-là. Il décida de replacer l'objet dans la trappe et vérifia une dernière fois que rien n'avait été dérangé dans la baraque avant de s'en aller. Il serait toujours temps de revenir pour le voler. Il redonnerait à sa tante les pépites d'or, les billets de banque, les bijoux et autres objets qu'il venait de découvrir. Et puis, qui sait ? À sa prochaine visite, le butin serait peut-être même un peu plus gros… Cela compenserait pour l'or qu'il avait arraché à la terre au cours de l'hiver et qu'il avait dû partager avec ses partenaires d'affaires, sur l'insistance de Nicolas.

Dehors, Joseph redoubla de prudence. Son oncle pouvait être n'importe où et l'attendre de pied ferme. Il s'éloigna, mais pas trop, afin de s'assurer de la réaction de Cardinal quand il rentrerait chez lui. À peine quelques minutes plus tard, l'homme se pointa le bout du nez, avec deux porcs-épics qu'il rapportait dans une bâche. Il laissa ses prises devant la cabane, poussa la porte et disparut un instant à l'intérieur. Il reparut enfin, muni d'un long couteau avec lequel il découpa une à une ses prises. Jamais il ne leva le nez des carcasses. Il ne se préoccupait guère des environs. Il avait faim.

Satisfait, Joseph redescendit la colline. Il rejoignit Dawson City et mit le cap sur le ruisseau Hunker.

22

Le ruisseau Hunker

Ils lavaient l'or. Avec minutie et frénésie. Comme le soleil embrasait longtemps le ciel, ils s'adonnaient à cette tâche jusque tard le soir, sans compter les heures.

L'eau se déversait dans des auges aboutées et supportées par une longue canalisation qui déviait le cours du Hunker. Grâce à la pente de la structure, son débit n'était pas trop rapide, ce qui aurait entraîné tout l'or dans le ruisseau, mais suffisait à éliminer les sédiments sans valeur. L'eau diluait ainsi le gravier extrait au cours de l'hiver. Parfois, un éclat brillant, piégé contre les lattes faites de petites branches et placées en travers de l'installation, captait le regard des hommes. Alors ils se dépêchaient de vérifier si la chance leur souriait, si l'or venait de leur donner rendez-vous. Le cœur battant, ils retenaient leur souffle. Ils souriaient en criant victoire, ou boudaient en se disant que la prochaine fois serait la bonne.

Nicolas, Joseph et Jacques Desmet travaillaient autant que les prospecteurs des autres concessions. Pourtant, leurs récoltes diminuaient de jour en jour. La moyenne de leurs gains chutait, ainsi que leur bonne humeur. Ils se désespéraient.

— Ça n'a pas de sens ! se récriait Desmet.

Le visage du Manitobain d'adoption se barrait de soucis. La colère sourdait au fond de ses prunelles. Son attitude parfaite en toute circonstance commençait à montrer des failles. C'était dans les petites choses que sa véritable nature ressortait. Il se présentait avec quelques minutes de retard à son poste, il souriait moins, parlait peu et empoignait les outils avec plus de rudesse. Il se refermait sur lui-même.

Nicolas et Joseph aussi se décourageaient. De toute évidence, ils n'avaient pas fait le bon choix en décidant d'acquérir cette concession. Leur sort aurait-il été plus heureux s'ils en avaient acheté une autre ? Personne ne pouvait le jurer.

Comme à leur habitude, les hommes se réunissaient dans la cabane que Joseph avait prêtée à Nicolas et Annie afin de peser l'or trouvé au cours de la journée.

— Combien ça nous donne au juste ? s'informa Joseph.

— Pas beaucoup, annonça Nicolas en recomptant les sommes enregistrées. Quelque chose comme cent cinquante piastres…

C'était de loin leur pire journée. Bien sûr, leur salaire demeurait beaucoup plus élevé que celui des ouvriers du ruisseau Eldorado et surtout des travailleurs d'usine ailleurs au Canada et aux États-Unis. À leurs yeux pourtant, il s'agissait d'une bien mince consolation à côté des possibilités d'enrichissement rapide que leur avait fait miroiter la concession, au début de la saison estivale.

Joseph se contenta de grimacer ; Desmet ne réussit toutefois pas à réprimer sa frustration.

— Pourquoi y en aurait-il moins que sur le Bonanza ou l'Eldorado ? On nous avait dit que tous les champs regorgeaient d'or ! Que le sol du Klondike en était farci ! Pfft !

Sa voix trahissait sa désillusion. Il avait parlé les poings et les mâchoires serrées. Ses partenaires l'observèrent du coin de l'œil, ainsi qu'Annie qui rapiéçait une chemise appartenant à son époux. Jamais auparavant ils ne l'avaient vu dans un tel état.

— Des jours on gagne, des jours on perd, commenta Annie, l'air résigné. Et puis, vu le prix que nous avons payé la concession, il ne fallait pas s'attendre à devenir millionnaire au cours de la première année…

Desmet pivota vers elle, sur le point d'éclater. Il se retint de révéler le fond de sa pensée.

— Peut-être… réussit-il enfin à dire. Mais j'aimerais gagner plus souvent.

— Et vous n'êtes pas le seul, Desmet! lui rappela Nicolas en refermant le livre de comptabilité.

Les traits toujours tendus, l'homme en convint de mauvaise grâce. Il salua la maisonnée et se retira dans sa tente pour la nuit. Joseph en fit autant. Tout en le suivant, il ne pouvait s'empêcher de croire que son rival était, bien malgré lui, en train de baisser sa garde. «Chassez le naturel et il revient au galop», se plaisait-il à penser. Avec de la chance, le caractère que Desmet s'évertuait à cacher, et que Joseph se plaisait à imaginer inconstant et fainéant, reprendrait bientôt le dessus. Claire saurait enfin qu'elle avait affaire à un poltron, à un bonimenteur de la pire espèce. Alors les sentiments qu'elle éprouvait à l'égard du traître s'envoleraient pour de bon. Il ne pouvait en être autrement. Ce n'était qu'une question de temps. Et c'est l'or qu'il ne se mettait pas dans les poches qui finirait par perdre Jacques Desmet.

—Est-ce si grave que ça ?

Nicolas haussa les épaules en soupirant. Il l'ignorait.

—Tout le monde rêve à l'or et en cherche, enchaîna Annie. Mais la vie n'est pas généreuse avec chacun d'entre nous. Ni à toute heure du jour. Nous sommes bien placés pour le savoir, toi et moi.

—J'aimerais tant que tu te trompes.

—Que crois-tu ? Moi aussi !

Les jeunes époux se dévisagèrent en silence. De tous les Argonautes croisés depuis le début de leurs aventures au pays de l'or, ils faisaient partie du cercle restreint des privilégiés qui avaient réussi à mettre la main sur une concession. Ils possédaient des titres de propriété et le droit de l'exploiter. Oui, ils y avaient aspiré avec force et ardeur. Maintenant qu'ils avaient franchi cette étape convoitée, le rêve leur glissait entre les doigts. Parce qu'ils partiraient bientôt, mais aussi parce qu'il n'y avait pas assez d'or pour qu'ils deviennent millionnaires.

Annie se souvint d'un prospecteur qu'elle avait soigné, du temps qu'elle était infirmière itinérante. « L'or est maudit », lui avait certifié le vieux Al Harrison, sur son lit de mort. « Quand les vivres viennent à manquer, que la famine se faufile dans ta cabane et que la maladie te gruge par en dedans, tu peux bien posséder une montagne d'or... ce n'est pas ça qui va te faire vivre ou te soigner ! » lui avait-il encore confié.

Comme il avait raison ! Car quand il ne restait plus de provisions, on ne pouvait pas se mettre à manger des pépites ! Posséder de l'or au point de ne plus savoir qu'en faire... À quoi cela servait-il donc ? L'important n'était-il pas de bien vivre ?

—J'aurais tellement aimé...

—Mais pourquoi en vouloir toujours plus, hein ? l'interrompit Annie comme si elle lisait dans son cœur.

Pourquoi ? On en a déjà tellement plus qu'avant de mettre les pieds ici !

Nicolas ne sut trop quoi répondre.

— J'ai vu des tas de gens mourir à cause de leurs folles ambitions, déplora-t-elle. À commencer par mon père…

Une larme s'échappa de son œil azur et roula sur sa joue piquée de taches de rousseur.

— Pardonne-moi, Annie. Je ne voulais pas…

— Écoute, Nicolas. Je sais ce que tu te dis : tant qu'à être ici, démenons-nous pour la peine. Mais à trop chercher l'or, on ne voit plus les dangers qui nous entourent.

— C'est vrai, admit-il, j'ai eu tort la dernière fois que je suis descendu dans la mine, mais maintenant, c'est différent.

Lorsqu'on lui avait proposé de se joindre au projet de Nicolas, Annie avait presque sauté de joie, se disant qu'elle serait enfin en mesure de réaliser le vœu de son défunt père. Maintenant, la peur et l'incertitude l'incitaient à la plus grande des prudences, voire à reculer. Tout se révélait trop hasardeux à son goût.

Annie jeta sur la table la chemise qu'elle raccommodait et s'en alla aussitôt se coucher, le corps tourné vers le mur.

Nicolas hésita à se mettre au lit. Il examina la cabane. Il n'y avait définitivement pas assez de place pour recevoir une seconde paillasse et faire lit à part. Mais aménager une planche de séparation entre eux se trouvait cependant à sa portée. Dès le lendemain, il verrait ce qu'il pourrait faire…

Alexandrine Lambert remonta les draps sous son nez. Allongée à côté de sa fille, elle observait avec attention une araignée se déplacer sur les rondins du plafond. Allait-elle lui tomber dessus ? Son regard dériva ensuite vers l'encoignure où elle remarqua une toile finement tissée dans laquelle s'étaient pris quelques moustiques. Elle grimaça malgré elle.

— Qu'y a-t-il ? demanda Claire.

— Cet endroit est lugubre. Je me demande à quoi… à quoi tu as pensé en t'installant ici.

La femme ne bégayait presque plus et ses hésitations se faisaient plus rares au fil des jours.

Claire ferma les yeux avec la conviction qu'elle s'était trompée. Oui, elle aurait dû demeurer à Grand Forks. Là, même si c'était loin d'être parfait, elle avait encore l'impression de vivre dans un monde civilisé. Elle y croisait des gens, elle pouvait se pavaner dans ses belles robes et discuter avec Belinda Mulroney… Au lieu de cela, elle s'était mise en tête de devenir prospectrice ! Combien de fois était-elle descendue dans les mines ? Une vingtaine, tout au plus ? Depuis que Joseph et Nicolas étaient revenus de leur périple, rien n'allait plus. Non seulement son cœur balançait entre son ancien fiancé et le bel Indien, mais l'or se montrait capricieux. Il ne se laissait pas facilement capturer.

— Je crois que j'aimerais recommencer à chanter.

L'adolescente s'assit dans le lit et prit la main de sa mère.

— Nous pourrions déménager à Dawson City, enchaîna-t-elle. Vous n'avez pas encore vu la ville, maman chérie. C'est tellement plus animé qu'ici ! Le théâtre, les églises, les restaurants, les bateaux à vapeur, le Dôme de Minuit… Nous aurons une vie meilleure !

Le ton enjoué de sa fille fit sourire madame Lambert qui voyait là l'occasion rêvée de les débarrasser de Desmet et de Paul.

— Et ta voix ? Pourras-tu toujours briser le cristal ?

Alexandrine Lambert avait raison. La voix de Claire s'était départie du voile rauque qui l'habillait depuis son travail dans la mine, mais le dur hiver du Klondike lui portait un dur coup. Elle ne parvenait plus à franchir autant d'octaves qu'autrefois. Ses beaux jours de chanteuse étaient derrière elle. L'adolescente le savait.

— Si nous rentrions chez nous… à Québec ? proposa sa mère.

Claire se figea, décontenancée par la question.

— Nous ne sommes pas comme… pas comme les autres, insista la femme. Nous sommes indépendantes de fortune. Rien ne sert de se morfondre plus longtemps ici. Rentrons, je t'en supplie.

Madame Lambert n'agissait plus en matriarche autoritaire. Elle s'en remettait à sa fille et attendait son approbation. Était-ce à cause de son état de santé ? Pourtant, elle se portait de mieux en mieux.

— Rien ne nous retient ici, insista-t-elle.

Avec son retour en ville, l'adolescente cherchait à s'éloigner de ses deux prétendants, mais pas pour toujours ! Elle voulait prendre le temps de démêler les sentiments qui habitaient son cœur. Elle n'avait aucune intention de quitter le Klondike sans l'un des deux hommes. Elle ne se résignait toutefois pas à l'avouer à sa mère.

— J'ai besoin de revoir nos amis de l'avenue des Braves, dit encore la femme. Et puis de bons médecins pourraient me prescrire des… des médicaments efficaces contre ces affreuses migraines.

Et pour donner du crédit à son souhait, Alexandrine Lambert se massa les tempes en fermant les yeux.

Claire n'était pas dupe. Elle connaissait suffisamment sa mère pour deviner ses réelles motivations : inspirer la pitié pour arriver à ses fins.

Desmet était ressorti de sa tente sans attirer l'attention. Assis sous la fenêtre ouverte de la cabane et fumant seul dans la nuit étoilée, il avait tout entendu de la conversation des dames Lambert. Sa frustration décupla.

La femme et sa fille prévoyaient de partir. L'une pour toujours, l'autre… il ne le savait pas encore, mais il courait le risque de se retrouver le bec à l'eau. Il se voyait donc dans l'obligation d'agir tambour battant afin de retenir l'attention de Claire et de discréditer Joseph Paul à ses yeux. Comment réussir ce tour de force ? Il devait organiser un coup rapide et sûr qui anéantirait les chances du Sauvage. Mais lequel ?

Il se leva. D'un coup sec de la langue, il projeta son mégot à quelques pas de lui. Il regrettait déjà le temps où Alexandrine Lambert était prostrée et apathique.

— Vieille chouette ! siffla-t-il en repoussant la toile de sa tente pour aller se coucher.

Joseph était retourné près de la cabane de Michel Cardinal, dans la colline derrière Dawson City. Il avait une fois de plus profité de l'absence de son oncle pour s'y introduire et fureter.

Oui, le trésor s'était bonifié. Pas de beaucoup, mais quand même. À ses yeux, tout cela ne pouvait être que le fruit de vols. Convaincu depuis toujours de sa malhonnêteté, le jeune homme n'éprouva donc aucun scrupule à dérober le butin. Il se sentait l'âme d'un Robin des Bois. Après tout, ses intentions étaient nobles. Il redistribuerait les richesses de son oncle à la famille abandonnée et miséreuse de celui-ci.

Aussi mit-il la main sur le coffre caché sous le lit. Il hésita cependant. Devait-il tout prendre ou ne prélever qu'une partie du magot? Puis il secoua la tête. Il n'était pas question de revenir sur les lieux pour dérober le reste et risquer de tomber face à face avec Cardinal.

—Non, décida-t-il. Il mérite de tout perdre!

Sa seule déception, c'était que son oncle ne saurait jamais de qui venait sa déconfiture.

Joseph glissa le coffre dans son sac de cuir et s'empressa de quitter les lieux. Il louvoya entre les arbres de la taïga et rejoignit bientôt le sentier principal qui reliait la ville au Dôme de Minuit. Jamais il ne se douta que quelqu'un épiait ses déplacements, encore moins qu'il s'agissait de son oncle.

Celui-ci, de retour dans sa cabane, ne tarda pas à découvrir ce que son neveu était venu faire dans les parages.

Émile Aubry frappa trois coups légers contre la porte et attendit un peu. Il répéta son geste avec plus de force. Toujours pas de réponse. Il tourna le bouton de la porte et l'ouvrit. Dans le coin de la petite pièce, Alice reposait, immergée dans l'eau de la cuve. Il s'approcha. Les lattes du plancher craquèrent sous ses pas. Il l'appela doucement.

—Alice… Réveille-toi. C'est l'heure de souper…

La femme ne bronchait toujours pas. La brise de l'été filtrait par la fenêtre ouverte et effleurait sa chevelure défaite. Quelques mèches blanches voletaient autour de son visage paisible. Il la trouva belle.

Depuis la naissance des enfants, elle avait le sommeil léger, toujours disposée à sortir du lit pour soulager leurs pleurs et les réconforter. Ensuite, quand ils avaient grandi, elle avait gardé cette habitude de se réveiller au moindre bruit.

—Alice?

L'homme se pencha vers elle. Le calme qui régnait le troubla. L'eau ne produisait aucune vaguelette, même infime. La poitrine de son épouse ne se gonflait plus d'air.

Il porta ses mains couvertes de cicatrices à sa bouche. Lorsqu'il ferma les yeux, une larme dévala le flanc de sa joue. Il regarda de nouveau le corps nu, inerte.

—Alice! hurla-t-il.

Son cri de désespoir provoqua la course précipitée de sa fille Marie-Anna qui entra quelques secondes plus tard dans la pièce.

—Papa?

Émile tourna vers elle un visage ravagé par la peine et la douleur. Les mots étaient inutiles. Elle comprit que sa mère avait rendu l'âme. Elle traversa l'espace qui les séparait et vint se pelotonner contre son père. Tous deux pleurèrent en silence.

Quelques heures plus tard, après que le docteur Caron fut passé chez les Aubry, ceux-ci préparèrent la chapelle ardente. Marie-Anna habilla sa mère de sa plus belle robe et la coiffa avec tendresse. Puis ses deux frères mirent le corps en bière. Ils posèrent le cercueil ouvert sur la table de la cuisine, qu'ils avaient d'abord pris soin de déplacer au milieu du salon. Peu après le souper, les voisins et les habitants de Maskinongé, avertis du drame, commencèrent à défiler devant Alice pour lui rendre un dernier hommage.

Le salon plongé dans la pénombre s'emplissait de pleurs, de chuchotements, de prières. On tentait en vain de faire taire les rires des enfants d'Antoine qui ne saisissaient rien des événements qui affligeaient les hôtes de la maison ainsi que les visiteurs. Les chandelles éclairaient discrètement les traits décomposés de ceux qui étaient réunis.

Lorsque les Thompson arrivèrent à leur tour, Marie-Anna voulut se précipiter dans les bras de son amoureux. Philip ressentit le même élan ; il aurait tant aimé la consoler. Mais les fiancés secrets ne montrèrent rien ou presque des sentiments qu'ils éprouvaient l'un pour l'autre. La jeune fille se contenta de faire rouler entre ses doigts la bague qu'il lui avait donnée quelques semaines auparavant et qu'elle avait enfilée à la chaînette d'argent autour de son cou.

— Où est papa ? demanda-t-elle à son frère Pierre.

— Je crois qu'il est retourné dans leur chambre.

Elle s'excusa auprès de quelques personnes qui lui tendaient la main afin de lui offrir leurs sympathies et quitta le salon où flottaient des parfums de cire et d'encens. Elle se dirigea vers la chambre à coucher de ses parents. Elle approcha sans faire de bruit de la porte entrebâillée.

Émile Aubry, debout au pied du lit, regardait, l'air éperdu, la couche où il allait maintenant dormir seul. Sa femme, son phare, sa sagesse… Alice n'était plus. Son corps dur et froid allait bientôt disparaître sous la surface de la terre. Jamais plus il ne la verrait sourire. Sa voix avait fini de résonner. Tout ce qu'elle avait dit, été et fait ne serait plus que souvenirs. Il essuya ses yeux de ses poings fermés.

— Si je n'avais pas mis cette idée de vengeance dans la tête de Nicolas, vous seriez encore là, tous les deux… murmura-t-il, la voix pleine de sanglots amers.

Mais dans ce cas, les plus âgés de ses fils ne seraient pas revenus au bercail… Marie-Anna, toujours cachée derrière la porte, savait que son père se réjouissait de sa réconciliation avec eux. Départs et retours alternaient, de même que joie et peine. Rien n'était jamais parfait.

La jeune fille referma la porte pour que personne ne soit témoin de la souffrance de son père, puis elle regagna la veillée mortuaire.

23

Une nouvelle alliance

Yᴇᴜx-ᴅ'Oʀ sᴇ ʀᴇᴅʀᴇssᴀ, le regard rivé au-delà de Nicolas et Joseph qui, penchés au-dessus des dalles de bois, se retournèrent d'un coup. Une haute silhouette s'approchait de la concession. Les sabots de son cheval fracassaient les galets en bordure du ruisseau. Les deux garçons reconnurent la forme caractéristique du chapeau du cavalier, un représentant de la Police montée du Nord-Ouest.

— C'est Steele, conclut Nicolas. Il vient sûrement pour moi.

Il ordonna à la chienne-louve de se calmer. Il délaissa son travail et alla au-devant du lieutenant-colonel. Celui-ci mit pied à terre et le salua.

— Bonjour, Nicolas.

— Quel bon vent vous amène? demanda-t-il d'un ton faussement enjoué.

— Je viens prendre des nouvelles de votre santé, jeune homme.

Nicolas déglutit. S'il se montrait trop enthousiaste, Steele déciderait-il de devancer l'exécution du *blue ticket*? Il espérait que non. Il n'était pas prêt à quitter le Klondike. Il avait encore quelques pépites d'or à placer au fond de son sac de voyage.

— Ça pourrait toujours aller mieux.

— Et ça pourrait être pire, n'est-ce pas ?

L'amputé acquiesça d'un air embarrassé. Oui, cette étrange blessure lui causait encore bien des douleurs…

Steele l'interrompit dans ses pensées :

— Dites-moi, Nicolas, auriez-vous eu par hasard des nouvelles de ces deux frères Dubois qui ont attenté à votre vie, sur la piste ?

De toute évidence, le policier n'était au courant ni de la mort de Zénon, ni du retour en ville de Gustave. Devait-il le prévenir et briser la promesse faite à l'aîné du clan ? Si ce dernier apprenait qu'il avait parlé, sa soif de vengeance renaîtrait d'un coup. Et Nicolas ne voulait plus jouer avec le feu.

— Non, mentit-il, heureux que Joseph ou les autres habitants de la concession ne soient pas près de lui pour le contredire. Depuis le temps, ils ont dû filer à Skaguay.

— Oui, c'est aussi ce que je crois. N'oubliez pas que cela ne change rien à votre avis d'expulsion.

— Non, lieutenant-colonel, je ne l'oublie pas. Même que j'y pense chaque jour.

Le Lion du Nord s'apprêtait à mettre le pied à l'étrier quand son regard bifurqua vers la cabane des dames Lambert. Devant, assise sur un banc, la mère de Claire prenait l'air. Steele alla à sa rencontre.

— Samuel Benfield Steele, madame.

— Alexandrine Lambert, monsieur, répondit-elle en lui présentant le dos de sa main.

Il y posa les lèvres, puis se redressa, droit et fier.

— Je vois que vous aussi, vous vous portez mieux.

— Je vous remercie de vous soucier de ma santé, cher monsieur.

— Je puis vous garantir que votre fille a toujours fait montre d'une attitude irréprochable. Elle a su faire le nécessaire pour vous.

La femme lorgna Joseph Paul, ce Sauvage dont sa fille s'était entichée. Que n'aurait-elle donné pour qu'un bon parti le déloge à jamais de son cœur ! Steele devina ses inquiétudes.

—Cet Indien est un bon travaillant. Il a toujours gardé la place qu'il fallait.

Alexandrine Lambert sourit pour la forme. Elle savait à quel point Claire était rusée. Avec elle, les apparences se révélaient souvent trompeuses.

—Mes hommages, madame.

—Au revoir, monsieur.

Sam Steele la salua en touchant le rebord de son large chapeau de cuir, remonta en selle et s'éloigna sans s'attarder davantage sur la concession.

Joseph vint vers Nicolas, curieux d'apprendre de quoi ils avaient parlé. Mais celui-ci le coupa dans son élan.

—Crois-tu que je puisse faire confiance à Gustave Dubois ?

L'Indien réfléchit.

—Je ne sais pas.

—Après tout, ses quatre frères sont morts. Ça doit être dur à avaler.

—Oui, acquiesça Joseph. Pourquoi me demandes-tu ça au juste ?

—Eh bien, à ce que je sache, Betty et lui s'éternisent à Dawson City.

—J'ai entendu dire entre les branches qu'elle avait peur de perdre l'enfant et qu'ils allaient se marier.

Nicolas écarquilla les yeux. Bon sang ! Cela se pouvait-il ? Le bandit avait donc un cœur ?

—N'empêche, laissa-t-il tomber, songeur. Gardons l'œil ouvert.

Joseph approuva d'un signe de tête et retourna laver le gravier. Tout en effectuant ses tâches, il jeta un coup d'œil vers la cabane. Claire aidait sa mère à rentrer. Leurs regards se croisèrent, puis l'adolescente disparut à l'intérieur. L'Indien renifla un bon coup avant de reprendre son travail.

En son for intérieur, Joseph enviait Gustave Dubois. Le criminel allait se présenter devant l'autel. Mieux, il serait bientôt père. Pourquoi ce genre de choses n'arrivaient-elles qu'aux autres ? Parce qu'ils étaient blancs et bénis des dieux ? Joseph pesta. Il s'était trompé au sujet de Claire. Il l'avait crue forte, déterminée, fidèle à ses passions. Au fond, elle n'était qu'une petite fille gâtée et fantasque.

Jacques Desmet se rendait lui aussi de temps en temps à Dawson City, histoire de changer d'air et de voir un peu de monde. Il s'y était fait quelques amis qu'il retrouvait avec plaisir au saloon Clancy's et passait souvent la nuit au Fairview avant de revenir à la concession. Ce jour-là, il se trouvait seul et accoudé au bar, quand un homme s'installa à ses côtés et commanda un whisky. Le nouveau venu choqua son verre contre le sien et le suspendit un instant devant ses lèvres entrouvertes.

—À la vôtre !

L'inconnu fit cul sec et tourna la tête vers Desmet.

—Il paraît que vous avez une concession sur le Hunker, monsieur ?

—Ça se pourrait, répondit-il sans s'étendre sur le sujet.

L'homme se rapprocha et Desmet le toisa d'un air hautain.

—Gardez vos distances, monsieur.

Un sourire malicieux se dessina sur le visage de son interlocuteur.

—J'ai des choses à vous dire et d'autres à vous proposer. Ouvrez grand vos oreilles, car elles pourraient vous enrichir et vous débarrasser de quelqu'un de gênant.

—Qui êtes-vous ?

Michel Cardinal commanda deux autres verres et en offrit un à Desmet. Puis il se mit à chuchoter.

—Dans les saloons, après quelques verres, les langues se délient, vous savez. J'ai appris que votre ancienne fiancée vous avait chassé de Skaguay et qu'elle s'était amourachée d'un Sauvage.

Le bourgeois voulut s'en aller, mais l'autre le retint d'une poigne ferme.

—L'évocation de ces souvenirs peut vous être désagréable, j'en conviens, enchaîna Cardinal. Mais écoutez donc encore un peu…

Desmet grimaça, mais ne broncha pas.

—Ce Sauvage, je le connais bien. Il m'a volé une petite fortune en or et autres babioles. Il a caché son butin dans sa tente, à côté de la vôtre.

Soudain intéressé, le fiancé éconduit plissa l'œil. C'était en plein le genre de révélations qu'il avait envie et besoin d'entendre. Une idée se mit aussitôt à germer dans son esprit de filou.

—Dans ce cas, pourquoi ne pas le dénoncer à la police ?

—Ce Sauvage fait partie de ma famille à cause d'une malheureuse alliance. Loin de moi l'intention de ternir sa réputation aux yeux des miens en procédant à une accusation formelle. En revanche, je tiens à récupérer ce qui m'appartient. Une partie vous reviendra, monsieur, si vous consentez à m'aider. Disons… le quart.

Cardinal souhaitait s'acoquiner avec Desmet pour reprendre son bien. Ce dernier y voyait une occasion unique de faire tomber son rival en disgrâce aux yeux de

Claire et, en plus, il toucherait une récompense. Du coup, ses tracas s'envolaient. Il n'avait plus besoin de se creuser davantage les méninges pour trouver le moyen de rayer Joseph Paul de la carte. Le destin lui offrait la solution rêvée sur un plateau d'argent. Il peinait à croire que les étoiles s'alignaient aussi facilement et aussi vite pour l'avantager.

— Vous êtes certain que l'or est là ? voulut-il s'assurer.

Cardinal opina en silence, le visage dur et déterminé.

— Ma foi ! se réjouit Desmet avant de caler d'un trait le whisky qu'on lui avait payé. Marché conclu, monsieur !

Ils se serrèrent la main, et l'oncle de Joseph sourit avec malice.

Deux jours plus tard, après le souper, Desmet et Joseph se réunirent dans la cabane de l'Indien pour comptabiliser les gains de la journée. Ils constatèrent avec frustration que les recettes diminuaient. Pire, il ne restait pas beaucoup de gravier à laver. Ils en auraient bientôt fini avec cette besogne et comme la saison chaude n'était pas terminée, ils ne pourraient pas descendre en toute sécurité dans les mines afin de gratter les parois du pergélisol. Ils n'avaient d'autre choix que de se résigner. Le Klondike se montrait avare envers eux.

Annie servit du café aux trois hommes qui burent dans un silence plein d'amertume. Quand Nicolas bâilla, son ami indien se leva, leur souhaita une bonne nuit et se retira dans la tente qu'il occupait en attendant de reprendre son logis. Mais Jacques Desmet ne manifesta aucune intention de l'imiter.

Les jeunes époux se regardèrent, embarrassés, ne sachant trop comment lui demander de partir.

—Il est tard, je sais, dit enfin l'homme pour briser le silence. Je dois vous confier quelque chose. Malheureusement, les mots me manquent…

—Préférez-vous que je vous laisse seuls un instant? proposa Annie.

—Non, ce n'est pas nécessaire, madame Aubry. Cela vous concerne aussi…

Son ton mystérieux les intrigua. Il prit une profonde inspiration et se lança.

—Ce n'est pas normal qu'il y ait si peu d'or tout à coup.

—Vous venez d'une riche famille, Desmet, rétorqua Nicolas. Rien ne vous empêche d'acquérir une deuxième concession et de détenir de meilleures parts.

D'une petite tape sur l'épaule, Annie lui reprocha l'indélicatesse de ses propos bien qu'au fond, elle partageât ses opinions. Elle aussi aspirait à voir Desmet s'en aller et leur rétrocéder le pourcentage qu'il grugeait à même leur maigre pécule.

—Il nous faut l'accepter, argua Annie.

—Bien sûr, approuva-t-il sans se soucier de la remarque de Nicolas. Mais le problème réside peut-être… ailleurs.

—Qu'entendez-vous par là?

Le bourgeois se leva. Il tourna les talons et alla se planter devant la fenêtre. Le corps droit, il ne bougea plus. Seuls le majeur et le pouce de sa main droite remuaient, comme s'ils donnaient des pichenettes imaginaires. Puis il s'expliqua d'une voix caverneuse.

—Je crains qu'on nous vole…

—Voyons donc! se moqua Nicolas en secouant la tête. Ça n'a pas de sens! Qui ferait ça?

Desmet pivota et posa un regard solennel sur son partenaire.

—Je crois que Joseph ne nous dit pas tout.

Nicolas crispa le poing. Le délateur s'en prenait-il à son rival dans le seul but de se débarrasser de lui et d'avoir le champ libre pour mieux séduire Claire ? Mais Joseph avait déjà tenté de voler les titulaires de la concession. Et s'il avait recommencé ?

—Jamais Joseph ne s'abaisserait à commettre un geste semblable ! le défendit Annie avec vigueur. Je le connais. Je peux vous assurer qu'il est d'une droiture exemplaire.

Desmet eut envie de rire, mais se priva d'exprimer la jouissance profonde qu'il tirait de ses fausses déclarations. Bien sûr, les Aubry ne le croyaient pas. La chute du Sauvage n'en serait que plus vertigineuse, prophétisat-il. Elle désillusionnerait Claire, ainsi que le jeune couple.

—Avez-vous des preuves, Desmet ? s'informa Nicolas d'un ton bourru.

L'accusateur avoua que non.

—Alors restons-en là !

Nicolas lui indiqua la porte. Desmet obéit et sortit sans un mot de plus, confiant qu'il avait semé le doute dans l'esprit du garçon.

Quand la porte claqua sur ses talons, Annie apostropha son mari. Son ton brusque lui rappela le temps où, à l'encontre de son père, elle ne lui faisait pas confiance.

—Et moi qui te croyais son ami !

—Mais… je le suis.

—Alors pourquoi ne l'as-tu pas défendu contre cette odieuse calomnie ? Il n'a jamais hésité à t'aider, lui !

Nicolas se leva à son tour et alla se verser une seconde tasse de café.

—Tu ne réponds pas ?

Le dos tourné, il ferma les yeux en lâchant un soupir qui trahissait à la fois sa lassitude et son désagrément.

—Nicolas ? insista Annie. Ne me dis pas que tu prêtes foi aux mensonges de cet homme ! Ce ne sera pas la première fois que…

—Tais-toi, Annie. Tais-toi. Je t'en supplie…

Elle écarquilla les yeux. Jamais il ne lui avait parlé de la sorte. Elle percevait quelque chose de douloureux dans sa voix, dans son attitude. Il semblait déconcerté.

Nicolas revint s'asseoir, posa la tasse devant lui et ne bougea plus, le regard rivé sur le liquide fumant. Il ne savait plus quoi penser. Et si par malheur Desmet disait vrai ? Et si Joseph lui cachait encore des choses ?

—Que se passe-t-il ? l'interrogea Annie en posant sa main sur son épaule.

Devait-il lui dire la vérité ? Devait-il lui avouer le crime de Joseph ? Le mot lui parut trop fort. Après tout, l'Indien avait agi sous le coup de la passion. Mais qu'en était-il aujourd'hui ?

Alors, sans lever le visage vers elle, il raconta ce que Joseph avait fait au cours de son absence et ce qui l'y avait conduit, puis de quelle manière lui-même était devenu son complice.

Son épouse tomba des nues.

—Desmet a peut-être eu vent de cette affaire, suggéra-t-elle.

—Je ne te suis pas.

—Il y a peut-être bel et bien de l'or dans sa tente, mais qui nous dit que ce n'est pas Desmet qui l'y a mis dans le but de nous tromper ?

Malgré les faits étalés devant elle, Annie était incapable d'inculper Joseph. Quant à Nicolas, il n'avait même jamais songé à l'horrible possibilité d'un complot.

—Bon sang ! s'écria-t-il en la dévisageant. Tu crois que ?…

—Il faut en avoir le cœur net, trancha-t-elle.

24

Le vague à l'âme

S AM STEELE avait enfin reçu la réponse tant attendue du père de Daniella Di Orio. L'homme ne semblait guère impressionné par les bravades de sa fille unique. Aussi, après avoir brièvement manifesté sa joie de la savoir en vie, annonçait-il dans son message télégraphié l'arrivée imminente de trois de ses employés pour la ramener de force à la maison. Bien sûr, le lieutenant-colonel n'en avait pas soufflé mot à l'adolescente, de peur qu'elle ne commette l'irréparable. Il s'était cependant ouvert à l'une des sœurs de l'hôpital, qui avait ensuite alerté ses compagnes, insistant pour qu'elles resserrent leur surveillance autour de la jeune fille. Celle-ci avait fini par découvrir le pot aux roses.

Daniella ne quittait presque plus son alcôve. On n'y voyait que la bouderie d'une enfant alors qu'en fait elle était malade. Elle étouffait sa toux en se cachant la tête sous une pile d'oreillers. Elle jetait ses draps et ses mouchoirs souillés de sang avec la literie des autres malades, à l'insu des religieuses.

Même en prenant des médicaments, elle savait qu'elle ne se rétablirait pas avant la venue des hommes de main de son père. Dès qu'ils se présenteraient à l'hôpital, ils l'obligeraient à les accompagner, ce qu'elle ne voulait pas.

Son état s'aggravait. Et d'une certaine manière, elle se résignait à cette mort lente et pénible. C'était sa façon de mettre à exécution ses menaces de suicide, de s'opposer une dernière fois à son bandit de père.

Une pluie alourdissait les feuilles du pommier. Quelques-unes finirent pas tomber sous le poids des gouttelettes qui glissèrent sur le visage d'Émile Aubry. Il s'essuya la joue. On aurait dit qu'il pleurait. Mais ses larmes, il les retenait en lui, dans son cœur d'homme fort et dur qui n'exprimait pas son chagrin. Pourtant, il en avait l'âme toute retournée.

Là, à côté de la tombe du chien Eugène et de sa tendre épouse Alice, il avait creusé une troisième fosse. Un cénotaphe en merisier, fabriqué de ses propres mains, reposait au fond. À l'intérieur, il y avait disposé des vêtements, un portrait que Pierre avait dessiné de mémoire ainsi que quelques autres objets ayant appartenu à Nicolas.

Il jeta une poignée de terre mouillée sur le couvercle de bois. Puis, avec sa pelle, il combla la tranchée. Chaque pelletée avivait sa tristesse. Quand il eut terminé, il prit une croix de bois qu'il planta dans le sol. Les mots peints en gros caractères noirs de l'épitaphe s'embrouillaient devant lui.

Nicolas Aubry
Fils bien-aimé
1880-1899

—Pardonne-moi…

Alors Émile retourna chez lui.

Nicolas gratta la toile de la tente pour s'annoncer. Il n'obtint aucune réponse. Joseph avait disparu de la concession et personne ne savait où il était passé. Il se dit qu'il pourrait y jeter un coup d'œil, question de voir si son compagnon ne cachait pas quelque chose.

Il repoussa un pan de la toile et examina l'intérieur de l'abri où il avait logé à son retour de la piste blanche. Rien ou presque n'avait bougé depuis qu'il avait emménagé dans la cabane. À quel endroit Joseph pouvait-il dissimuler un butin? Et d'abord, y en avait-il vraiment un? Il espérait tant que Desmet se trompe! Ou mieux: qu'il ait inventé cette stupide histoire.

Il releva la paillasse et regarda dessous. Rien. Du bout du pied, il éparpilla le sapinage couvrant le sol. Aucun trou n'y avait été fait pour cacher quoi que ce soit. Il fouilla dans une malle que Joseph avait fabriquée. Elle ne contenait que des vêtements. Il allait abandonner ses recherches, se disant que Desmet l'avait mené en bateau, quand son regard se posa sur le poêle portatif.

Au cours de l'été, Joseph l'utilisait peu, pour ne pas dire jamais, puisqu'il prenait ses repas en compagnie d'Annie et de Nicolas.

Il tendit le bras vers le portillon, l'ouvrit et s'accroupit pour mieux inspecter l'intérieur. Une masse plus sombre se détachait au fond de l'appareil, au-dessus du tas de cendres.

—Qu'est-ce que tu fais chez moi?

Nicolas releva la tête en entendant fuser la question. Joseph le dominait de sa hauteur. Les deux garçons arboraient un visage dur et implacable.

—Qu'est-ce que c'est que ça, Jos?

—Ça ne te regarde pas.

Nicolas sentit la colère l'envahir. Il plongea le bras dans le poêle et attrapa un sac de cuir qui glissa sur le sol, renversant une partie de son contenu. Joseph se pencha pour ramasser deux petites pépites et les remettre dans le sac.

—D'où vient cet or, Jos?

L'Indien ne répondit pas. Pourquoi aurait-il perdu son temps à se défendre? Son ami ne le croirait jamais. Il se trouvait en mauvaise posture. Il regretta soudain de ne pas être reparti chez lui, à Cacouna, après avoir dérobé le trésor de Michel Cardinal. À la place, il avait décidé de continuer à amasser de l'or. Toujours plus… Le précieux métal lui troublait l'esprit. Maintenant, il risquait de tout perdre. Sa fortune, ses amis, sa réputation. Pire, sa famille paierait le prix de sa cupidité!

Nicolas lui arracha le sac de cuir des mains et le vida sur le lit. Il secoua la tête de stupéfaction. Joseph avait dépensé une partie des billets de banque. Quant aux bijoux, il les avait joués dans les saloons, en ville, dans l'espoir de faire d'autres gains. Mais il avait perdu. Il ne s'était cependant pas résolu à toucher à l'or.

—Je n'en reviens pas! fulmina son compagnon. Comment as-tu pu nous faire ça une deuxième fois! Je n'aurais jamais cru que… que…

Il s'interrompit, incapable de préciser sa pensée tant le choc de la trahison l'ébranlait.

—Ce n'est pas ce que tu crois, Nick…

Alertés par l'altercation, Annie, Claire et Jacques vinrent s'enquérir de ce qui se passait. Leur regard incrédule tomba sur l'or volé par Joseph.

—J'avais donc vu juste! martela le bourgeois avec force. Il nous a dupés. Pendant que notre part s'amenuisait, lui, il se remplissait les poches!

Joseph se taisait, à court d'arguments. Même en disant la vérité, comment parviendrait-il à leur prouver qu'il avait bel et bien volé quelqu'un d'autre ? Il ravala la bile amère qui formait une boule dense dans sa gorge lorsque Claire Lambert s'avança.

— Et vous qui disiez m'aimer…

Elle leva la main et le gifla. Elle quitta la tente en retenant un sanglot. Cette fois, il venait aussi de perdre son amoureuse. Rien, lui semblait-il, ne pourrait plus jamais rétablir sa crédibilité à ses yeux. Les portes de son cœur étaient maintenant grandes ouvertes pour accueillir Jacques Desmet. Une larme glissa sur sa joue basanée.

— Je crois que tu ferais mieux de partir, déclara Nicolas, la voix étranglée par l'émotion. Et le plus tôt sera le mieux.

Desmet aida Nicolas à remplir le sac de cuir et ils s'en allèrent à leur tour avec le butin. Annie demeura seule avec l'Indien, complètement désarçonnée par les événements qui donnaient raison à Desmet. Du moins en apparence.

— Mon père te faisait confiance…

Il baissa les yeux sur la pointe de ses mocassins.

— Pourquoi, Joseph ? Pourquoi as-tu fait ça ?

Elle attendit la réponse, mais celle-ci ne vint pas. Alors elle sortit de l'abri pour retourner chez elle. Elle y trouva Desmet qui discutait avec Nicolas tout en effectuant la pesée du butin et en calculant les gains qu'ils n'espéraient plus.

— Je ne tiens pas à porter plainte contre lui, annonça le bourgeois. Pourvu que j'aie ma part et qu'il s'en aille. Je sais qu'il était votre meilleur ami, Nicolas. Je ne doute pas de la douleur que vous avez ressentie devant cette triste découverte. J'apprécie d'autant plus la requête que vous avez formulée. Je crois effectivement qu'il n'a plus sa place parmi nous.

Le silence tomba dans la cabane. Nicolas pesait et inscrivait les gains dans son livre, le cœur en miettes.

Desmet souriait dans sa barbe. Il avait réussi à éliminer son rival et à s'enrichir du même coup. Restait maintenant à trouver le moyen de remettre sa part à Cardinal. Or, cette condition particulière de l'entente n'allait pas sans poser quelques problèmes…

Gustave n'aimait pas cela. Il voulait mettre les voiles au plus vite. Et si Nicolas Aubry revenait sur sa parole ou que la Police montée venait à le trouver? Il n'était pas à l'abri non plus d'une dénonciation de Michel Cardinal.

L'état de Betty requérait la prudence. Dès qu'elle se levait, de terribles crampes l'assaillaient et elle redoutait les hémorragies. L'accouchement était prévu en novembre. Il serait alors trop tard pour s'embarquer à bord d'un bateau à vapeur. Pourtant, aucun des deux ne possédait de quoi passer l'hiver. L'unique survivant du clan Dubois se sentait plus coincé que jamais à Dawson City.

—Raconte-moi encore ce que nous ferons en partant d'ici, demanda la jeune femme, couchée sur le côté gauche, deux oreillers placés entre les jambes.

Gustave revint auprès d'elle, s'allongea dans son dos, lui caressa la joue. Et il souffla à son oreille :

—Nous nous installerons en Californie, dans la vallée du Sacramento. Là, l'été brille sans fin. L'hiver n'existe pas. Nous achèterons un ranch. Nous posséderons une grande terre qui se perd dans les collines verdoyantes. Nous ferons pousser des pêches, des raisins, des poires et des prunes. Le soleil sera chaud, les fruits se gorgeront de jus. Nous engagerons des hommes pour nous aider. Et notre maison rayonnera des rires de nos filles. Elles seront les plus belles de tous les environs…

Betty fermait les yeux pour mieux rêver. Jamais elle ne s'inquiétait de savoir de quelle manière ils se construiraient un si beau nid ni avec quel argent. Elle chassait les obstacles de sa pensée. Elle se laissait bercer par la poésie des paroles, par l'espoir que soulevait en elle ce tableau enchanteur. Elle y croyait. Et cela l'emplissait de joie.

—Nos filles? répéta-t-elle, amusée.

—Bien sûr. Nous en aurons plein. Au moins une dizaine…

Betty se mit à rire devant sa naïveté.

—Et des garçons?

Son amoureux se raidit et suspendit un court instant ses caresses.

—Il n'en est pas question…

L'ancienne prostituée se tourna vers lui pour le mettre en garde.

—Ça ne marche pas comme ça, la vie.

—Oui, je le sais bien. Mais on va essayer. D'accord?

Elle rit de plus belle et la main de Gustave se referma sur son ventre, à la recherche d'un léger mouvement, signe de la vie qui se développait.

Alexandrine Lambert jubilait, cependant elle gardait sa bonne humeur pour elle. «Et un prétendant de parti, ou presque!» se répétait-elle en boucle.

Joseph Paul, le Sauvage, préparait ses affaires pour disparaître à jamais de sa vue. Oh, bien sûr, Claire était sous le choc! La découverte d'une trahison n'épargne jamais le cœur et s'accompagne souvent de larmes. Mais sa fille n'avait aucun avenir avec ce genre d'homme. La vie venait de lui en faire la cinglante démonstration. Elle finirait par l'oublier.

Madame Lambert n'avait qu'une fille. Il n'était pas question qu'elle se mette en tête de chercher du réconfort dans les bras de Jacques Desmet. Or l'étoile de ce prétendant brillait chaque jour avec plus de force. D'abord, il s'était montré travaillant. Ensuite, attentionné et patient. Maintenant, il devenait perspicace au point de débusquer les voleurs d'or et d'amour. La femme n'était pas dupe. Un homme ne pouvait pas changer à ce point en quelques mois. Il devait y avoir anguille sous roche, songeait-elle. Dans le doute, elle préférait encore prendre les précautions nécessaires afin de limiter les dégâts.

Elle profita de l'absence de Claire, qui était allée pleurer sur l'épaule de cette pauvre petite Annie, pour écrire à son frère Henri, notaire de profession, qui se chargeait des affaires légales de la famille Lambert.

Elle attrapa une feuille de papier. Elle voulait faire vite afin que sa fille ne découvre pas ses intentions. Mais sa main était lente, engourdie et un peu raide. Le trait continu qui formait chaque mot zigzaguait légèrement. Plus elle s'appliquait à réprimer l'oscillation, plus la précision de son geste se dérobait. Malgré ses quarante ans et des poussières, elle avait l'impression de suivre les traces de sa vieille tante, morte de la paralysie tremblante. Elle coinça sa langue entre ses dents et se pencha davantage au-dessus de la table. Ce n'était guère mieux. Elle dut faire de nombreuses pauses pour permettre à sa main de tracer les lettres voulues. Chaque fois, elle surveillait la porte de la cabane du coin de l'œil. Les mots hésitaient toujours sous la plume, mais ils étaient lisibles. Il n'en faudrait pas plus pour que son frère enregistre le document et l'annexe au testament déjà existant de la femme.

Une fois la rédaction terminée, Alexandrine Lambert se relut attentivement. Oui, tout était là, couché sur le papier. Elle prit une autre feuille et retranscrivit le texte. Pour elle, pour s'en garder une copie en preuve et la brandir au moment opportun.

Peu importe ce qui se produirait dorénavant, elle venait de se protéger. Desmet ne l'emporterait pas au paradis.

Alexandrine Lambert sourit. Son geste l'emplit de satisfaction. Encore fallait-il maintenant poster l'*addenda* à Québec sans éveiller le moindre soupçon.

Claire avait regagné sa baraque et le jeune couple Aubry soupait en silence, chacun perdu dans ses pensées, chacun ressassant les incroyables événements de la journée. Aucun n'osait parler de la douleur, de la stupéfaction qu'il ressentait.

Puis, à l'heure du coucher, Annie ne put s'empêcher d'ouvrir son cœur.

— Cette histoire… J'ai vraiment du mal à y croire.

— Que veux-tu dire ? Tu crois que Jos est innocent ? Je te ferais remarquer qu'il n'a rien dit pour sa défense !

— C'est bien cela qui me turlupine. Mais je ne suis pas prête à donner à Desmet le bon Dieu sans confession.

Nicolas non plus. En cela, les deux époux partageaient le même sentiment.

— Cet homme… lâcha-t-elle en cherchant ses mots. Je… ne l'aime pas.

Son époux approuva.

— Dormons, dit-il simplement pour couper court à la conversation et faire taire les pensées qui le tourmentaient. Demain est un autre jour…

Annie éteignit la lampe. L'obscurité les enveloppa. Le couple glissa sous les draps et se tourna le dos, se gardant bien de se toucher.

L'adolescente commençait à sombrer dans le sommeil, quand Nicolas se mit à gigoter, comme si un moustique le chatouillait. Annie l'ignora, pensant qu'il cesserait bientôt de bouger. Mais il se trémoussa avec plus de vigueur encore.

— Annie ? l'appela-t-il enfin.

— Oui…

— Pourrais-tu me… gratter le dos ? lui demanda-t-il tout en essayant d'atteindre, de sa main, la zone qui le démangeait tant. Je n'y arrive pas, bon sang !

Par chance, il n'avait pas encore fixé la planche de séparation. Sans un mot, Annie se tourna. Elle posa timidement la main dans le dos de Nicolas, se laissa guider et frotta l'endroit qu'il lui avait indiqué. Puis la paume à plat contre l'omoplate se mit à aller et venir plus doucement, le geste devenant caresse.

Nicolas sentit la chaleur de la paume l'envahir. Une sensation qui n'était pas sans lui rappeler Daniella et la jeune fille kutchine. Il ferma les yeux, goûta le toucher. Un désir inattendu monta en lui. Il retint son souffle.

— Merci, Annie, dit-il d'une voix blanche. Bonne nuit.

Elle retira aussitôt sa main.

— Bonne nuit…

Les deux jeunes gens ne trouvèrent le sommeil que bien tard cette nuit-là, obnubilés par ce qu'ils avaient soudain éprouvé l'un pour l'autre.

25

Le mauvais sort

À L'AUBE, Joseph sortit de chez lui, fin prêt à partir. Il avait fourré ses vêtements et deux ou trois babioles dans un sac. Il laissait la tente là, de même que le poêle portatif et les quelques meubles rudimentaires qui s'y trouvaient. Il n'emportait même pas les provisions qui lui appartenaient. Il voyagerait léger, désireux de quitter ces latitudes boréales le plus tôt possible.

Il passa la bandoulière de son sac sur l'épaule droite et se dirigea vers le ruisseau avec la ferme intention de suivre à pied le cours d'eau jusqu'à la rivière Klondike, puis de gagner Dawson City. Il comptait s'embarquer dès le lendemain sur un vapeur.

— Attends... l'interpella une voix dans son dos.

L'Indien stoppa sans toutefois se retourner. Il attendit, la tête basse, que Nicolas le rejoigne. Lorsque celui-ci arriva à ses côtés, il ne leva pas la tête.

— J'aurais préféré que les choses se passent autrement, tu sais.

— Moi aussi, murmura Joseph.

Nicolas fit la moue. Son compagnon ne se défendait toujours pas. Il aurait voulu le secouer, le tirer de cette stupide léthargie. À la place, il lui tendit un petit sac.

—C'est ta part. Peu importe ce que tu as fait, Jos, et les raisons qui t'y ont poussé, ceci t'appartient. C'est ton or...

Cette fois, Joseph osa croiser son regard. Il donna presque l'impression de s'en moquer puisqu'une partie de ces gains appartenait en fait à son oncle. Mais ses profits de la concession, il les avait lui-même excavés et lavés. Alors il prit le sac et le soupesa un instant avant de l'enfouir dans son bagage.

—Merci, Nick.

Il se remit à marcher, impatient de mettre un terme à ces adieux qui s'éternisaient.

—Tu es toujours cotitulaire du *claim*, lui rappela Nicolas en lui emboîtant le pas. Que comptes-tu faire ?

La honte qui l'abîmait depuis la veille lui avait obscurci l'esprit au point d'oublier ce détail important. Il s'immobilisa de nouveau.

—Je... je ne sais pas.

Les deux garçons s'observaient en silence.

—Veux-tu que je te cède ma part ? proposa Joseph.

—Je n'ai pas vraiment de quoi payer. Et puis... je m'en vais bientôt.

Ce fait aussi, le Malécite l'avait négligé. Il fronça les sourcils. Il n'était pas question de vendre quoi que ce soit à Jacques Desmet.

—Ce serait pourtant plus simple pour tout le monde... souffla-t-il.

—Tu sais, quand Annie et moi partirons, nous allons probablement devoir vendre nos titres à Claire et à... Desmet. D'une manière ou d'une autre, ça va finir entre leurs mains. Ce n'est qu'une question de temps.

Ainsi, Nicolas partirait avec Annie... Joseph avait bien décelé l'hésitation quand son compagnon d'aventures avait prononcé le nom de son rival. Au moins, se disait-il, Desmet n'avait pas réussi à se hisser au rang d'ami.

— Tu as sans doute raison, dit-il enfin. Je pensais mettre les voiles demain, mais j'irai tout arranger au bureau du registraire des mines. Dis à mademoiselle Claire que je lui offre ma part. Sans rien en retour sinon qu'elle veuille bien accepter mes excuses.

Nicolas approuva. Les adieux touchaient à leurs fins. Toutefois, aucun des deux ne se résignait à saluer l'autre.

Joseph reprit sa route. Nicolas rentra dans sa cabane pour avaler son petit-déjeuner. Mais le repas lui resta en travers de la gorge.

Sur la concession, il n'y avait plus de gravier à laver. Plus aucun monticule de sable n'encombrait le lot. Les prospecteurs étaient arrivés au bout de leurs réserves. Non, ils n'avaient pas assez excavé au cours de l'hiver. Ils en avaient maintenant la preuve flagrante.

— Il va falloir se mouiller les pieds dans le ruisseau, annonça Nicolas.

Desmet grimaça, préférant, et de loin, retourner au fond des puits plutôt que de s'astreindre à cette tâche qui lui répugnait. Il aurait aimé ne pas se rendre jusque-là pour gagner le cœur de Claire Lambert. Il souhaitait qu'un prêtre célèbre leur union au plus vite pour qu'il se repose enfin et reprenne sa vie d'antan, cette chère existence oisive qui lui manquait tant.

Nicolas lui présenta une batée – un large récipient peu profond qui ressemblait à une sorte de poêlon sans manche – qu'il saisit avec dédain. Puis le garçon en prit une deuxième, pour lui. Il chaussa de longues bottes de caoutchouc et se dirigea vers le ruisseau.

— Vous venez, Desmet ?

L'homme obéit à contrecœur. Il enfila à son tour des bottes de pêche avant de rejoindre Nicolas qui, déjà les deux pieds dans l'eau, s'affairait à chercher de l'or. Ici et là, quelques saumons remontaient le courant en bondissant au-dessus des flots.

Malgré son handicap, le garçon maniait la batée avec une certaine habileté. De la main droite, il la plongeait au fond de l'eau pour y prendre un peu de terre, puis la ressortait. Il l'appuyait ensuite sur son genou et grâce à de légers mouvements d'oscillation, il permettait à l'eau de s'écouler en un mince filet. Quand il ne restait presque plus de liquide, il la posait par terre, au bord du ruisseau, et, du bout des doigts, fouillait le sable et les cailloux qui avaient tapissé le lit du cours d'eau afin de mieux voir s'ils recelaient quelques éclats du précieux métal. Cette technique primitive de prospection constituait pour Nicolas, qui devrait bientôt repartir chez lui à Maskinongé, son ultime chance de découvrir de l'or.

Après un premier essai infructueux, il jeta le contenu du récipient au loin et replongea la batée dans le ruisseau pour recommencer l'opération.

—Alors, Desmet?

Comme l'homme ne lui répondait pas, Nicolas se redressa pour le héler une seconde fois quand il aperçut un grizzli s'amener dans leur direction. Desmet ne bougeait pas. Il ne savait comment réagir. Devait-il crier ou se mettre à courir? Aucun mouvement de sa part ne trahissait ses intentions. Et la bête progressait, se balançant la tête d'un côté et de l'autre, plantant ses énormes pattes dans le sol, humant l'air, ses omoplates roulant sous son épais pelage blond et brun aux pointes grises.

Nicolas recula dans le ruisseau. L'ours devait avoir faim, se dit-il. Il venait sûrement pêcher du poisson dans le but d'augmenter sa réserve de graisse en prévision de sa prochaine hibernation.

— Tout doux, tout doux… souffla-t-il.

Enchaînée près de la cabane, Yeux-d'Or se mit à aboyer, ce qui troubla l'ours qui se releva aussitôt sur ses pattes de derrière et ouvrit la gueule pour émettre un grognement effroyable. La chienne-louve hurla encore au bout de sa corde, les canines sorties, prêtes à se ruer sur l'ennemi qui menaçait son maître. Le grizzli se remit en marche vers le ruisseau, vers les deux prospecteurs.

Cette fois, le cri de Claire, sur le pas de la porte, déchira l'air. Annie apparut à son tour. D'une main, elle détacha Yeux-d'Or et de l'autre, elle attrapa une carabine.

L'ours avait déjà mouillé ses pattes dans le Hunker lorsqu'il sentit une morsure lui déchirer l'épaule. Il se redressa pour se débarrasser de la chienne qui alla s'écraser sur la rive. Le grizzli se tourna vers Nicolas, tout près, et fendit l'air de ses griffes crochues. Un coup de feu retentit, suivi de deux autres. L'ours couina et s'enfuit en courant, du sang maculant sa fourrure.

L'arme à la main, Annie se précipita vers le ruisseau. Nicolas, la chemise éventrée et le torse écorché, s'était presque résigné à la mort qu'il voyait survenir une fois encore. Quand elle comprit que les blessures n'étaient que superficielles, la jeune fille avisa Desmet.

— Mais qu'attendiez-vous pour réagir ? lui reprocha-t-elle, faisant fi de la frousse qui le tétanisait.

— Voyons, Annie ! la sermonna Claire qui s'empressait auprès de son prétendant. Je ne te permets pas d'insulter Jacques !

Elle lui prit le bras et le conduisit dans sa cabane, sous le regard agacé de sa mère. Si Desmet avait été à la place du jeune Aubry, songea celle-ci, il y aurait certainement laissé la peau. Et cela ne l'aurait pas chagrinée outre mesure.

De son côté, Annie ne décolérait pas. Bien sûr, la peur pouvait paralyser quiconque. Mais en pleine région sauvage, ils devaient pouvoir compter les uns sur les autres et montrer un peu de courage !

— Sans toi, mon compte était bon, nota Nicolas.

— Viens, dit-elle simplement. Je vais soigner ta blessure.

Son époux marcha toutefois vers Yeux-d'Or qui tentait de se remettre sur ses pattes. L'une d'elles semblait la faire souffrir.

— Il faudra aussi s'occuper de toi, ma belle…

Annie désinfecta les cinq marques de griffes qui barraient le torse de Nicolas, puis lui enveloppa le thorax à l'aide d'une longue bande de gaze qu'elle noua sur le côté gauche.

— Voilà, dit-elle. D'ici quelques jours, ça devrait être presque parti.

— Merci.

Il l'enveloppa de son bras pour la serrer contre lui. Puis, lorsque l'étreinte prit fin, les jeunes époux se dévisagèrent en silence. Leurs souffles se croisèrent. Le désir ressenti la veille revint les titiller. Nicolas la trouva belle. Il eut envie de repousser derrière son oreille la mèche de cheveux qui retombait, rebelle, sur sa joue rousselée. Il se demanda ce que goûtaient ses lèvres, si elles avaient la douceur d'une pêche. Mais le souvenir de Daniella lui revint à l'esprit.

— Tu me donnes un coup de main avec Yeux-d'Or ?

— Bien sûr, accepta Annie en s'écarta aussitôt, heureuse de ne rien montrer du trouble qui l'envahissait elle aussi.

Ils n'oubliaient pas que le destin les avait unis de force. Mais en dépit de tout ce qui les maintenait éloignés, une main invisible les pressait peu à peu l'un vers l'autre.

Ensemble, ils placèrent la chienne-louve sur la table et examinèrent ses pattes. Quand ils touchèrent celle de droite, en arrière, la bête exhiba ses crocs blancs, prête à mordre.

— Du calme, ma belle, la rassura son maître en lui caressant le flanc. Je crois qu'il s'agit d'une fracture. Je vais te fabriquer une attelle. Et quand viendra l'heure de partir, tu seras complètement rétablie.

— As-tu vraiment l'intention de l'emmener?

— Oui, madame!

Annie sourit. C'était la première fois qu'il l'appelait ainsi. Comme s'il acceptait enfin sa présence à ses côtés et ce que celle-ci impliquait.

Au cours de l'après-midi, Nicolas s'affaira à fixer, à l'aide de lacets de cuir, des petites branches de bouleau autour de la patte blessée de sa chienne. Yeux-d'Or répugnait à se déplacer avec un étai. Chaque fois qu'elle mordillait les bouts de bois pour s'en débarrasser, son maître lui administrait une sévère taloche sur le museau. Elle finit par se calmer, acceptant contre son gré ce qu'il lui imposait.

Nicolas s'assit sur un banc et, cigarette au bec, se mit à lancer des cailloux dans le ruisseau. Son geste était rapide et précis. Presque furieux même. Quand elle vint le chercher pour le souper, Annie remarqua ses traits crispés.

— Tout va bien?

— Non, maugréa-t-il. J'en ai assez du mauvais sort qui s'acharne. Depuis le début, ce maudit Klondike… on dirait qu'il ne veut pas de moi!

Il n'eut pas besoin d'en dire davantage. Sa femme savait parfaitement à quoi il pensait. Le naufrage du *SS Pacifica*, le démantèlement de leur radeau aux portes de Dawson City, l'accident à la scierie, les attaques des Dubois, le *blue ticket* et son voyage presque fatal en traîneau à chiens, la perte de son bras… et maintenant cet ours.

Elle-même avait vécu de nombreux drames.

—Tout ça pour l'or… déplora-t-il. Pour en avoir un peu plus… À regarder en arrière, je sais maintenant que le jeu n'en valait pas la chandelle.

Nicolas tourna vers Annie un visage douloureux.

—Cette sanction du lieutenant-colonel… eh bien, je crois qu'il faut la voir comme une bénédiction!

Il lança un dernier caillou dans l'eau, puis se leva.

—Et je quitterai le Klondike sans regret, déclara-t-il encore. Il me tarde de revoir les miens.

Accoudé au bar, la main sur la joue pour retenir sa tête qui dodelinait, il donnait l'impression de fixer la bouteille de bourbon, presque vide devant lui. Pourtant, Jacques Desmet somnolait. Quand une solide tape s'abattit dans son dos, elle faillit le faire tomber du tabouret où il s'était juché. Éméché et vacillant, il dévisagea celui qui l'avait si sournoisement accosté. Il mit plusieurs secondes avant de reconnaître Cardinal.

—Alors, Desmet? lui glissa-t-il à l'oreille. Avez-vous mon or?

—Non… rota l'ivrogne.

—Pardon?

Le ton de Michel Cardinal n'était plus cordial. Il agrippa Desmet par le collet et l'attira à lui. Le tenancier arrêta d'essuyer un verre pour mieux surveiller les deux individus.

—Je sais que tu as dénoncé le vol de mon neveu. Je l'ai vu traîner près du quai, seul, prêt à s'embarquer. Alors, je veux que tu me…

—Je n'ai pas encore votre or. Voulez-vous bien me lâcher?

Desmet le repoussa mollement et son complice accepta de reculer d'un pas.

—Non, mais, c'est bientôt fini? se mit à geindre le bourgeois, la tête dans les épaules, le nez plongé dans son verre vide. J'en ai plus qu'assez. Dire que je fais tout ça pour toucher à sa fortune…

Il tendit la main vers la bouteille de bourbon mais la heurta. Cardinal la rattrapa de justesse. Il lui versa à boire, se disant que l'homme en avait gros sur le cœur et qu'avec un verre de plus, il viderait son sac. Desmet n'avait toutefois pas besoin de tremper ses lèvres dans l'alcool à base de maïs. L'incident avec le grizzli, survenu le matin même, était la goutte qui avait fait déborder le vase.

—Moi, je suis revenu pour elle, pour cette sale petite chipie, pour me venger. Et quand je suis arrivé, qu'est-ce que j'ai appris? Eh bien, mademoiselle chantait! Sans trop se forcer, elle encaissait de l'argent, elle était populaire. En plus, elle détenait les titres de propriété d'une concession! Tout compte fait, c'était en plein le genre d'épouse qu'il me fallait. Une femme qui, à force d'ingéniosité, serait capable de me tirer du pétrin pour ne pas y sombrer elle aussi.

Il parlait pour lui, sans se soucier des clients du saloon. Comme Cardinal ne semblait plus témoigner d'agressivité à son égard, le patron de l'établissement avait recommencé à laver les verres et à les essuyer.

—Au diable l'amour-propre ! me suis-je dit. Il n'était plus question de la séduire pour la jeter ensuite comme elle l'avait fait avec moi à Skaguay. Je voulais la garder… pour toujours. Et profiter de son argent une bonne fois pour toutes.

Il rota fort et fit cul sec. Le fond de son verre claqua contre l'acajou du bar.

—Je me suis démené pour elle. J'ai travaillé pour la première fois de mon existence, moi ! Je suis descendu dans des mines. J'ai sali et déchiré mes vêtements. Je me suis écorché les mains sur des pioches. Je ne me lavais presque plus. Pour la convaincre que j'avais changé et que j'étais digne de son amour, je suis devenu rien de moins qu'un pouilleux. Mais il y avait ce bâtard de Sauvage…

Cardinal écoutait sans l'interrompre. L'ivrogne lui raconta encore de quelle manière il s'y était pris pour se débarrasser de son gênant rival.

—Et maintenant qu'il est parti et que la morveuse mange dans ma main, voilà que les ours nous attaquent ! conclut Desmet. Ma coupe est pleine ! Je ne suis plus capable d'en endurer davantage !

—Et mon or, lui ? insista Cardinal avec froideur.

—Ah, tu l'auras ! se récria Desmet, agacé. Je te rembourserai rubis sur l'ongle une fois que je l'aurai épousée. Je suis même disposé à te signer un papier…

Tandis que Desmet mettait par écrit ce nouveau pacte, Gustave Dubois, qui leur tournait le dos et jouait au poker pour se faire un peu d'argent, abandonna sa partie et rentra à l'hôtel.

Si, au départ, la présence de Michel Cardinal avait fait renaître en lui toute sa haine, il n'avait toutefois rien entrepris contre lui. Il se souvenait de sa promesse à Betty, ce qui ne l'avait pas empêché d'écouter jusqu'au bout.

De retour dans sa chambre, il rapporta tout à celle qu'il aimait.

— Tu parles, qu'il l'a bernée du début à la fin ! commenta Betty, soufflée, en songeant à Claire Lambert. Et en maître !

— Il faut qu'elle le sache, argua Gustave.

— Et qu'est-ce que ça va te donner à toi ? Tu ne la connais même pas, cette bourgeoise !

— Peut-être. Mais si on empêche leur union, alors ce maudit Cardinal n'aura jamais son pognon. Si tu m'interdis de me venger de lui, eh bien, je tiens au moins à obtenir une petite compensation en échange…

26

Le nouveau testament

L E LENDEMAIN, une fois remise des vives émotions causées par la visite du grizzli à quelques pieds seulement de l'endroit où elle vivait, Alexandrine Lambert décida à son tour que sa coupe était pleine.

— Que faites-vous, maman chérie ?

— Je fais mes valises et m'en vais sur-le-champ à Dawson City. J'y passerai une nuit ou deux et je monterai ensuite à bord d'un bateau à vapeur pour quitter cette région… si peu civilisée.

— Mais… mais… bredouilla Claire, décontenancée autant par l'attitude volontaire de sa mère que par son énergie nouvelle.

— Il n'y a plus de mais qui tienne, ma fille. Tout ceci a assez duré !

— Et Jacques ? Je… je veux l'épouser !

La femme se mit à ricaner.

— Oh, mais cela n'arrivera pas ! J'ai d'ailleurs pris des dispositions à cet effet.

Alexandrine Lambert reprit ses tâches et entassa, sans même les plier, ses robes dans une malle.

— De quoi parlez-vous ?

— De ceci !

La femme agita un texte manuscrit devant elle. L'adolescente l'attrapa et le lut. Au fil des mots, son visage se chiffonna de perplexité, puis de colère.

Addenda *au testament d'Alexandrine Dandurand, épouse de feu Alfred Lambert*

Si par malheur ma fille unique, Claire, unissait sa destinée à l'encontre de ma volonté à un dénommé Jacques Desmet, originaire de Belgique et domicilié à Saint-Boniface, province du Manitoba, je renonce à lui léguer toute somme d'argent que ce soit. Si cette union se concrétisait, je souhaite par la présente établir nouvelle héritière de la fortune des Dandurand-Lambert la communauté des ursulines de Québec, pour son dévouement indéfectible et séculaire dans l'instruction des jeunes filles...

— Cela n'a aucune valeur légale ! décréta Claire qui déchira le papier avec une rage fébrile. Il n'est même pas signé ni daté !

Sa mère ne s'en formalisa pas.

— Ah, parce que tu crois que je n'ai pas pris le soin d'en faire une copie ? C'est le lieutenant-colonel Steele qui sera mon témoin !

— Vous n'avez pas le droit !

— Oh, que si !

Éperdue, Claire se mit à pleurer.

— Mais je l'aime, maman... Vous ne pouvez pas me renier ainsi ! Pas après tout ce que j'ai fait pour vous !

Sa mère ne répondit plus rien, trop occupée à fourguer ses effets dans la malle et pressée de tirer un trait sur ses aventures au Klondike. Il n'y avait aucun doute dans son esprit. Elle agissait pour le bien de Claire. Dans quelques années, peut-être même avant, sa fille la remercierait et saluerait la sagesse de sa décision.

—Et il m'aime, ajouta l'adolescente, la voix brisée par les sanglots. Jacques a changé. Je vous le jure!

Alexandrine Lambert referma la malle. Elle se plaça le visage devant le petit miroir et entreprit de lisser son chignon. Ses gestes étaient sûrs. Elle ne montrait presque plus de signes de faiblesse ou de maladresse. Sa convalescence était bel et bien terminée.

Claire voulut encore plaider en faveur de celui qu'elle désirait dorénavant épouser, mais se ravisa. La volonté de sa mère était inébranlable. En cela, les deux femmes se ressemblaient. L'adolescente ne tenta pas non plus de trouver la copie de l'*addenda* détruit. Elle devinait que sa mère avait dû ressasser des centaines de fois les mots qui venaient de décider de son sort et de ses amours. Et qu'elle prendrait un cruel plaisir à les recoucher sur le papier dès que l'occasion se présenterait.

Les dames Lambert avaient loué une petite voiture tirée par un cheval pour se rendre à Dawson City. Elles firent rapidement leurs adieux au couple Aubry et lorsqu'elles arrivèrent au confluent de la rivière Klondike, elles croisèrent Gustave Dubois qui les salua avec respect. Alexandrine Lambert leva le nez sur lui. Claire se contenta de pleurer de plus belle. Intrigué, il tourna la bride de sa monture et les suivit.

—Quelque chose ne va pas, mam'selle?

—Cela ne vous regarde pas, martela la mère, le regard fixé droit devant.

Gustave ralentit un peu son allure pour permettre à la voiture de le devancer. Il trotta derrière jusqu'aux abords de la ville. Là, les deux femmes ne descendirent pas au chic hôtel Fairview, puisque Desmet avait l'habitude d'y loger à chacun de ses brefs séjours en ville. Elles prirent plutôt une chambre avec vue sur le fleuve, un peu plus bas, sur l'avenue Front. Alexandrine Lambert se dit que leur départ du lendemain se ferait encore plus rapidement ainsi.

Un commis déchargeait leurs affaires, quand Gustave Dubois se rapprocha en douce de Claire.

— Il faut absolument que vous veniez avec moi voir Betty, glissa-t-il à son oreille. C'est à propos de Jacques Desmet…

À ces mots, la jeune fille retrouva le sourire et, sans avertir sa mère, se rendit au rendez-vous.

Claire hésitait. Devait-elle croire sur parole ce que Betty Dodge et Gustave Dubois lui avaient raconté ? Se pouvait-il que l'amour ou le désespoir l'ait aveuglée à ce point ? Que Desmet se révèle pire que ce que sa mère soupçonnait ?

Tant d'émotions en l'espace de quelques jours ! D'abord on l'avait volée, un ours les avait attaqués, puis on la déshéritait. Et là, on la trompait. Joseph… ce cher Joseph qui lui avait toujours témoigné amour et fidélité. Voudrait-il encore d'elle ? D'ailleurs, où pouvait-il bien être ? Dieu du ciel ! Avait-elle tout gâché ?

Elle essuya ses larmes. Après une longue inspiration, elle frappa trois petits coups contre la porte de la chambre d'hôtel. Celle-ci s'ouvrit sur un Jacques Desmet stupéfait de la voir devant lui. Pendant une fraction de seconde, elle ressentit le besoin viscéral de lui cracher à la figure, mais elle devait d'abord vérifier s'il était un gentleman ou un vaurien. Alors elle joua le jeu et se réfugia dans ses bras.

— Jacques ! Comme vous m'avez manqué !

Il la repoussa un peu pour mieux la regarder et se moqua gentiment d'elle.

—Je ne suis parti que depuis hier…

—Peu me chaut! lui répondit-elle. Je ne veux plus être séparée de vous. Jamais.

Il lui caressa la joue. Cette déclaration le comblait de joie. Il avait enfin gagné. Il se détourna cependant d'elle, histoire de lui montrer sa réserve.

—Le vol et le départ de Joseph vous précipitent ici, Claire. Je ne suis pas dupe. Si Nicolas n'avait pas fait cette triste découverte, vous hésiteriez encore.

—N'en croyez rien, Jacques. Ma décision était prise depuis quelque temps. Je vous aime. Cela seul compte.

Elle avait prononcé ces paroles d'un trait, avec une assurance qui l'étonna elle-même. Elle prit le visage de l'homme entre ses doigts fluets.

—Je vous ai toujours aimé, Jacques. Malgré ce que je vous ai fait endurer l'an dernier à Skaguay, j'éprouvais une vive attirance à votre égard. La gamine que j'étais encore ne le comprenait pas. Je confondais tout. J'en voulais à ma mère qui me forçait à un mariage auquel je n'avais pas consenti. Je n'ai mal agi envers vous que pour lui tenir tête.

Desmet l'écoutait, se délectait de chaque mot. Même s'il avait du mal à croire à cet aveu, il n'avait qu'une hâte : entendre la phrase magique qui scellerait son destin à la fortune des Lambert. Aussi résista-t-il à la tentation de la prendre dans ses bras.

—Pardonnez-moi, mon amour et… épousez-moi, susurra-t-elle.

Tout autre homme aurait été étonné de voir une femme se risquer elle-même à demander la main d'un prétendant. Mais Desmet attendait ce moment depuis si longtemps qu'il ne vit rien du piège qu'elle tissait autour de lui.

Comblé, il l'attira à lui et posa sa bouche sur la sienne. Claire se crispa un instant, mais ne se déroba pas quand les poils de sa moustache lui piquèrent les lèvres. Il la renversa sur le lit. Il lui caressa la poitrine par-dessus son corsage. Elle en fit autant. Ses doigts agiles couraient sur le torse de Desmet, le pressaient, agrippaient sa chemise. Ils glissaient sur sa taille, remontaient vers son cou, explorant la veste sans en avoir l'air…

Elle se redressa soudain et alla se camper devant la fenêtre. D'une main fébrile, elle retoucha sa coiffure et son corsage, le dos toujours tourné.

—Pas… pas avant le mariage, Jacques.

—Je ne me serais jamais hasardé aussi loin, ma chérie, dit Desmet en s'assoyant sur le lit.

Le silence plana sur la chambre, ce qui leur permit de reprendre leur souffle. Claire laissa retomber ses bras le long de sa robe et pivota vers lui. Elle ne perdait pas de vue la raison ultime de sa présence au Fairview.

—J'ai une horrible confidence à vous faire, Jacques.

Il releva un sourcil, l'air amusé.

—Ma mère… Elle va me déshériter si nous nous marions.

L'annonce inattendue provoqua un léger retroussement des pointes de la moustache du prétendant.

—Elle va tout léguer aux bonnes sœurs.

Desmet ouvrit la bouche de stupéfaction. La vieille chouette avait tout prévu! Puis une pensée morbide vint assombrir son esprit retors. La tuer. Pour de bon, cette fois. Avant qu'elle n'ait le temps de concrétiser ses affreuses manigances. Mais Claire ajouta aussitôt:

—Elle est actuellement devant le lieutenant-colonel Steele qui lui sert de témoin. Il se chargera lui-même de télégraphier l'*addenda* du testament à mon oncle, à Québec.

Desmet se sentit vaciller. Il ne voyait plus rien que l'abîme qui l'aspirait. Ses espoirs et la vie dont il rêvait s'écroulaient d'un coup, sans possibilité d'appel.

— Je tiens néanmoins à notre mariage, Jacques. Car je vous aime. Je n'ai que faire de son argent. Elle peut bien le donner à qui elle veut!

L'homme se leva en tanguant. Il s'appuya contre la commode pour ne pas basculer dans le vide.

— Je… je ne sais pas, Claire, balbutia-t-il, défait. Cela me semble si… draconien. Comment… ferons-nous pour vivre… aisément?

— Mais vous m'aimez, n'est-ce pas?

— Là n'est pas la question, ma chère…

— Nous vivrons sur notre concession, Jacques. Au bord du Hunker. Ensemble et heureux grâce à l'or que nos mains auront découvert…

«Des mains sales, se dit Desmet avec dégoût. Couvertes d'ampoules et de sang. Transies de froid, aussi…»

— Même si la fortune n'est pas au rendez-vous, nous enseignerons la valeur du travail à nos enfants, enchaîna-t-elle, enflammée.

C'en était trop. Il s'était abaissé une fois dans sa vie, et dans un but purement intéressé, à exécuter des tâches aussi viles et ingrates. Et cela n'avait rien donné puisqu'il se retrouvait désormais à la case départ, le bec à l'eau. Il avait misé sur le mauvais poulain. Il aurait dû séduire la mère, plutôt que la fille, et cela dès le début! rageait-il avec amertume. Une vieille ou une jeune, une veuve ou une vierge, après tout, où était la différence? Il ne voulait pas d'enfants, de toute façon. Il préférait garder l'argent pour lui seul. Il ne cherchait même pas un corps pour assouvir ses pulsions. Les seuls besoins qui l'habitaient, c'était de jouer et de dépenser de l'argent.

—Jacques?

—Je ne vous aime pas, Claire, eut-il la décence d'avouer d'un trait.

Et comme elle ne réagissait pas, il lui montra la porte.

—Disparaissez de ma vue! lui intima-t-il d'une voix brusque. J'ai assez perdu de temps avec vous!

Claire tomba des nues. Le passé était bel et bien garant du présent et du futur. Non, Desmet n'avait pas changé. Pas d'un iota.

Elle obéit. Une fois sortie de la chambre, elle s'arrêta dans l'étroit corridor. Une larme glissa sur sa joue. Elle tira de son corsage un bout de papier fort précieux qu'elle avait subtilisé dans la poche de Desmet, à son insu, au cours de leur baiser enfiévré. Elle le déplia et le lut. Son habileté à jouer les pickpockets lui était revenue de façon naturelle. Alors elle essuya la larme d'un geste volontaire et renifla.

Ce papier et ce qu'elle comptait en faire allaient largement réparer l'affront qu'elle venait de subir.

Joseph Paul errait près du quai. L'âme en peine, il regardait les gens défiler et s'embarquer sur un bateau à vapeur prêt à appareiller. Il hésitait. Il semblait attendre un miracle. Mais lequel au juste? Toute son aventure au Klondike avait tourné au vinaigre. Oh! il avait quelques milliers de dollars en poche et cela contribuerait à améliorer les conditions de vie des siens pendant un temps. Son voyage se terminait toutefois sur une note amère. Il avait perdu son amoureuse ainsi que sa réputation. Et son amitié avec Nicolas Aubry? Plus rien n'en subsistait même si le garçon avait eu la politesse de ne pas le chasser à coups de pied au derrière.

Que répondrait-il, chez lui, quand ceux de sa tribu lui poseraient des questions sur son séjour au Klondike ? Jamais il ne serait capable de dire la vérité. Il avait honte. Joseph glissa la main dans sa poche. Du bout des doigts, il toucha le papier qu'il avait fait rédiger afin de céder à Claire sa part de la concession. Ce qui revenait à donner à ce maudit Desmet tout ce qu'il avait peiné à acquérir. Y avait-il d'autres options ? Il ne pouvait tout de même pas l'offrir au premier venu ! Et s'il en parlait aux quatre Canadiens français rencontrés à bord du train et qui lui avaient permis de travailler ensuite à la concession dix-sept Eldorado ? Joseph se souvenait du visage envieux d'Edmond Blanchette quand Nicolas et lui étaient allés signer les documents au bureau du registraire des mines. Pas de doute, la proposition ferait leur affaire. Tant qu'à céder sa part, aussi bien trouver les meilleurs bénéficiaires. C'était une bonne idée, jugea-t-il. Il devait aller les voir.

L'Indien marcha encore un peu, puis se dirigea vers le premier saloon qu'il croisa. Il soupira et poussa la porte. Un nuage de fumée de cigares et de cigarettes survolait la clientèle et lui piqua les narines. D'un pas lent, il alla s'accouder au comptoir. Il se souvint alors de sa première journée à Dawson City. Naufragé sans le sou, on lui avait offert de jouer quelques parties de poker afin de se renflouer. La chance lui avait souri. Jusqu'à ce que Théodule Dubois vienne le plumer en bonne et due forme. Un jour il gagnait, le suivant il perdait. Voilà à quoi se résumaient ses péripéties au pays de l'or.

Il commanda une bouteille de gin et s'en servit trois rasades. L'alcool commençait à produire son effet et il se sentait moins solide sur ses jambes. Il avait besoin de s'asseoir pour finir cette bouteille… Il avisa des clients parmi lesquels il reconnut des employés de la dix-sept

Eldorado avec qui il avait travaillé, des mois plus tôt. Il s'approcha en titubant.

— Je peux me joindre à vous, les gars ? Je vous offre à boire pour fêter mon départ…

Car à bien y songer, il ne parviendrait pas à avaler une goutte de gin de plus sans la vomir aussitôt. Les hommes acceptèrent de bon cœur et demandèrent des nouvelles de Nicolas, de sa santé et des profits de leur *claim*. Joseph répondit poliment, essayant de mettre un peu d'ordre dans ses pensées imbibées d'alcool quand une voix éclata dans son dos.

— Jupiter ! Tu es toujours en ville, toi ?

Joseph se retourna et découvrit avec stupeur Gustave Dubois qui lui souriait.

— Viens, lui dit encore le bandit. Je connais quelqu'un qui veut absolument te dire un mot.

— Quelle sorte de mot au juste ? demanda l'Indien qui se méfiait de celui qui avait essayé par deux fois de l'éliminer.

Gustave haussa les épaules comme s'il ne savait rien.

— Je ne suis qu'un messager, moi, mentit-il à demi. Mais on n'ira pas loin. En fait, c'est presque à côté, sur l'avenue Front. Tu ne perds rien à me suivre, je te le dis.

Joseph plissa les yeux. Il jongla quelques secondes avec le pour et le contre de la proposition, puis se leva. Il fit face à son ancien ennemi qu'il dépassait en hauteur.

— Ne me joue pas de mauvais tour, toi…

— Tu verras bien si tu ne me remercies pas après, ajouta encore Gustave, bon enfant, tout en le prenant par l'épaule.

27

Les unions désirées

JOSEPH REMONTAIT le corridor lorsque la porte d'une chambre s'ouvrit. La silhouette d'une femme en franchit le seuil. Un visage se tourna vers lui. Celui de Claire. Le garçon stoppa malgré lui.

— Pardi ! Qu'est-ce que ça veut dire ?

— Va, l'invita Gustave en le poussant de la main. Elle ne te veut pas de mal.

L'aîné du clan Dubois s'en retourna et disparut dans l'escalier.

L'Indien se demandait s'il ne devait pas le suivre, mais la présence de la jeune fille le subjuguait. Pourquoi l'avait-elle fait venir ? Pour l'enguirlander ? Pourtant, aucune animosité ne transparaissait de son beau visage.

— Viens, Joseph. J'ai quelque chose à te remettre.

Elle le tutoyait, comme aux beaux jours de leurs amours. Il ne comprenait pas pourquoi, mais cela eut pour effet de l'enjôler encore plus. Il avança, balayant ses doutes et ses questions. Il entra dans la chambre et la porte se referma dans son dos.

— Je te remercie d'être venu, Joseph.

— Moi… aussi j'ai quelque chose pour vous, mademoiselle Claire.

Il ne se décidait pas à l'appeler autrement. La situation ne lui permettait pas de se montrer plus familier. Aussi s'empressa-t-il de tirer de sa poche et de lui tendre le papier qui la faisait dorénavant titulaire de sa part de la concession. Lorsqu'elle en prit connaissance et se mit à rire, il regretta son geste. Il aurait dû suivre sa dernière idée et tout laisser aux quatre Canadiens français.

— C'est pour me faire pardonner, plaida-t-il, rouge de honte.

Elle lui remit le document. Tout de suite après, elle attrapa une feuille de papier qui se trouvait sur la commode de sa chambre et la lui montra.

— Nous avons souvent été sur la même longueur d'onde, Joseph. J'ai pensé faire exactement la même chose et pour la même raison. Voilà ce qui me faisait rire.

Joseph lut le document rédigé de la main de la belle bourgeoise. Il écarquilla les yeux de surprise.

— Mais… pourquoi me donneriez-vous votre part, mademoiselle Claire ? Qu'avez-vous donc à vous faire pardonner, vous ?

L'adolescente n'eut pas envie de rentrer dans les détails de sa déconvenue sentimentale.

— Voici un second cadeau de ma part, annonça-t-elle.

Elle lui donna alors la fameuse entente qu'il avait signée un an plus tôt avec Desmet et qui autorisait ce dernier à prendre vingt-cinq pour cent de ce que Joseph trouverait sur les concessions du Klondike. Ce document, Desmet le portait toujours sur lui. Jusqu'à ce que Claire le lui vole la veille au soir. Sans ce billet, il ne pouvait plus aspirer à faire valoir ses droits ni à voler qui que ce soit.

— Je ne comprends pas, murmura Joseph, interdit.

— Ma mère et moi partons bientôt. Et je n'épouserai pas Desmet. Je n'aurais jamais dû hésiter, Joseph. Jamais. Mais les choses sont ainsi. Elles sont souvent mal faites et, comble de malheur, nous nous évertuons à les compliquer inutilement.

Elle s'interrompit un court instant avant de poursuivre :

— C'est ton oncle que tu as volé, pas nous, déclara celle qui avait tout appris de la bouche de Gustave Dubois. Je regrette d'avoir cru le contraire et de t'avoir giflé.

Joseph ne chercha même pas à savoir de quelle manière elle avait su la vérité. Il laissa tomber les deux documents par terre et avança d'un pas vers elle. Il la prit par la taille et la serra contre lui. Il se perdit dans son regard, dans ses deux étoiles scintillantes qui l'avaient tant fait rêver. Et ils s'embrassèrent, éperdus et amoureux. Ils tourbillonnèrent au milieu de la pièce et tombèrent sur le lit. Les deux jeunes gens frémissaient sous les caresses. Leurs baisers se multipliaient, avides de goûter leur chair. Elle déboutonna sa chemise ; il glissa sa main dans son corsage.

— Sois le premier, Joseph... susurra-t-elle, les paupières closes.

— À la condition que je sois aussi le dernier...

Ils aspiraient leur haleine, leur respiration se faisait de plus en plus saccadée, ils se reflétaient dans les prunelles de l'autre. Leur passion semblait avoir suspendu le temps pour toujours.

— Je ne peux pas te le promettre...

Peu importe ce qui se passerait entre eux ce jour-là, Claire avait pris sa décision. Elle repartirait avec sa mère, sans prétendant ni fiancé. Elle retournerait à Québec. Un jour, elle épouserait un autre homme. Probablement un jeune médecin ou un avocat.

Joseph posa son index sur les lèvres frémissantes de celle qu'il aimait.

—Chut...

Il enfouit son visage au creux de l'épaule dénudée et profita de ce bref moment d'éternité. D'une certaine manière, elle était sa femme. Ici et maintenant. Et dans son cœur. Elle l'enveloppa de ses bras pour le presser davantage contre sa poitrine haletante. Elle ressentait exactement la même chose que lui. Puis, la réalité se rappela à eux.

—Ma mère va bientôt revenir.

Ils se levèrent du lit, défripèrent leurs vêtements. Joseph se pencha pour récupérer les deux feuillets qu'il avait laissé tomber.

—Tiens... dit-il en les tendant à Claire.

—Non, prends-les. Ce sont mes excuses et la preuve de ma profonde tendresse.

Elle glissa ensuite la main à l'intérieur d'une poche dissimulée dans les plis de sa jupe et y retira quelque chose. L'Indien reconnut le collier de petites perles turquoise qu'il lui avait offert l'hiver précédent.

—Si tu n'y vois pas d'inconvénient, j'aimerais le garder, lui demanda-t-elle, émue.

Le jeune homme accepta et, après un ultime baiser, il quitta la chambre. Sans amoureuse, mais réconcilié avec sa vie.

La veille, Alexandrine Lambert avait convaincu le lieutenant-colonel Steele d'être son témoin et de télégraphier l'*addenda* de son testament à Québec. Maintenant, elle avait en main deux billets qui leur permettraient, à sa fille et à elle, de quitter la ville. Rien ne pouvait ternir sa joie, croyait-elle.

Quand elle revint vers son hôtel, elle aperçut cependant ce Sauvage de Joseph Paul qui en sortait. Que venait-il faire dans les parages, celui-là ? N'était-il pas déjà reparti ?

—Ciel ! s'exclama-t-elle en pensant que quelque chose s'était peut-être passé entre lui et Claire.

La femme se rua vers l'hôtel, attrapa un pan de sa robe et grimpa les marches jusqu'au premier étage. Sans prendre le temps de s'annoncer, elle ouvrit la porte à la volée. Claire sursauta en se retournant. Le collier de son amoureux lui glissa des mains, mais elle le rattrapa de justesse. Devant son air coupable, la mère invectiva sa fille.

—Ne me dis pas que… que… Espèce de girouette, va ! Un jour c'est l'un, le suivant c'est l'autre ! Tu es pire qu'un homme !

Claire ne répondit rien, ce qui sema encore plus de doutes dans l'esprit de sa mère. Celle-ci se figurait le Sauvage écarté de la liste des prétendants pour toujours et ce qu'elle découvrait là lui prouvait le contraire. Dire que dans la nouvelle clause de son testament, elle n'avait pas pris la précaution de nommer Joseph Paul ! Devrait-elle rédiger des *addenda* tous les jours ?

L'adolescente noua le bijou autour de son cou.

—Je vous en ai voulu, maman, avoua-t-elle d'une voix calme et sereine. D'abord de m'imposer un mariage que je ne désirais pas, puis de me menacer de me déshériter. Je sais que j'ai souvent agi sous le coup de l'impulsion depuis le décès de papa. Dans le but de vous faire regretter vos décisions, je crois bien. Peut-être aussi pour vous faire comprendre que vous ne le remplaceriez jamais. Mais vous avez eu raison de moi et de mes coups de tête.

La femme lui adressa un regard suspicieux.

—J'ai été capricieuse et naïve. Oh! ne vous méprenez pas : je ne suis pas en train de m'excuser. Ce que j'ai fait, je devais le faire.

Claire s'approcha et embrassa sa mère sur la joue.

—Est-ce le baiser de Judas ? se méfia Alexandrine Lambert. Cherches-tu donc à m'endormir avec tes belles paroles ?

—Non, maman. J'essaie de vous dire que je suis maintenant prête à vous accompagner.

La femme plissa les yeux, ne sachant comment interpréter la présence, quelques minutes plus tôt, de Joseph, ni le soudain repentir de sa fille. Elle sortit de son sac à main les deux billets de bateau. Claire sourit.

—Et cela te fait vraiment plaisir ?

L'adolescente le lui confirma d'un signe de tête. Il n'y avait pas à dire : Claire avait changé, et pour le mieux. Sa mère resterait néanmoins sur la défensive, du moins tant qu'elles ne seraient pas toutes les deux rentrées dans leur maison de l'avenue des Braves.

Le regard de la femme glissa sur le cou de sa fille. Aussitôt, celle-ci cacha le collier de Joseph Paul sous le collet montant de son chemisier.

—C'est tout ce que je rapporterai du Klondike, conclut celle qui avait d'abord été chanteuse puis prospectrice. Ce sera le souvenir d'un impossible amour. Qui sait ? Peut-être qu'un jour, je le raconterai dans un livre…

—Un roman d'amour ? se moqua sa mère. Ciel ! Tu serais à mille lieues de Poe, de Gautier et de ton cher Mérimée !

La jeune fille haussa les épaules.

Alexandrine Lambert ne sut jamais ce qui s'était passé entre Desmet et Claire, de même qu'entre celle-ci et Joseph. Elle ne posa plus aucune question à ce sujet. D'un accord tacite, elles n'en reparlèrent plus.

Émile venait à peine de terminer son petit-déjeuner. «Quelqu'un vient», constata-t-il. Qui pouvait bien s'amener à une heure aussi matinale?

Les secondes s'écoulèrent et la silhouette se découpa mieux du paysage. Il n'y avait que les Thompson pour négliger de prendre le rang qui passait devant leurs maisons et piquer à travers la terre des Aubry. Puis, l'homme reconnut la démarche de Philip, le fils aîné de ses voisins. Il semblait tenir quelque chose dans ses mains.

—Qu'est-ce qu'il veut, le jeune? marmonna-t-il, intrigué.

Quand le garçon aperçut le père Aubry sur la véranda, il ralentit le pas malgré lui. Le bouquet de fleurs qu'il apportait se mit à frémir tant le bonhomme, avec ses cicatrices qui couraient sur son visage et ses bras, l'intimidait. Il prit une grande inspiration pour se donner du courage et stoppa au pied de l'escalier de la galerie.

—Bien le bonjour, monsieur Aubry!

L'homme le toisa avec méfiance.

—Ne me dis pas que c'est pour moi!

Philip devint aussi rouge que les pivoines qu'il avait cueillies une heure plus tôt.

—Non, non… c'est pour… eh bien… bredouilla-t-il avec maladresse.

—Ne me dis pas que c'est pour ma fille! l'interrompit Émile, le visage sévère.

Le garçon sentit sa détermination fondre comme neige au soleil. Il piétina nerveusement le sol. Au-delà de la porte-moustiquaire, derrière Émile Aubry, il perçut un léger mouvement. Le visage de Marie-Anna apparut. Alors son fiancé secret fonça avant de se liqué-fier pour de bon.

— Je suis venu vous demander la main de votre fille…

Émile Aubry releva un sourcil tout en bombant le torse.

— Et tu la fais comme ça, ta demande en mariage ? Les deux pieds à côté du crottin de cheval, sans te donner la peine de vouloir me parler privément au salon ? Eh bien ! Je te dis que ça promet !

L'homme tourna les talons et rentra chez lui, sans se préoccuper de sa bru ni de sa fille qui espionnaient dans la cuisine. Marie-Anna fit signe à son amoureux de les rejoindre.

— Allez, grand nigaud ! l'apostropha-t-elle à mi-voix. Qu'est-ce que tu attends pour le suivre ?

Le fiancé obéit et franchit la volée de marches d'un seul bond.

— Va ! lui dit-elle encore, tout sourire. Il t'attend…

Philip passa au salon. Émile Aubry était assis sur une chaise berçante, occupé à bourrer sa pipe. Le garçon se racla la gorge pour attirer son attention. Son interlocuteur s'entêta à l'ignorer.

— Monsieur Aubry, je suis… je veux dire… que j'aimerais vous…

— Je t'ai entendu, tu sais, tantôt, l'interrompit le bonhomme. Je ne suis pas dur d'oreille !

Le père ne lui rendait pas la tâche facile. Même qu'il y prenait du plaisir.

— Tu es bien jeune, mon gars, nota-t-il.

— Je m'en vais sur mes vingt et un ans, monsieur.

Près de la grande porte du salon, Antoine et Pierre, les cheveux en bataille, s'étaient maintenant joints à leur sœur. Et Marguerite essayait en vain de faire taire ses trois enfants afin de mieux entendre ce qui se disait dans la pièce voisine.

— Et ça fait longtemps que tu la vois en cachette, ma fille ?

Philipe déglutit. Si Marie-Anna n'avait pas eu les yeux rivés sur lui, il aurait déguerpi au plus vite et oublié cette journée qui commençait sur une fausse note.

— Je… nous…

— Ce n'est pas une réponse, ça ! dit Émile, sachant fort bien qu'il tournait le fer dans la plaie. Alors ?

— Depuis quelques mois, monsieur.

Le père tira une bouffée de sa pipe et regarda le garçon presque majeur, debout devant lui. À n'en pas douter, son voisin voulait rentrer sous terre, et cela l'amusait. La situation embarrassante lui rappela le fameux après-midi où il avait demandé la main d'Alice, une trentaine d'années plus tôt.

Il fuma encore un peu, ce qui créa un halo au-dessus de lui. Après sa chère épouse, une deuxième femme était sur le point de le quitter. Par chance, celle-ci ne s'en irait pas bien loin. Cette pensée eut l'effet d'un baume. Mais avant qu'il rende l'âme à son tour, il devrait s'excuser auprès de Marie-Anna pour les choses horribles qu'il lui avait dites un jour. Il s'en faisait la promesse.

— Tu es encore là, toi ? taquina-t-il l'amoureux qui, penaud, ne savait plus où se mettre.

— Pardon, monsieur ?

— Eh bien, va lui donner ta gerbe, si tu l'aimes !

Les yeux de Philip clignèrent d'incrédulité. Avait-il bien entendu ? Émile Aubry venait-il de donner son consentement ?

— Je vais me marier ! jubilait déjà Marie-Anna en dansant une ronde avec sa belle-sœur dans la cuisine.

— Bienvenue dans la famille ! le félicitèrent Antoine et Pierre en tapant dans le dos du fiancé, quand il vint enfin vers eux.

Philip souriait, un peu niais, peinant à croire ce qui venait de se passer. Sa demande, bien que maladroite, avait reçu la réponse qu'il souhaitait. Il ne put toutefois s'empêcher d'avoir une pensée pour son meilleur ami Nicolas. C'était de lui, surtout, qu'il aurait aimé recevoir une accolade, et non de ses deux aînés.

Nicolas et son épouse avaient encore du mal à comprendre ce que leur avait raconté Joseph, revenu en après-midi à la concession et qui avait mangé en leur compagnie. Annie n'arrêtait pas de répéter la même chose en parlant de Desmet :

— Je savais bien qu'on ne pouvait pas se fier à lui. Dommage qu'on ne puisse pas le forcer à nous rendre ce qu'il nous a déjà pris.

— Cette entente était tout de même légale, remarqua Nicolas. Et elle l'est encore. Mais le voleur s'est fait voler.

Et tous deux soupirèrent de soulagement devant l'heureux dénouement.

— Je suis contente pour Joseph, même si Claire s'en va.

— Oui, moi aussi.

Ils replacèrent les assiettes lavées du souper sur la tablette de provisions. Annie passa un torchon sur la table, puis sur le poêle refroidi. Nicolas tamisa la lumière de la lampe et, à la faveur de la pénombre, commença à se déshabiller. Il se faufila sous les draps et attendit avant d'éteindre complètement la flamme.

Quand Annie s'assit sur le lit, en robe de chambre, elle constata avec un certain embarras que son époux ne lui tournait pas le dos, comme à l'accoutumée. Il la dévisageait en silence, le coude droit planté dans l'oreiller et le menton au creux de sa main.

Il se plaça sur le dos pour rejeter les couvertures et lui permettre de se glisser à ses côtés. La jeune fille obéit, mais sentit un léger élan de panique l'envahir. Une fois couchée, elle remonta les draps sous son nez.

— Bonne nuit, Nicolas.

Elle éteignit la lampe. L'obscurité les enveloppa. Le silence tomba. Le calme régnait dans la pièce, malgré le tumulte qui habitait la jeune fille tant son cœur tambourinait dans sa poitrine. Elle se tourna et, dans son dos, Nicolas remua. Il glissa vers elle.

— Annie?

Elle ouvrit la bouche pour mieux respirer. Incapable de répondre, elle attendit, se demandant ce qu'elle souhaitait au plus profond d'elle. Comme elle ne disait rien, Nicolas posa sa main sur sa taille. Le toucher la catapulta dans une autre dimension. Elle ressentait de la peur alors que tout son corps désirait s'ouvrir et aimer. Un baiser subtil lui chatouilla le cou. Elle se sentit fondre. Alors elle se tourna vers Nicolas pour accueillir sa bouche. Et ils s'embrassèrent.

Pour une raison inconnue, il sauta soudain du lit, mit pied à terre, trébucha et jura, puis craqua une allumette. Une flamme vacilla dans l'obscurité de la cabane. Il revint se blottir contre elle. Ils se regardèrent comme jamais ils ne l'avaient fait auparavant. Il lui caressa le visage.

— Et la lampe? s'enquit-elle, haletante.

— Je ne veux pas que tu t'imagines que je suis lui. Et je ne veux pas m'imaginer que tu es elle...

Annie lui sourit, les prunelles embrumées de reconnaissance et de désir. Jamais l'idée de le comparer à cette brute de Zénon Dubois n'aurait pu lui traverser l'esprit.

—Je...

Il allait dire qu'il l'aimait. Il n'était pas encore prêt.

—Je ne veux pas te faire mal...

Elle le savait.

Nicolas et Annie firent l'amour. Il la prit avec tendresse et respect, à l'écoute de ses craintes, peu pressé de jouir. Pour lui faire oublier le crime de Dubois. Et parce qu'il s'attachait de plus en plus à elle.

Au matin, quand Nicolas se leva, il se dirigea vers la malle où il rangeait ses affaires. Il y trouva l'anneau de bois qu'il avait fabriqué le lendemain de son mariage. Il le contempla un instant avant de le glisser autour de son annulaire droit.

Annie sourit. Entre eux, tout était désormais possible.

28

Le plan de Cardinal

L A BONNE SŒUR allait d'un lit à l'autre. Quelques minutes seulement pour s'enquérir de l'état des patients de l'hôpital St. Mary's, pour prendre leur pouls et vérifier leur température. Il y avait tant à faire qu'elle ne pouvait leur consacrer davantage de temps. Elle s'apprêtait à se diriger vers un autre malade quand la remarque de l'un d'eux l'arrêta :

— Elle est déjà repartie, la petite demoiselle ? Ça fait un bout de temps qu'on ne l'a pas vue…

La religieuse devina tout de suite que l'homme parlait de Daniella Di Orio. Elle allait répondre d'un sourire, mais son visage se chiffonna. Il avait raison. Elle était si occupée à courir ici et là qu'elle avait oublié de surveiller la fugueuse.

Elle se hâta donc vers l'alcôve discrète où l'adolescente se retirait pour cuver sa colère contre son père.

— Miss Di Orio ? l'appela-t-elle en douceur, le visage contre le rideau qui retombait de chaque côté de son lit.

N'obtenant aucune réponse, elle repoussa l'épais tissu.

— Daniella ? insista-t-elle en tendant le bras vers la jeune fille.

La nonne remarqua alors le désordre de la couche ainsi que les draps souillés dans lesquels elle dormait. Autour de son visage étrangement gris et cireux, des mouches bourdonnaient.

— Saint nom de Dieu ! s'écria la religieuse en sautant d'un bond en arrière.

Un verre. Un autre. Puis toute une enfilade. Il ne les comptait plus. La mère Lambert avait eu raison de lui et de ses ambitions. Pire, sa petite garce de fille lui avait dérobé l'entente qui lui permettait de revendiquer et de toucher une partie des gains de la concession, sur le Hunker. Qu'à cela ne tienne ! Il y avait d'autres femmes dans le monde. Il débusquerait les riches héritières. Il finirait un jour par jouir de la fortune de l'une d'elles. Surtout, il ne s'abaisserait plus comme il l'avait fait avec les deux Canadiennes françaises. Cela, Jacques Desmet se le jurait.

Le bourgeois ne pensait plus qu'au moyen de réaliser ses fantasmes quand un client vint s'accouder au bar du saloon, juste à côté de lui. Desmet tourna la tête et reconnut un homme qui le ramena à des préoccupations beaucoup plus concrètes et pressantes.

— Est-ce vrai ce que j'ai entendu dire ? s'informa Michel Cardinal. La demoiselle s'en va sans toi ?

Grâce à de fausses accusations de vol, Desmet avait réussi à éloigner le Sauvage. Mais l'or s'était ensuite retrouvé entre les mains des associés de la concession, plutôt qu'entre celles de Cardinal. Toutefois, il avait promis de le rembourser. Sans son mariage avec Claire Lambert, il voyait ce projet reporté aux calendes grecques. Ce qui n'était pas pour plaire au créancier.

— Sale petit trou du cul !

Desmet baissa le front comme un garçonnet qu'on grondait. Mais au fond, il se moquait des injures. Si, en les vociférant, Cardinal se défoulait au point de lâcher prise, eh bien! il serait idiot de ne pas les endurer, même devant les clients du débit de boissons.

—Tu n'es qu'un minable! Une bouse! Un fils de catin!

Celui qui se faisait invectiver ferma les yeux, espérant que l'énumération prenne bientôt fin. Il les rouvrit quand un rire éclata dans son dos. Le nouveau venu dévisageait Cardinal qui se redressa, sur la défensive.

—Alors, Cardinal? l'interpella Gustave Dubois d'un air amusé. Ça file?

L'ensauvagé ne s'était pas attendu à ce que son ennemi se pointe le bout du nez là, à cet instant précis.

—C'est drôle, fit encore Dubois. Tu penses que ce vaurien est le seul responsable de ce qui t'arrive, pas vrai?

Coincé entre les deux hommes, Desmet les regardait à tour de rôle, comme s'il assistait à une partie de tennis. Dubois l'attrapa par le col et le poussa vers la sortie.

—Dégage! Ce qui se passe ici, ce n'est plus tes oignons.

Sans attendre son reste, le bourgeois décampa. Et comme les deux hommes semblaient fort occupés à se détester, il retourna vite à sa chambre, ramassa le peu qui lui restait et chercha à quitter la ville.

Cardinal, sur le qui-vive, ne se sentait guère en sécurité, même devant la foule de témoins du saloon. Dubois se moqua de plus belle:

—Tu te demandes ce que je vais faire, hein?

Son adversaire le jaugea. Autour d'eux, les rires, les cris, le ragtime du piano… tout s'était tu. Devant la vive animosité que se témoignaient les deux hommes près du bar, des clients jugèrent bon de se lever et de s'esquiver.

—Eh bien, je ne vais rien faire du tout ! déclara Gustave. Tu sais pourquoi ?

Cardinal ne bronchait toujours pas.

—Parce que je l'ai promis à quelqu'un, confessa-t-il. Une promesse difficile à tenir pas rien qu'un peu, tu sais. Ça fait que je ne te tuerai pas. Mais de savoir que tu ne remettras plus la main sur tes quinze mille piastres en or… Jupiter ! Ça, c'est comme qui dirait une sacrée consolation !

Le regard de Cardinal cilla sous le choc de l'annonce. Son ennemi, qui avait finalement réussi à se venger de lui, tourna les talons et sortit du saloon sous l'œil perplexe des clients. Cardinal retroussa ses lèvres sur ses canines jaunies. Quinze mille dollars en or, ça ne se trouvait pas en criant ciseaux. Surtout quand on n'était pas prospecteur sur une concession.

—Tu n'aurais jamais dû me dire ça, marmonna-t-il pour lui-même.

S'il ne pouvait pas récupérer sa fortune, Dubois paierait pour s'être joué de lui.

Nicolas et Annie se rendirent à Dawson City. Ils prévoyaient repartir avant le mois de septembre, puisqu'il n'y avait plus d'or à laver sur la concession et que la prospection à la batée leur rapportait peu. Ils avaient décidé de venir faire un tour en ville pour acheter deux billets de bateau, ou du moins s'informer du prix. Ils venaient de quitter Joseph qui avait fait le voyage depuis la concession avec eux, et ils marchaient sur l'avenue Front quand Gustave Dubois sortit d'un saloon.

Le bandit marchait d'un pas décidé. Dès qu'il aperçut le couple, son visage se referma. L'aîné du clan pensait souvent à ses frères. Il les avait toujours considérés comme des abrutis, mais le sang qui avait coulé dans leurs veines était aussi le sien. Depuis qu'ils étaient morts, un vide immense s'était creusé au centre de sa vie. Il n'avait plus à s'occuper ni à se soucier d'eux. Il ne passait plus son temps à se demander quel coup stupide ils étaient en train de mijoter, ni comment il leur sauverait les fesses. Il était désormais seul, à ne pas savoir quoi faire de ses dix doigts.

Chaque jour, Gustave ressassait les tristes événements survenus depuis son arrivée au Klondike. Aubry lui avait dit qu'il n'était responsable de la mort d'aucun de ses frères. Mais était-ce bien le cas ? Il n'arrêtait de se poser la question. Et l'apparition inattendue de Cardinal près du village kutchin en soulevait d'autres. Qui avait tué Zénon ? Qui avait déposé le revolver de Théodule à côté du cadavre ? À ses yeux, seul Nicolas avait de bonnes raisons de vouloir éliminer le clan Dubois au complet. Cardinal, lui, n'en voulait qu'à l'aîné. Il était d'ailleurs beaucoup trop lâche pour fomenter une série de meurtres. Du moins, le croyait-il.

Malgré l'entente que Gustave avait conclue avec Nicolas Aubry, le deuil minait le dernier survivant de la bande. Le revoir lui rappela d'un coup tout ce qu'il n'avait plus et qui avait peut-être été dérobé par le p'tit gars de Maskinongé.

Il stoppa devant le jeune couple. Toujours poli à l'égard d'Annie, il toucha le bord de son chapeau pour la saluer.

— Bonjour, madame Aubry.

— Bonjour, monsieur Dubois.

Les deux hommes se dévisagèrent un instant en silence, puis Gustave passa son chemin, incapable de plus de civilité envers le garçon. Les Dubois avaient incendié la ferme Aubry, causant pertes et blessures, mais la famille vivait toujours, elle. Cette dernière pensée exacerba davantage son ressentiment.

—Il n'a pas l'air dans son assiette, jugea Nicolas, soudain inquiet.

—Il a perdu ses quatre frères en quelques mois seulement, plaida Annie.

—Peut-être, mais je n'ai rien à y voir…

Nicolas doutait de la parole du bandit et se dit qu'il vaudrait mieux s'embarquer sans tarder. Parviendrait-il un jour à avoir l'esprit tranquille même lorsqu'il serait de retour à Maskinongé ? Car Gustave Dubois saurait toujours où le trouver…

—Ça te dérangerait si j'allais rendre une petite visite à Betty ? lui demanda Annie.

—Non, vas-y. Moi, je vais aller changer un peu d'or. Et voir pour les billets.

Nicolas pensait souvent à ses amis Basile, Edmond, Oscar et Prime. Que devenaient-ils, ceux-là ? S'il les trouvait sur son chemin, il ne dirait certainement pas non à une partie de cartes en leur compagnie.

—Entre ! cria une voix, de l'autre côté de la porte. Ce n'est pas barré !

Annie se faufila dans la chambre. Son amie Betty Dodge, tout sourire, l'accueillit en ouvrant les bras.

Allongée sur le lit, elle avait le dos appuyé sur une pile d'oreillers.

—Comme je suis contente de te revoir ! se réjouit-elle.

—Moi aussi ! dit la visiteuse en s'approchant pour l'embrasser.

Annie s'assit à ses côtés. Elle remarqua ses yeux rougis par les larmes et s'enquit de sa grossesse.

—Ça va, mais j'aurais aimé que ça soit plus facile.

—C'est moi qui t'ai porté malheur, se blâma l'adolescente qui songeait à sa fausse couche et à l'aide que lui avait apportée Betty.

—Mais non, voyons. Tu n'y es pour rien.

Betty dévisagea son amie. Elle hoqueta et essuya la larme au bord de ses cils. Devait-elle lui dire la vérité? Il lui paraissait inconvenant de pleurer la mort toute fraîche de Daniella sur l'épaule de sa rivale. Les nouvelles couraient si vite, à Dawson City. Annie finirait par l'apprendre, si ce n'était déjà fait.

Les deux amies échangèrent sur leurs projets des prochaines semaines. Betty prétendait qu'elle n'attendrait pas la fin de sa grossesse, qu'elle allait partir en dépit de sa condition. Il ne pouvait en être autrement puisque Gustave et elle n'avaient pas assez d'argent pour se procurer des provisions pour un troisième hiver. À cette pensée, elle frissonna. Non, elle n'avait pas envie de vivre cet enfer blanc et glacial une fois de plus. Et elle s'imaginait sous le chaud soleil de la Californie… Elle attendait un miracle.

Annie prépara du café et une petite banique. Sa compagne parlait de la vallée du Sacramento comme si elle y avait déjà mis les pieds. À l'entendre, tout semblait simple. Elle ne voyait que les beaux côtés de son rêve parce qu'elle en avait terriblement besoin. L'air un peu distant de sa visiteuse la fit néanmoins revenir sur terre.

—Je suis certaine que tu te plairas, là-bas, au Québec… Comment vont les choses avec Nicolas?

—Crois-tu que Gustave pourrait encore lui nuire? demanda Annie sans oser parler du rapprochement entre son époux et elle, compte tenu qu'elle avait appris, en se rendant à l'hôtel, la triste nouvelle de la mort de Dany.

La femme enceinte se troubla. Elle toucha la main de son amie et posa sa tempe contre la sienne. Elles soupirèrent à s'en fendre l'âme.

— Tu sais comment sont les hommes, déclara Betty. Ils ne sont pas bavards. On ne connaît jamais le fin fond de leurs pensées. Il n'en dit rien, mais je sais qu'il pense souvent à ses frères. Pourquoi me demandes-tu ça ?

— Nous l'avons croisé, tantôt. Il avait l'air... mauvais.

— Alors ne restez pas ici plus longtemps, Annie. Ne tentez pas le diable et pliez bagage.

L'adolescente apprécia ses commentaires sincères.

Par son avertissement, Betty voulait aussi protéger Gustave et son propre bonheur...

— Notre embarquement ne devrait plus tarder...

Annie n'eut pas le temps de terminer sa phrase qu'une pluie de coups tambourina contre la porte de la chambre et les fit sursauter. Elle se leva aussitôt, hésitant à ouvrir.

— C'est bien ici, la chambre de Dubois ? souffla une voix d'homme à travers la cloison.

Betty attrapa le bras de la visiteuse pour la retenir. Jamais Gustave n'avait utilisé sa véritable identité depuis qu'il séjournait au Klondike, sinon avec elle. Elle le savait très bien. Qu'un homme se présentât en le nommant par son nom lui paraissait louche.

— Vous vous trompez ! cria-t-elle. Allez voir ailleurs !

L'homme insista.

— Il m'a dit que c'était ici...

— Eh bien, on vous a mené en bateau ! rétorqua l'ancienne prostituée avec aplomb.

Après un silence de quelques secondes, la voix ajouta :

— Bon, dans ce cas, si vous connaissez sa femme, dites-lui qu'il est là-haut, sur la colline, près du Dôme.

Et que j'ignore de quelle manière va finir cette fichue bagarre !

Une bagarre ! Gustave avait-il déjà oublié son serment ? Était-il en train de se livrer à un duel avec Cardinal ? Paniquée, Betty relâcha le bras d'Annie et la poussa vers la porte. Celle-ci ouvrit alors que l'homme s'éloignait dans le corridor. Quand il se retourna, il sembla un instant surpris de voir l'adolescente.

— Avec qui se bat-il ? s'enquit celle-ci, la voix pleine de trémolos.

Elle redoutait la réponse.

Annie ne connaissait pas Michel Cardinal. Pour elle, la personne avec laquelle Dubois se battait ne pouvait être que Nicolas.

— Avec un jeune, mam'selle, lâcha le visiteur après une courte hésitation. Un dénommé Aubry, celui à qui il manque un bras. Quand je les ai quittés, ils n'étaient déjà plus beaux à voir…

Annie se sentit défaillir. Contre toute attente, Betty se traîna jusqu'à la porte pour s'y appuyer, haletante, la main droite sous son gros ventre.

— Pourriez-vous nous y conduire, monsieur ?

Le messager haussa un sourcil.

— Ce n'est comme qui dirait pas une marche de santé, madame, la mit-il en garde.

— Je vais y aller… commença par dire Annie.

— Non, s'opposa fermement Betty. Je veux le voir…

Car depuis quelques secondes, une conviction se faufilait dans tout son corps. Si elle ne montait pas au Dôme de Minuit, elle ne reverrait plus jamais Gustave vivant.

— D'accord, dit l'homme. Je vous porterai…

Il entra dans la chambre avec Annie. Celle-ci prit leurs châles et des gourdes d'eau. L'inconnu, lui, déposa à leur insu une petite enveloppe sur le lit. Deux seuls mots y étaient inscrits : *À Gustave...*

Il referma la porte derrière lui et prit Betty dans ses bras. Annie lui emboîta le pas.

Michel Cardinal ne souriait pas. Il n'en avait même pas envie malgré le fait qu'il venait de faire d'une pierre deux coups. Son fardeau pesait un peu trop pour cela. Mais l'enlèvement se déroulait à la perfection. La présence d'Annie Kaminski l'avait d'abord pris de court. Pourtant, grâce à elle, il allait pouvoir aussi appâter Nicolas au passage.

Les deux femmes, qui ne soupçonnaient pas un seul instant qu'on les bernait, se laissèrent guider par Cardinal dans la colline. Ils suivirent le sentier principal, puis en empruntèrent un autre, beaucoup plus sauvage.

—C'est plus rapide par ici, les avertit-il.

—Peu importe... râla Betty. Pourvu qu'on arrive à temps...

Cardinal s'octroyait de petites pauses pour rajuster sa prise, puis reprenait sa route. Les muscles de ses bras se relâchaient de plus en plus et il marchait lentement. Il n'avait qu'un objectif en tête : les enfermer toutes les deux dans sa cabane pour passer à l'étape suivante de son plan.

Claire Lambert s'appuya au bastingage du *SS Tanana*. La brise se leva en même temps que la grande roue à aubes commençait à tourner et que le bateau à vapeur appareillait. Elle contempla Dawson City une dernière fois. Elle fixa dans sa mémoire l'avenue Front et ses nombreux commerces. Elle s'émut devant la foule qui ne cessait d'affluer. Elle aurait aimé surprendre un visage connu et lui adresser un ultime au revoir. Mais personne n'était venu assister à son départ. C'était probablement mieux ainsi, songea-t-elle.

— Cette ville était dure, avoua la chanteuse avec un pincement au cœur. Elle va néanmoins me manquer, je crois.

— Bien sûr, renchérit sa mère, debout à ses côtés. C'est ici que tu es devenue une femme.

Comme Alexandrine Lambert disait vrai ! Oui, c'était là, quelques jours plus tôt, que Claire avait compris qu'elle ne pouvait pas jouer à la petite fille capricieuse toute sa vie durant. Elle avait goûté à l'aventure et à la témérité avec la conviction qu'elle s'en sortirait toujours indemne, faisant fi des intentions des autres qui pouvaient tout compromettre en un seul instant. Elle ne quittait pas seulement une ville ; elle disait adieu aux derniers soubresauts de sa jeunesse pour entrer dans l'âge adulte. Oh, elle aurait encore quelques élans de rébellion ! Mais ceux-ci s'amenuiseraient et s'espaceraient avec le temps.

Le navire fila sur le fleuve Yukon, vers le sud. Claire leva le bras et agita un petit mouchoir, comme le faisaient tant d'autres. Puis elle essuya une larme et se tourna vers la proue. Et elle ne regarda jamais plus derrière.

Il marchait d'un pas un peu chancelant. Son haleine empestait le whisky. Son pouls battait fort contre ses tempes. Il ne pensait qu'à se coucher. Fermer les yeux dans un bon lit tenu au chaud par sa maîtresse et ronfler jusqu'au lendemain matin.

Gustave Dubois ouvrit la porte de la chambre. Son regard tomba aussitôt sur le lit vide et défait qui occupait toute la place. Son front se plissa de longues rides.

Il traversa l'espace en deux enjambées. Et il vit l'enveloppe. *À Gustave...*

Par ce seul «À» écrit en français, il sut que Betty
n'en était pas l'auteure. La panique s'insinua en lui. Il
eut peur pour elle.

Il prit l'enveloppe et l'ouvrit. Sur un bout de papier,
il lut les quelques mots qu'on lui adressait :

> *Je n'ai pas oublié ce que tes frères et toi avez fait à ma
> famille.*
> *Si tu veux la revoir en vie, viens au Dôme de Minuit ce
> soir...*

Aucune signature. Gustave n'en avait pas besoin
pour comprendre qu'il s'agissait de ce maudit Nicolas
Aubry...

— C'est vous Aubry, n'est-ce pas ? lui demanda-t-on
en avisant son bras manquant.

Nicolas renifla. Debout devant l'hôpital St. Mary's,
le regard perdu dans le vague, se répétant les mots
horribles que la religieuse avait prononcés quelques
minutes plus tôt et n'arrivant toujours pas à y croire, il
releva enfin la tête pour répondre à l'inconnu.

— Oui, pourquoi ? s'informa-t-il d'une voix blanche.

— On m'a demandé de vous remettre ceci.

— Qui ça, on ?

L'homme lui fourra un bout de papier dans la main
droite et ne s'attarda pas davantage. Intrigué, Nicolas
déplia la feuille.

> *Je n'ai pas oublié ce que tu as fait à mes frères.*
> *Si tu veux la revoir en vie, viens au Dôme de Minuit ce
> soir...*

Le garçon releva la tête en cherchant des yeux le messager, mais il avait déjà disparu.

Gustave Dubois n'avait pas respecté sa parole. En désespoir de cause, il s'en prenait désormais à Annie ! À moins qu'il ait menti depuis le début… Quel salaud !

Comme Betty, Annie et Gustave avant lui, Nicolas ne soupçonnait pas une seconde qu'il était sur le point de tomber dans le piège tendu par Michel Cardinal.

29

Le Dôme de Minuit

COMMENT se préparait-on à un duel? Nicolas l'ignorait. Aucune des personnes qu'il connaissait n'avait eu à affronter pareille situation.

Sa première intention fut de prévenir la Police montée. Mais qu'arriverait-il alors à Annie? Pouvait-il courir ce risque? Il n'en était pas question! Elle avait assez souffert comme ça.

De quelle façon allait-il se défendre? Il ne possédait aucune arme. Pire, il était manchot. De toute évidence, il n'avait rien pour lui. Une certitude l'habitait: c'était le dernier des écueils à se dresser sur sa route au Klondike. Et de cette épreuve, il ne sortirait pas vainqueur.

Un ultime face-à-face avec l'ennemi. Il porterait le désir de vengeance de son père Émile jusqu'au bout.

Soudain, il regretta d'avoir laissé Yeux-d'Or à la concession. La chienne-louve aurait pu lui être d'une aide précieuse. Il chiffonna le bout de papier et la jeta furieusement dans le fleuve.

— Ça va, Nick?

Il tourna la tête. Bon sang! Il avait oublié son rendez-vous de l'après-midi avec Joseph au bureau du registraire des mines. Car Nicolas tenait à officialiser la cession de la part d'Annie et de la sienne à leur ami indien, qui avait décidé de rester au Klondike pour prospecter au moins un hiver de plus. Ils étaient partis ensemble du ruisseau Hunker, le matin, puis s'étaient séparés en arrivant à Dawson City, peu de temps avant leur rencontre fortuite avec Dubois.

Nicolas lui dévoila les manigances du dernier membre du clan. Comme toujours, Joseph accepta aussitôt de lui prêter main-forte.

Gustave rageait. Betty était enceinte. Un rien pouvait leur nuire, à elle et au bébé. De quelle façon Aubry s'y était-il pris pour la déplacer, pour l'amener sans attirer la curiosité des gens? Elle le connaissait. Elle l'aimait bien. Il avait dû abuser de sa confiance pour parvenir à ses fins. Que lui avait-il raconté pour la forcer à sortir du lit et à le suivre?

— Jupiter! jura-t-il en projetant une gamelle contre le mur.

De la chambre d'à côté, quelques cris de réprobation se firent entendre. Il s'en moquait. Il n'avait que faire des autres.

Puis, il sortit de la chambre en coup de vent. Il descendit l'escalier en trois ou quatre bonds avant d'atterrir devant le propriétaire de l'hôtel.

— Vous n'auriez pas vu ma femme, par hasard?

— Oui, un peu plus tôt, aujourd'hui.

— Et vous ne l'avez pas empêchée de partir?

— Pourquoi l'aurais-je fait? Compte tenu de son état, j'ai cru qu'elle et son amie se rendaient à l'hôpital.

— Son amie? répéta Gustave en se rapprochant de l'homme.

— Oui, madame Aubry.

Et en plus, ce petit salaud poussait l'audace jusqu'à utiliser son épouse pour tromper Betty! Gustave grimaça et se retint d'étrangler son interlocuteur sur-le-champ.

— Et monsieur Aubry? Les accompagnait-il?

Le propriétaire secoua la tête.

— L'amputé? Avec un seul bras, comment voulez-vous qu'il puisse la transporter? Non, c'était quelqu'un d'autre... que je ne connais pas.

Pas un, mais deux complices! Gustave avait envie de crier, de mordre, de tuer. Oui, cela lui ferait le plus grand bien. Il avait hâte au soir. Tellement! Et quand il aurait brûlé la cervelle d'Aubry, il ne se gênerait pas pour s'occuper de la petite Annie et de leur mystérieux acolyte.

Michel Cardinal se préparait à la soirée qu'il avait planifiée. Assis devant la porte de sa cabane, il entendait les pleurs de Betty couverts par la voix d'Annie qui tentait de la rassurer.

Insensible à leur peur, le geôlier prenait soin de charger la carabine qu'il possédait et qu'il avait l'intention d'amener avec lui au sommet de la colline. Puis il affûta un long couteau. Quand tout fut prêt, il soupa dehors, sans même entrer pour aller voir ses prisonnières. Il ne leur donna rien à manger. De toute façon, il ne les libérerait jamais.

Dès que Dubois et Aubry se seraient entretués, ou après avoir terminé lui-même le travail si l'un d'eux survivait, il redescendrait du Dôme de Minuit et mettrait les voiles, plus à l'ouest. Depuis un certain temps, des rumeurs circulaient. Des rumeurs qui parlaient d'or encore une fois. Il y avait sûrement d'autres filons le long du fleuve, en Alaska. Et il irait tâter le terrain là-bas. En quittant le territoire canadien pour celui des États-Unis, il aurait la conscience tranquille. Personne ne viendrait le chercher si loin.

Le soleil de minuit était un spectacle magnifique et inusité. Le soir, plusieurs escaladaient la colline pour y assister. Tout en grimpant le sentier, Nicolas et son compagnon Joseph croisèrent quelques personnes qui rentraient en ville.

Joseph stoppa.

—On ferait mieux de se séparer, suggéra-t-il. Je propose de te suivre en parallèle, en dehors du sentier. Je ne te quitterai pas des yeux.

Nicolas acquiesça.

—Si jamais… je meurs… bredouilla-t-il, ne tente rien contre Dubois et va prévenir Steele. Si vous retrou-vez Annie, dis-lui… dis-lui que…

Le garçon repensa à Daniella, disparue pour tou-jours, mais Annie reprit bientôt toute la place dans son esprit torturé.

—Ça n'arrivera pas, répondit l'Indien avec peu d'aplomb. D'accord ?

Ils se dévisagèrent en silence, conscients que l'issue de la soirée pouvait s'avérer fatale. Ils se donnèrent une accolade virile en se tapotant le dos, puis se séparèrent.

Nicolas marcha seul, en s'appuyant contre une grosse branche. C'était son unique arme. Il devinait bien que Dubois, lui, s'amènerait avec le Colt de son défunt frère Théodule. Son ennemi pouvait se trouver n'importe où, tapi dans la taïga. Un coup de feu, un seul, dont il n'aurait même pas le temps de localiser la provenance, et tout serait fini. À moins que Gustave ne prenne plaisir à le voir agoniser dans de longues souffrances...

Il ne savait pas à quoi s'attendre, sinon au pire. Même avec Joseph en retrait, il n'espérait pas grand-chose. Il ne croyait pas en ses chances. Il obéissait pour Annie, pour tenter une dernière fois de la protéger. Mais s'il perdait contre Dubois, qu'arriverait-il à sa jeune épouse? Le bandit la laisserait-il partir? Et si, contre toute attente, son adversaire devait crever, consentirait-il à lui révéler l'endroit où il avait caché Annie avant de rendre l'âme? Sinon, comment Nicolas la retrouverait-il?

Il s'immobilisa dans le sentier. Il ferma les yeux. Fort, très fort, et serra les mâchoires au point de sentir ses molaires frotter les unes contre les autres. Il se sentait impuissant. Peu importe ce qu'il ferait, l'ennemi aurait le dessus sur lui. Le dernier mot lui reviendrait. Alors à quoi bon?

— Pour l'honneur, laissa-t-il tomber. Pour mourir la conscience tranquille. Pour n'avoir rien à me reprocher...

Sur le Dôme, les spectateurs du coucher de soleil commençaient à se faire moins nombreux. La nuit allait bientôt tomber.

Nicolas reprit la route, résigné à livrer la plus chaude des luttes. Il accéléra son allure, progressant d'un pas plus décidé. Son poing droit se crispa autour du bâton. Son regard balaya la taïga autour de lui.

— Allez, viens, bon sang! Viens, qu'on en finisse!

Un peu avant de parvenir au sommet de la colline, Gustave Dubois émergea au bout du sentier. Posté derrière une épinette, il l'attendait depuis un bon bout de temps. Dans sa main, le canon du Colt brillait.

C'était cette période de la journée, entre chien et loup, où l'on ne distinguait plus très bien les objets, où leur nature se confondait dans l'ombre épaississante de la nuit.

—Morveux! clama le bandit avec un regard de braise.

Dubois s'élança sur son ennemi. Nicolas fit un pas de côté et, de son bâton, décocha un coup solide dans les tibias de son assaillant. Celui-ci tomba à genoux, mais se releva vite. Les deux hommes se firent de nouveau face. Nicolas tenait son bâton derrière sa tête, prêt à frapper. Gustave exhiba le revolver.

—Dis-moi où elle est!

—De qui parles-tu?

—Jupiter! pesta Dubois. Tu ne vas pas jouer à ce jeu-là avec moi!

Il avança d'un pas menaçant vers Nicolas.

—Alors, où est Betty?

Nicolas fronça les sourcils et secoua la tête sans comprendre la question. Dubois leva le bras et tira dans sa direction. La balle siffla si près de l'oreille gauche de sa cible que celle-ci se mit à bourdonner.

—Et toi? rétorqua Nicolas d'une voix qui lui sembla terriblement assourdie. Qu'as-tu fait d'Annie, hein?

L'autre ignora la question. L'objet de sa colère l'obnubilait. Alors il se jeta sur Nicolas et l'attrapa à bras-le-corps. Dans la mêlée, l'arme glissa des mains de Gustave, et ils roulèrent ensemble dans le sentier.

Obligé de contourner une crevasse, Joseph perdit de vue son ami pendant quelques minutes. Puis, quand il revint aux abords du sentier, il ne le vit plus. La nuit tombait pour de bon sur la colline et des éclats de voix attirèrent son attention. Il s'immobilisa, à l'affût. Il entendit alors un coup de feu. « Sur la droite », se dit-il avec angoisse. Il mit aussitôt le cap dans cette direction. À travers les conifères, il aperçut enfin deux silhouettes qui se bagarraient.

— Pardi! pesta-t-il contre lui-même.

Sa main se faufila dans sa poche et saisit sa fronde. C'était la seule arme qu'il avait sur lui. Sauf qu'il avait peur de mal viser et d'atteindre son ami. Non loin, les coups pleuvaient, de même que les insultes.

Joseph s'apprêtait à intervenir quand une troisième silhouette apparut. Un coup de feu retentit et les deux adversaires, surpris, s'arrêtèrent net pour se tourner vers le nouveau venu.

— C'est gentil d'avoir accepté mon invitation, dit l'homme avec un sourire malicieux.

Dubois s'essuya le front et reconnut Michel Cardinal qui avait maintenant en sa possession le Colt de Théodule, en plus d'une carabine qui pendait dans son dos. Nicolas, lui, fronça les sourcils. Cette voix... il ne l'entendait pas pour la première fois, bien que le visage barbu de l'homme ne lui rappelât rien. Puis son esprit s'illumina.

— Pieds-Agiles...

Cardinal rit encore en opinant. Gustave et Nicolas comprirent du coup qu'ils s'étaient fait piéger. Le premier n'avait pas enlevé Annie; le second n'avait pas touché à un cheveu de Betty. Cardinal avait tout orchestré à leurs dépens.

— C'était toi... souffla Dubois, incrédule. Depuis le début...

— Tu croyais tellement que c'était à cause du petit! Ça m'a donné l'idée d'en profiter encore un peu.

L'aîné du clan Dubois tombait des nues. Ses quatre frères étaient morts. À cause de lui, de Cardinal! Il avait eu des doutes quand il avait retrouvé Zénon dans la neige, puis il avait de nouveau suspecté Aubry. Mais il s'était trompé sur toute la ligne. Cardinal avait joué sur les apparences parce qu'il n'avait pas le culot d'endosser ses gestes. Il tentait toujours de faire porter le chapeau à un autre. Cardinal gloussa de plus belle. Il tirait un vif et sadique plaisir de la déconvenue de son ennemi. Que Dubois sache enfin la vérité, qu'il soit obligé d'admettre qu'il avait visé le mauvais moineau depuis tout ce temps, cela nourrissait sa vanité.

Gustave fit un pas un avant, mais l'autre brandit le Colt au bout de sa main.

— Mais qui êtes-vous ? demanda Nicolas qui tentait de mettre les pièces du casse-tête bout à bout. Pourquoi vous en prenez-vous à moi ? Qu'est-ce que je vous ai fait, bon sang !

— C'est mon oncle…

Surpris par la voix qui provenait de la taïga, les trois hommes pivotèrent en bloc vers Joseph Paul, immobile entre deux épinettes. Il relâcha la bande tendue au maximum de sa fronde et aussitôt, un projectile siffla dans l'air. Cardinal rejeta la tête vers l'arrière une fraction de seconde plus tard. Il perdit l'équilibre sans toutefois larguer le revolver et poussa un cri de douleur. Une main sur son œil gauche, il leva l'arme vers Dubois qui fondait sur lui pour se venger. Joseph fit signe à Nicolas de reculer. Il devait se mettre à l'abri d'une balle perdue.

Une lune presque pleine se leva au-dessus de la canopée boréale. Elle éclaira de sa blancheur la haute silhouette des conifères et des bouleaux. Ses rayons filtraient entre les fûts, révélant la profondeur mystérieuse de la forêt qui les entourait. Elle était le témoin calme et silencieux de la lutte sans merci que se livraient les deux hommes.

Le duel se poursuivait. Coups de tête, de poing et de pied… Dubois tentait en vain de désarmer son rival ;

Cardinal tenait bon. À croire qu'il s'était collé le Colt dans la main avec de la poix. Cependant, la courroie de cuir qui retenait sa carabine dans son dos céda et son arme de chasse tomba sans qu'il ne s'en aperçoive.

Puis une détonation retentit. Dubois se recroquevilla sur lui-même en sursautant. Sa bouche s'ouvrit de consternation. Cardinal tenait toujours le Colt, sourire aux lèvres. Gustave plia les genoux et s'effondra, la face contre le sol, le derrière en l'air. Puis il roula sur le côté. Le sang pissait entre ses doigts crispés sur son ventre.

Cardinal se redressa, la veste maculée par le sang de son adversaire. Il déporta le regard vers Joseph qui le remettait en joue avec sa fronde. Il en fit autant avec le revolver. Comme l'arme était désormais vide, il tenta d'attraper sa carabine, mais elle ne pendait plus dans son dos. Vif comme l'éclair, Cardinal brandit son couteau et visa son neveu. Il rata sa cible, tourna les talons et fila à toutes jambes, louvoyant entre les arbres.

— Occupe-toi de lui, demanda Joseph à Nicolas en désignant l'homme au sol.

Et l'Indien se précipita à son tour dans la forêt.

Nicolas approcha de Gustave Dubois. Celui-ci lui attrapa le bas du pantalon pour le forcer à s'accroupir. Le garçon obéit. Lorsque le bandit entrouvrit les lèvres pour parler, des filets de bile et de sang remontèrent dans sa gorge pour maculer son menton.

Nicolas glissa son bras sous sa nuque et le releva un peu. Gustave s'accrocha à lui. Ses prunelles vitreuses ne distinguaient presque plus rien.

— Retrouve-la et… dis-lui… que je les aime… souffla-t-il péniblement.

Sa main retomba. Sa poitrine s'affaissa. Son corps, qui avait tant lutté tout au cours de sa vie, se relâcha d'un coup.

Nicolas lui ferma les yeux de la main.

Le dernier des Dubois venait de rendre l'âme dans ses bras. Il se sentit tout drôle. Ce chapitre de son histoire était désormais clos. Le danger était écarté pour de bon. Et lui vivait toujours. Il avait déjoué ses propres pronostics. Il aurait cru pouvoir ressentir une certaine satisfaction. Du moins, un soupçon de joie ou de soulagement. Or, rien de cela ne l'effleurait. Il éprouva plutôt une profonde lassitude.

Son ennemi lui avait transmis ses dernières volontés. Retrouver Betty… et Annie ? Elles étaient sûrement ensemble. Mais où ?

La lune poursuivait sa lente ascension. L'angle de ses rayons changeait, pénétrait la forêt plus franchement. L'ombre des arbres se rétractait au fil des minutes. Cardinal courait, à découvert. Il ne cessait de jeter un œil par-dessus son épaule. À son plus grand dam, il ne parvenait pas à semer son neveu.

Distrait, l'homme se prit les pieds dans des racines entremêlées. Il perdit l'équilibre et bascula dans une crevasse qu'il n'avait pas vue. Joseph ralentit aussitôt sa course en l'entendant proférer un cri désespéré. Il s'approcha en douce du bord de la dénivellation et regarda en contrebas.

Michel Cardinal gisait sur le dos, empalé sur deux branches qui lui transperçaient le thorax. Sa gorge glougloutait. Ses jambes frémissaient. Il leva une main implorante et tremblante vers son neveu impassible.

— Adieu, dit simplement le Malécite.

Et il disparut, laissant Cardinal seul face à son destin.

Un loup hurla, non loin. Puis un autre. C'était leur heure de prédilection pour chasser. Leur repas venait d'être servi. L'odeur du sang encore chaud les conviait à un festin imprévu. Cette nuit-là, ils se régaleraient sans trop d'efforts. Cela les changerait de toutes les fois où ils s'endormaient le ventre vide.

Joseph se dépêcha de revenir sur ses pas et de rejoindre son ami. Car il se doutait bien de l'endroit où son oncle avait dû séquestrer Betty et Annie. Dans la cabane où il avait caché son or…

30

Le cap Nome

CHAQUE CHOSE a une fin. La grande ruée vers l'or du Klondike connut la sienne au cours de l'été de 1899, deux ans à peine après ses fulgurants débuts.

Les rumeurs n'eurent de cesse de s'amplifier de jour en jour et de semaine en semaine : des gisements aurifères avaient été trouvés au cap Nome, sur la péninsule alaskienne, à l'ouest de Dawson City.

Comme il ne restait plus de concessions à vendre dans les vallées avoisinant la capitale de l'or, et que les espoirs de richesse et de fortune faciles renaissaient d'un coup, plusieurs chômeurs déjà au Klondike déménagèrent leurs pénates vers les plages du littoral de la mer de Béring. L'endroit se mit à bourgeonner. Une nouvelle ville champignon poussa, exactement comme toutes celles qui, par le passé, avaient connu l'afflux soudain et massif de prospecteurs avides de mettre la main sur le précieux métal.

Tentes, saloons, banques, chapelles, hôtels et autres commerces s'étalaient sur des dizaines de milles de long. Encore une fois, les esprits s'enfiévraient. Tout redevenait possible. Et l'histoire se répéta...

Dawson City se vidait des âmes qui l'avaient peuplée et animée. Sa nouvelle rivale, située non loin de l'embouchure du fleuve Yukon, les attirait à la manière d'un irrésistible pôle magnétique. Nicolas et Joseph n'échappaient pas à l'enthousiasme collectif. Même s'ils avaient de l'or dans les poches, l'idée d'en obtenir davantage les démangeait.

— Tes quatre amis sont partis hier, annonça l'Indien, pensif.

Selon les rapports reçus, il y avait encore plus d'or au cap Nome que dans la région de Dawson City. Basile Mercier, Edmond Blanchette, Prime Lavoie et Oscar Viau connaîtraient certainement plus de succès en s'établissant là-bas.

Nicolas soupira. Partir… mais dans quelle direction ?

Jusqu'à maintenant, il ne s'était guère posé la question. Le lieutenant-colonel Steele de la Police montée lui avait ordonné de quitter le territoire du Yukon avant le retour de l'hiver. Le garçon avait alors envisagé de rentrer à Maskinongé. Désormais, une autre possibilité s'offrait à lui, qu'il pouvait choisir sans enfreindre les ordres du *blue ticket*.

— As-tu envie d'y aller, toi aussi ? lui demanda Joseph comme s'il lisait dans ses pensées.

Nicolas haussa les épaules. Il ne savait plus. Puis il repensa à l'hiver rigoureux qui arriverait, aux grands froids cinglants qui viendraient de loin pour frapper la côte.

— Non, j'en ai assez, décida-t-il d'un coup. Je rentre chez moi. Et toi ?

— Je vais rester ici, sur la concession. Je vous remercie encore de m'avoir vendu vos parts…

—Alors nous saurons où te trouver, commenta Annie qui préparait des tourtières à l'orignal. Et nous t'écrirons.

Le visage de l'Indien s'illumina.

—À la bonne heure! Je me sentirai beaucoup moins seul!

Pourtant, ce disant, ses prunelles s'embrouillèrent. Il pivota vers les tablettes de provisions et récupéra le jeu de cartes.

—Une partie?

Nicolas et Annie acceptèrent joyeusement. Au bout d'une heure, la jeune fille montra quelques signes de fatigue. Les garçons sortirent prendre l'air, accompagnés d'Yeux-d'Or.

—Vous allez emmener Betty?

—Au moins jusqu'à Victoria, annonça Nicolas. Après, Annie et moi, on va pousser jusqu'à Seattle. J'ai quelque chose à faire aux États… avant de rentrer à la maison.

La maison. Comme ce mot résonnait avec douceur à ses oreilles. Qu'étaient devenus les siens? Nul doute qu'ils auraient du mal à croire à son retour. Non, plus rien ne pouvait l'empêcher de fouler de nouveau les terres de Maskinongé. Surtout pas le cap Nome!

—Tu me vas manquer, Nick.

—Toi aussi, Jos. Tu es devenu mon meilleur ami, tu sais.

Ils se firent une brève accolade avant de poursuivre leur promenade nocturne.

—Tu crois qu'on a bien fait de l'enterrer dans la colline?

—Oui, souffla Nicolas en se rappelant leur fameuse nuit près du Dôme de Minuit. Il est au Klondike, avec ses quatre frères. Et puis il a eu plus de chance que ton oncle. Pas vrai?

Joseph ne répondit pas. Que Michel Cardinal soit en train de pourrir, les entrailles abandonnées aux charognards, ne le chagrinait pas du tout. L'homme qui avait manipulé son peuple et sa famille avait eu ce qu'il méritait, jugeait-il. Dans son cas comme dans celui de Gustave Dubois, il ne restait assurément plus de traces de leur passage. Plus de corps. La Police montée du Nord-Ouest ne s'inquiéterait donc jamais d'eux. À ses yeux, tout finissait bien.

—J'aurais quelque chose à te demander, Nick.

—Vas-y…

—J'aimerais que tu ailles chez moi, à Cacouna, pour remettre à ma famille une part de mes gains.

Nicolas siffla. Il ne s'était pas attendu à cela. Déjà qu'il voulait prendre le train et bifurquer vers Boston avant de remonter au Québec! Mais s'il longeait la côte et passait par le Maine, il pourrait se rendre à Cacouna sans trop allonger son voyage.

—Pourquoi tu ne leur envoies pas une traite bancaire?

—J'y ai pensé, mais je te fais davantage confiance. Et puis, ils vont apprécier les récits que tu leur feras de nos aventures.

—Je devrai aussi faire ça?

—Pour sûr.

Nicolas réfléchit encore.

—Soit, j'irai.

—Merci, Nick. Ils sauront que tu es comme l'un des nôtres.

Ils marchèrent en silence, se remémorant chacun pour soi leurs aventures depuis le jour où le train du Canadian Pacific Railway avait quitté le quai de la gare de la rue Windsor, à Montréal, presque un an et demi plus tôt, jusqu'à cette nuit piquée d'étoiles qui devenait le témoin silencieux de leurs adieux.

— Que vas-tu faire, une fois chez toi ?

— Reprendre mon ancienne vie là où je l'ai laissée, je suppose. Ça ne sera pas facile avec un seul bras, mais…

— Bah ! Annie et toi allez faire plein de petits Aubry pour t'aider avec les vaches !

L'allusion fit rougir Nicolas.

— Pas tout de suite, dit-il avec un petit rire gêné. On a bien le temps.

Joseph en convint d'un signe tête. Il tapota l'épaule de son compagnon.

— Tu l'aimes bien, finalement, hein ?

— Oui… je l'aime, avoua Nicolas avec sincérité.

L'Indien ajouta quelques mots dans sa langue qu'il ne se donna pas la peine de traduire. « Sûrement une taquinerie », pensa Nicolas. L'attitude complice du jeune couple trahissait les sentiments qu'ils avaient l'un pour l'autre. Surtout le long baiser qu'ils avaient échangé dans la cabane de Michel Cardinal. Betty et Joseph avaient même détourné le regard tant il leur avait paru passionné. Depuis, ils se touchaient souvent, mais jamais longtemps. Une main qui s'égarait tantôt sur le bras, tantôt sur la taille. Ou encore qui glissait furtivement le long du dos. À les voir ainsi, on n'aurait jamais cru que leur mariage était arrangé ni qu'il résultait presque de l'œuvre du diable.

— Crois-tu que tu reverras mademoiselle Claire ?

Joseph le souhaitait. Cette fille, il l'avait dans la peau. Il aurait pu rester près d'elle toute sa vie et se faire petit. Pour la défendre et la consoler. Pour l'aimer en secret. Mais il savait aussi que ce n'était pas une façon de vivre dans la dignité qu'il recherchait tant, pour lui et pour son peuple.

— Non, dit-il.

Joseph ne parut pas si triste, car il garderait son souvenir enfoui en lui. Là, la beauté de Claire, son sourire, sa voix et son regard émeraude ne se flétriraient jamais.

— Morte ? En êtes-vous bien certain ?

L'homme qui débarquait à peine du train le certifia avant d'ajouter :

— La tuberculose l'a emportée. Pauvre petite !

Guido Gianpetri se détourna, les épaules affaissées. Il s'attendait à tout sauf à cela ! Conscient qu'on pouvait le duper, il s'informa auprès d'autres prospecteurs qui revenaient du nord pour passer par Skaguay. Ceux qui l'avaient côtoyée pendant un séjour à l'hôpital lui confirmèrent la triste fin de Daniella Di Orio.

Son or... Il l'avait bien perdu ! Et ce n'était pas avec son salaire de faux justicier qu'il ferait fortune. Son avenir résidait ailleurs et avait désormais changé de nom.

Gianpetri ne se souciait plus de Betty Dodge ni de l'homme qui la protégeait. Il ne pensait qu'à s'enrichir. Alors il arracha l'étoile de shérif adjoint qui décorait sa veste et la jeta dans la boue. Il n'était pas encore trop tard pour mettre le cap sur le nouvel Eldorado...

L'heure du grand départ approchait. La fébrilité gagnait de plus en plus Nicolas qui tournait en rond dans la chambre.

— Mais qu'as-tu donc à t'agiter de la sorte ? lui demanda Annie, intriguée.

— J'ai l'impression qu'il nous manque quelque chose...

Tout était devant lui, sur le lit de la chambre d'hôtel : un pantalon, deux chemises, deux paires de chaussettes, une veste, une casquette, un paquet de cigarettes, le journal du jour, son porte-monnaie ainsi qu'un petit coffre de bois renfermant les avoirs de Joseph Paul. Et sur une chaise reposaient les affaires de son épouse.

Nicolas regardait leurs effets d'un air soucieux. Tout allait tenir dans deux sacs de voyage de grosseur moyenne. Il n'en revenait pas ! Et Annie rigolait gentiment dans son dos.

Leur retour se révélait on ne peut plus léger ! Adieu la tonne de provisions et de matériel de campement et de prospection qu'ils avaient dû trimballer jusqu'à Dawson City ! Ils n'en avaient plus besoin pour rentrer chez eux… Mieux encore : sans cet encombrant barda, le trajet se ferait en un temps record. Révolus le portage et les sempiternels va-et-vient dans la montagne. Dans une semaine au plus, ils déambuleraient dans les rues de Skaguay !

Ils n'avaient pas gagné à la loterie, mais après ce qu'ils avaient connu et enduré, la route qu'ils entreprendraient dans moins d'une heure serait facile. Autant ils avaient souhaité arriver à Dawson City, autant ils éprouvaient maintenant le besoin de laisser la ville derrière eux.

Chaque jour, les rues autrefois achalandées de la capitale de l'or se faisaient un peu plus désertes. Certains s'entêtaient dans leur quête en poussant plus à l'ouest vers le cap Nome, d'autres se dirigeaient vers le sud, vers la chaleur, vers leur bercail. La ville ne rugissait plus. La rumeur de ses habitants s'était presque tue, de même que celle des moulins à scie. Le ragtime des pianos résonnait avec moins d'entrain. Des commerces fermaient leurs portes afin de transporter leurs affaires ailleurs et de profiter de la nouvelle manne. On vendait au rabais, mais plus personne ne voulait rester, hormis ceux qui détenaient des intérêts dans les concessions des environs. Car même si on se ruait désormais vers l'Alaska en vue d'y faire fortune, les ruisseaux Bonanza, Eldorado et leurs voisins continuaient d'être exploités. L'or était toujours là et les prospecteurs, titulaires ou simples ouvriers, s'évertuaient encore et toujours à le chercher…

Les seuls qui n'avaient pas changé étaient les corbeaux qui, perchés sur l'enfilade de corniches des saloons et des hôtels, ne se lassaient pas de faire entendre leurs lugubres croassements.

Betty marchait lentement au bras d'Annie. À son plus grand soulagement, les crampes avaient disparu depuis quelques jours. Aucune trace de sang non plus. Et sous ses doigts, la vie florissait et gigotait, vive et forte. L'enfant n'était plus en danger. Mais il allait naître orphelin de père. La jeune femme renifla à cette pensée. Annie la serra davantage contre elle.

— Tu vas voir, glissa-t-elle à son oreille. Le temps arrangera les choses.

— J'aimerais tant te croire.

Betty s'arrêta pour essuyer une larme.

— Nos routes se sépareront bientôt, Annie. J'ai peur de me retrouver seule. J'ai terriblement peur de… d'être forcée de redevenir une pute. Ce qui arrive… ce n'est pas ce que Gus et moi avions prévu.

— Ce n'est jamais ce que nous avions prévu, tenta de la consoler l'adolescente.

Elles reprirent leur route vers le quai dans un silence tendu. Puis Annie se plaça devant son amie et la prit par les épaules.

— J'ai parlé aux sœurs de Sainte-Anne. Elles ont signé un billet de recommandation à ton nom. Si tu le veux, tu pourras loger quelque temps avec les membres de leur congrégation, à Victoria…

— Dans un couvent, moi ? se rebiffa Betty. C'est loin d'être la vallée du Sacramento, ça !

— Une chose à la fois. Ce n'est qu'un premier pas. Tu dois d'abord t'occuper de l'enfant. Ensuite, tu verras.

— Il n'est pas question que je le donne aux bonnes sœurs !

— Je n'ai jamais dit ça, Betty. Je t'offre simplement la chance d'avoir vite un toit au-dessus de ta tête.

La femme enceinte baissa le front. Ça, elle l'avait bien compris. Elle n'avait jamais eu que deux confidentes dans sa vie : Daniella et Annie. Elle avait perdu la première et devrait bientôt faire ses adieux à la seconde.

— Rien ne t'oblige à accepter, dit encore l'adolescente. Mais promets-moi d'y penser.

Betty leva le visage et lui sourit.

— Et moi qui veux devenir une femme digne et honnête ! Je ne pouvais pas trouver mieux !

Elles éclatèrent de rire en s'embrassant en plein milieu de la rue. À quelques pas devant elles, Nicolas tenait en laisse Yeux-d'Or. Il les héla et elles le rejoignirent.

Oui, Betty amorcerait une nouvelle vie à Victoria, au Canada. Elle se jura quand même qu'elle finirait ses jours sur une plantation de pêches, sous l'ombrage bienfaisant de la véranda, à admirer le paysage baigné par le fleuve Sacramento que Gustave lui avait tant de fois vanté. Et en compagnie de leur fille.

Nicolas allait gravir la passerelle du SS *Rose of Albany* quand une main s'abattit sur son épaule. Il fit volte-face et reconnut le commandant en chef des troupes de la Police montée du Nord-Ouest, Samuel Steele.

— Bonjour, Nicolas. Vous partez donc. Et vers le sud…

— Comme vous voyez, lieutenant-colonel. L'or, je le laisse aux autres.

L'officier approuva d'un signe de tête. Il riva sur le garçon un regard qui le fit frémir. Savait-il quelque chose au sujet du guet-apens sur le Dôme de Minuit? Avait-il appris la mort de Gustave Dubois et de Michel Cardinal? Le soupçonnait-il encore d'être le meurtrier de la fratrie Dubois?

— Nicolas, mesdames, bon voyage! leur souhaita enfin le policier sans se départir de son air sérieux et sévère.

— Adieu, lieutenant-colonel, lui répondit Nicolas sans rancune.

Le banni tourna les talons pour monter à bord du bateau à vapeur, suivi des deux femmes. Une fois sur le pont, il salua Steele de la main avant de déporter son attention vers les autres passagers, la tête déjà à mille milles de là.

Samuel Steele fixa le vapeur qui appareillait. Il plissa l'œil et pinça les lèvres. Les tenants et les aboutissants de l'affaire Aubry n'avaient pas tous été éclaircis. Il subsistait plusieurs doutes dans son esprit, et cela même si le garçon avait démontré, au fil du temps, une force de caractère et un courage exceptionnels.

Le bateau fendit les eaux du fleuve. Betty attacha son regard à la colline, derrière Dawson City. Émue jusqu'aux larmes, elle leva la main et souffla un baiser dans sa direction, comme si l'âme de Gustave planait pour toujours au-dessus de la taïga et de l'ancienne capitale de l'or.

Sur le pont, les hommes se la coulaient douce. Sur une enfilade de chaises, assis en équilibre sur les deux pattes arrière, les épaules appuyées contre les cabines et les pieds posés sur le bastingage, ils devisaient entre eux, lisaient le journal, admiraient le paysage ou ronflaient, le chapeau sur le nez.

Nicolas Aubry, avec sa chienne-louve couchée à ses côtés, y passait ses journées, ainsi que ses nuits. Annie et Betty profitaient quant à elles du confort relatif d'une couchette.

Le visage au vent, le garçon rêvait de plus belle. Il ne ramenait pas avec lui autant d'or que souhaité. Sa petite fortune aiderait néanmoins les siens. Les bâtiments de la ferme avaient-ils été reconstruits ? Son père s'était-il remis de ses terribles brûlures ? Les affaires avaient-elles repris ? Sa mère lui pardonnerait-elle sa longue absence et son silence ? Il ignorait tout de la vie qui l'attendait à Maskinongé.

Puis, pendant une fraction de seconde, il se sentit presque indifférent au sort de la ferme familiale. Comme si cela ne le concernait plus. Quelque chose au fond de lui l'invitait à entrevoir d'autres horizons, sans toutefois lui indiquer lesquels.

—Non, souffla-t-il. Ma place est là-bas. Elle m'attend…

Yeux-d'Or releva la tête en le dévisageant, les oreilles aux aguets. La main de son maître plongea vers elle et lui caressa le pelage. Elle lui lécha le bout des doigts, puis étira ses pattes en bâillant avant de se rouler en boule et de s'endormir.

Nicolas se remémora son arrivée au Klondike. Il avait franchi des milliers de milles pour se venger et

découvrir de l'or. Il avait peiné des mois pour finalement aller de désillusions en désillusions, pour affronter
des obstacles et des périls auxquels il n'était pas préparé.
Maintenant qu'il parcourait le chemin en sens inverse,
les étoiles se montreraient-elles plus clémentes à son
égard?

Maskinongé... Son frère Pierre avait financé son
voyage dans l'Ouest. C'était même lui qui l'avait mis à
bord du train. Et encore lui qui avait écrit à Sam Steele.
Ce qui signifiait donc qu'il s'était installé à la ferme. Et
puis il y avait cette fameuse lettre dans laquelle Steele
avait annoncé aux Aubry sa mort tragique. Son père
Émile avait dû réviser ses positions sur son héritage
depuis... Ses problèmes n'étaient peut-être pas encore
réglés, se dit-il soudain.

31

D'autres horizons

Dans la rue, des gamins jouaient au baseball. Ils s'encourageaient ou s'injuriaient en criant. Quand l'un d'eux se vit retiré du jeu par ses coéquipiers, il manifesta son mécontentement par une réplique qui surprit Nicolas et Annie, qui déambulaient près d'eux :

— Ah ! Puis allez donc tous au Klondike !

Et le garçon s'en alla en donnant des coups de pied dans la rue.

De toute évidence, le Klondike n'était plus le mot magique qui faisait courir et rêver les foules. L'ancien Eldorado était devenu, un peu partout en Amérique et jusque dans la bouche des enfants, un objet de moquerie, une boutade ironique à la mode.

Les jeunes époux passèrent leur chemin. Nicolas vérifia encore l'adresse griffonnée à la hâte sur le bout de papier, puis s'arrêta devant une maison.

— C'est ici.

— Je t'attends, dit Annie.

Il ne savait plus très bien à quoi ressemblait celui qui avait permis à Tomas Kaminski de franchir le col Blanc. Il s'apprêtait à frapper contre la porte quand celle-ci s'ouvrit sur un homme qui s'arrêta net en le voyant. Des sacs de voyage pendaient au bout de ses bras. Nicolas le reconnut sans aucune hésitation. Oui, c'était bien lui.

— Bonjour, le salua-t-il. Je ne sais pas si vous vous souvenez de moi, mais…

— Si je me souviens de toi ? l'interrompit l'homme, soufflé par la soudaine apparition. Comment veux-tu que j'oublie le jeunot effronté et impertinent qui m'a acheté pour une bouchée de pain ma tonne de provisions et de matériel, sur cette maudite piste du col Blanc ?

Malgré la remarque, l'homme le dévisageait en souriant.

— Veux-tu bien me dire ce que tu fabriques à Boston ? Et puis… mais qu'est-ce qui t'est arrivé au bras ?

— C'est une longue histoire, monsieur. En fait, si je suis là, c'est pour vous dire que j'ai trouvé de l'or. Et que c'est un peu grâce à vous…

Nicolas lui tendit un flacon dans lequel reposaient trois paillettes. Insignifiantes, mais brillantes à souhait.

— C'est pour vous.

L'ancien Argonaute tourna le flacon entre ses doigts et contempla l'or, ravi et décontenancé par le cadeau.

— Merci, mon gars. Merci, souffla-t-il, aussi heureux que si on lui avait donné un lingot. Jamais je n'aurais cru en voir de mes yeux. Tu retournes chez toi ? s'informa-t-il après de longues secondes de rêverie.

Nicolas n'eut pas le temps de répondre que l'homme enchaîna aussitôt :

— Tu me prends au vol ! C'est incroyable, ça ! Je m'en vais à Detroit. Là-bas, il y a un type du nom de Ford qui vient de se lancer en affaires. La Detroit Automobile Company, que ça s'appelle. Il paraît qu'il veut construire un véhicule de livraison qui roule à la gazoline… Tu imagines ? Plus de chevaux ni de crottin dans les rues… Le moteur à gazoline, c'est l'avenir ! Tu embarques ?

Nicolas ne put s'empêcher de sourire devant ce débordement d'enthousiasme même s'il déclina l'invitation.

— Merci, mais je rentre chez moi, au Québec.

— C'est moi qui te remercie, le jeune, dit-il en fourrant le flacon dans sa poche. Tu n'es pas si écervelé que tu en avais l'air… Si tu changes d'idée, tu sais où me trouver !

Et, pressé de partir vers de nouveaux horizons prometteurs, il serra la main de Nicolas et fila dans la rue en saluant Annie.

Nicolas et Annie quittèrent la route principale et empruntèrent un chemin de terre bordé d'un trottoir en planches qui menait à un petit village, adossé contre le fleuve Saint-Laurent. La réserve de Viger, où habitaient les Malécites, ne comptait qu'une douzaine de maisons.

Dès leur approche, des têtes apparurent aux fenêtres, puis des silhouettes franchirent les seuils. Le jeune couple devina bien que peu de Blancs s'aventuraient dans le village indien de Cacouna. Le garçon se présenta aussitôt.

— Je viens de la part de mon ami, Joseph Paul. Il m'a demandé de remettre quelque chose à sa tante et à ses cousins.

Des enfants accoururent. Les adultes du village approchèrent aussi.

— Mon fils est-il mort ? demanda un vieil homme.

— Non, rassurez-vous. Il se porte très bien. Il a une concession, là-bas, au Klondike. Et m'est avis qu'il aura besoin de bras forts comme les vôtres pour l'aider à prospecter au cours de l'hiver.

Les Indiens se concertèrent un instant du regard.

— Et Cardinal ? voulut savoir une belle femme aux yeux tristes qui devait être la tante de Joseph. Est-il avec lui ?

— Non, répondit Nicolas. Venez, je vais vous raconter…

Il passa l'après-midi et le soir à relater et à revivre les nombreuses péripéties qu'il avait partagées avec son ami Joseph. Les Malécites écoutèrent la parole du jeune Blanc qui leur faisait l'incroyable récit de la vie d'un des leurs. Et le vieux père du garçon fermait les yeux, se rappelant ses propres exploits du temps de la ruée vers l'or de la Californie.

Une fois devant le magasin général, la voiture s'immobilisa et ils en descendirent. Nicolas ressentit une grande nervosité l'envahir. Maskinongé… Il était enfin revenu !

Il tourna sur lui-même. Rien n'avait changé. À part peut-être les gens qui le dévisageaient d'un drôle d'air. L'enfant prodigue en salua quelques-uns de la main, qu'il reconnaissait. Aucun ne lui répondit, ce qui le déconcerta. Puis il comprit que tout le monde le pensait mort. Qui aurait cru que ce survenant manchot portant la moustache qui débarquait ce jour-là, avec ses vêtements fripés et sales à la suite d'un très long voyage, avec une femme ainsi qu'un chien qui ressemblait à un loup, puisse être le garçon parti un an et demi plus tôt laver l'honneur de sa famille ?

Nicolas eut envie de leur annoncer, de leur crier que c'était bel et bien lui, qu'il était de retour. Il se ravisa.

Il préféra attendre d'être à la ferme et réserver cette surprise aux siens. Il fixa donc son sac à son épaule et, au bras de son épouse, le chapeau sur les yeux, il entreprit de marcher jusque chez lui. Annie tenait Yeux-d'Or en laisse à ses côtés. Plus ils approchaient, plus elle sentait la main de Nicolas se refermer un peu plus fort sur la sienne.

Lorsque la ferme apparut devant eux, ils prirent tous les deux une grande inspiration avant de poursuivre leur route. Près de la maison, une silhouette posa une main en visière à la vue du couple. Cela ne dura qu'une fraction de seconde et elle reprit ses tâches comme si de rien n'était. Non, personne ne pouvait s'imaginer que Nicolas revenait dans leur vie.

Les voyageurs quittèrent le rang pour emprunter les ornières tracées par les charrettes et qui menaient devant la nouvelle maison des Aubry. Émile, assis sur la véranda, se redressa aussitôt. Marie-Anna, qui sortait du poulailler avec une douzaine d'œufs bruns dans son tablier, ralentit le pas. Puis un homme de haute stature vint au-devant des visiteurs. Nicolas reconnut tout de suite son frère Antoine. Que faisait-il donc là, lui?

— On peut vous aider? lui demanda ce dernier.

Nicolas lâcha la main d'Annie et enleva son chapeau. Le visage de son aîné devint aussi blanc que la neige. Sa sœur jumelle laissa tomber ses œufs. Et Émile se cramponna à la balustrade de la véranda.

— Misère noire… souffla le vieil homme. Qu'est-ce que ça veut dire?

Et il sauta au bas de l'escalier pour courir vers son fils cadet, peinant à croire à ce miracle.

Les rires se mêlèrent aux larmes. Les Aubry célébrèrent le retour du plus jeune de la famille. Ils lui reprochèrent, sans toutefois lui en tenir rigueur, de ne pas les avoir prévenus. Et ils s'étonnèrent aussi de le voir marié à une jolie immigrante polonaise.

Cette nuit-là, Émile ne dormit pas. Il obligea le fils qu'il avait envoyé sur les chemins de la vengeance à tout lui raconter…

— Ce n'est pas ce à quoi tu t'attendais, n'est-ce pas ?

Nicolas était assis sur la chaise berçante de son père, sur la véranda. Il arrêta le léger balancement pour aviser son frère Pierre. Leur mère, Alice, était morte. De plus, Antoine avait repris la ferme et Marie-Anna était fiancée à son meilleur ami, Philip Thompson… Nicolas avait d'abord hésité entre la colère et la surprise, un sentiment de trahison et la joie d'être enfin sur la terre ancestrale. Maintenant, il ne savait trop quoi penser de ce qu'il découvrait chez lui. Il finit par secouer la tête.

— Je m'en veux, tu sais, ajouta Pierre. Tout est ma faute. Je n'aurais jamais dû te donner cet argent.

Nicolas haussa les épaules. Peut-être était-ce vrai. Mais comment savoir ? Du coup, le destin de chacun lui parut capricieux, aussi malléable qu'une boule de pâte à pain qu'on boulange.

— Toi aussi, tu aurais pu revendiquer tes droits, fit-il valoir.

— Pour rendre une ferme florissante, rétorqua Pierre, ça prend à ses côtés une femme et des enfants. Et je n'en aurai jamais… Je vais retourner à Montréal.

Nicolas ne posa aucune question. Au travers des mots, il comprit que son aîné était peut-être homosexuel. Cela ne le gêna pas. Il se leva et lui serra l'épaule.

— Je ne t'en veux pas, Pierre.

L'artiste-peintre pleura en silence. Il se souvenait encore très bien de ce qu'il avait crié à Nicolas, dans le tumulte de la locomotive, sur le quai de la gare de la rue Windsor : « L'expérience des choses, tu dois la faire par toi-même. Tu dois devenir un homme… » Et c'était bel et bien un homme qui était revenu à Maskinongé et qui se tenait devant lui. Il prit son jeune frère dans ses bras et le remercia.

Puis Nicolas s'en alla parcourir la campagne. Yeux-d'Or bondissait à ses côtés, enivrée par l'espace qui se déployait autour d'eux. Elle fourrait sa truffe partout pour mieux humer les odeurs des lieux, si différentes de celles de son Grand Nord natal. Elle hurlait, fébrile, à l'affût de ce qui se cachait dans cette nature nouvelle.

Son maître marchait en silence, se souciant peu de ses folles cabrioles. Il réfléchissait à son avenir. Il n'arrê-tait pas de se demander de quoi il serait fait.

Ses pas le conduisirent à l'ombre du pommier, là où les dépouilles de sa mère et de son colley reposaient. Il y trouva son père, agenouillé devant la croix d'Alice. L'homme leva des yeux rougis vers son fils. Il ouvrit la bouche, mais ne parla pas. La douleur accentuait ses cicatrices. Les mots demeuraient prisonniers de sa gorge. Aucun ne saurait traduire sa culpabilité ni la profondeur de ses regrets. Et son regard obliquait immanquablement vers le bras que Nicolas n'avait plus. Un grand frisson le saisit puis un hoquet secoua sa poitrine.

Il déplia enfin son vieux corps pour se remettre debout. Il se malaxa les poings, l'air fuyant. Nicolas ressentit la difficulté que son père avait à admettre ses torts et sa peine. Aussi décida-t-il de lui faciliter la tâche.

— Tout est bien ainsi, papa. Ne vous en faites donc pas.

Émile le dévisagea, plus bouleversé que jamais.

— Comment peux-tu dire une chose pareille ? répliqua-t-il d'une voix sourde. J'ai chassé un à un mes fils et voilà que le bonheur de l'un repose sur le malheur des deux autres ! Tu dois me détester…

— Vous pensiez que j'étais mort, papa, le défendit Nicolas en indiquant la troisième fosse.

Ses frères et son père avaient déterré le cercueil vide, quelques jours plus tôt.

L'homme éclata en sanglots.

— Je vous l'ai dit, papa. Tout est pour le mieux.

— Mais toi ? Que vas-tu devenir ?

— Annie et moi trouverons bien…

— Reste encore, Nicolas. Prends tout le temps que tu veux…

Nicolas accepta d'un sourire, puis ils se tournèrent de concert vers la tombe d'Alice. Ils se signèrent et unirent leurs voix pour réciter un *Je vous salue, Marie*. Lorsque la prière fut terminée, Nicolas toucha la petite croix blanche.

— Vous savez, papa, je n'ai qu'un seul regret.

Il renifla et s'essuya les yeux de son poing droit.

— Celui de ne pas être revenu assez vite, alors que j'aurais pu. Je lui devais bien ça, à maman. Mais je me suis entêté à rester là-bas pour trouver plus d'or…

— Tu n'as rien à te reprocher, mon gars.

Les Dubois ne reviendraient jamais plus les hanter. Nicolas avait fait son devoir et même plus, puisqu'il rapportait de quoi participer à la relance de la ferme familiale.

Maskinongé, juin 1900

Nicolas respira l'air de son patelin à grandes goulées. Le pâturage ondulait sous le soleil. Le bétail allait et venait sur les coteaux. Les meuglements perçaient à travers le chuchotement de la brise. Yeux-d'Or se reposait à l'abri du feuillage du pommier, comme le faisait autrefois son beau colley Eugène. Des voiliers d'oiseaux fendaient le bleu du ciel. Et la ferme Aubry se découpait toujours sur la crête de la colline.

Le jeune homme admira le paysage, se délecta du calme qui s'en dégageait. Trois ans plus tôt, il avait cru que les choses étaient immuables. Que rien ne changerait jamais. Que chaque jour était l'égal du précédent et du suivant. Dire qu'il pensait que tout cela lui appartiendrait à la mort de son père ! Finalement, rien n'était jamais fixé. Le destin bifurquait sans cesse. Au fil des décisions, des rencontres, des obstacles, des imprévus.

— Je te sens bien songeur, ces temps-ci… remarqua Annie qui vint s'asseoir dans l'herbe auprès de lui.

Nicolas arracha un brin de paille, le coinça entre ses dents et se mit à le mâchouiller. Il étira les jambes, puis replia son bras droit derrière sa tête.

— Et si nous partions ? lâcha-t-il au bout d'un long moment.

— Pour aller où ?

— Je ne sais pas trop, avoua Nicolas. Peut-être du côté du Michigan. Ou pour aller développer le nord, près de Ville-Marie et de Témiscaming…

Annie soupesa les deux options. Vers laquelle devaient-ils se tourner ?

— Qui prend mari prend pays, déclara-t-elle, acceptant du coup de le suivre là où il déciderait d'aller.

Nicolas sortit une pièce de cinquante cents de sa poche.

— Ne me dis pas que tu vas laisser le hasard décider pour nous ! s'étonna Annie.

Nicolas se sentait de nouveau prêt à arpenter les sentiers de l'aventure. Le souvenir de son lointain parent, François-Xavier Aubry, s'imposa à son esprit. Il sourit. Il l'avait toujours admiré et il portait fièrement son nom, bien qu'il fût convaincu que cette vie-là ne lui convenait pas. Mais après son séjour au Klondike, il ne pouvait plus envisager l'existence comme un long fleuve tranquille. Force était de constater qu'il appréciait aussi les courbes incertaines et les descentes vertigineuses des montagnes russes.

— Pourquoi pas, ma femme ?

Il plaça la pièce de monnaie sur l'ongle de son pouce et, d'un mouvement sec et précis, la projeta dans les airs. Elle monta en ligne droite vers le ciel, éclatante sous le soleil du midi, faisant tournoyer à tour de rôle l'avers et le revers…

Fin

Note de l'auteure

La découverte de gisements d'or par George Carmark au ruisseau Rabbit (rebaptisé par la suite Bonanza) eut lieu au cours de l'été de 1896. Il fallut cependant attendre un an pour que la fabuleuse nouvelle franchisse le territoire du Yukon et les montagnes de la chaîne Côtière et qu'elle parvienne au reste du monde, déclenchant ainsi la célèbre ruée vers l'or du Klondike, aussi considérée comme la plus vaste migration humaine du siècle.

Malgré la brièveté de la ruée vers l'or du Klondike, entre trois et quatre tonnes d'or furent excavées des concessions situées près de Dawson City. On dit qu'un million de personnes en ont rêvé, que cent mille ont quitté leur foyer, qu'environ quarante mille sont parvenues à Dawson City, que quatre mille seulement d'entre elles ont trouvé de l'or. Et que la plupart de ces dernières ont terminé leur vie dans la pauvreté…

La course vers ce pays de cocagne s'arrêta prématurément deux ans plus tard, en 1899. En effet, d'autres prospecteurs trouvèrent des pépites sur les plages du littoral alaskien, près du cap Nome. Aussitôt, les rêveurs délaissèrent les environs de Dawson City pour entreprendre une autre folle ruée. L'ancienne capitale de l'or du Yukon entama ainsi son long déclin. Surnommée la Paris du Nord, elle se métamorphosa en une sorte de ville fantôme.

Abandonnée à elle-même, Dawson City a su résister au passage du temps. Les touristes peuvent encore admirer son architecture typique de l'époque de la ruée et du Far West. Ils sont conquis par ses édifices patrimoniaux, comme ces vieux saloons, hôtels et cabanes, dont l'étrange inclinaison de la structure résulte de l'alternance répétée des périodes de gel et de dégel. Alors qu'il y a un peu plus d'une centaine d'années, on estimait à environ quarante ou quarante-cinq mille le nombre d'habitants, elle en compte aujourd'hui moins de mille cinq cents.

Pourtant, on n'a jamais arrêté de prospecter dans les ruisseaux de la région. Ceux qui ont quitté le Klondike étaient surtout des chômeurs ou des gens qui ne possédaient pas de titres d'exploitation minière. Or, ceux qui en détenaient ne les ont pas forcément vendus pour partir à leur tour. Au contraire, ils sont restés. Certains sont morts aussi pauvres que Job en raison de leur style de vie somptuaire. D'autres ont légué leurs droits d'exploitation à leurs enfants… jusqu'à aujourd'hui.

Depuis quelques années, on prétend qu'une nouvelle ruée vers l'or se prépare au Yukon. Les hélicoptères repoussant les obstacles naturels que constituent les collines, plusieurs compagnies américaines prospectent désormais ailleurs que dans les anciens ruisseaux qui ont fait la renommée du Klondike. Et avec l'once d'or qui avoisine de nos jours les mille huit cents dollars canadiens, on ne s'étonne pas de leurs intérêts ni des moyens mis en place pour découvrir les précieux gisements.

Pour reprendre les mots de Blaise Cendrars : « Qui veut de l'or ? Qui veut de l'or ? »

Personnages historiques

François-Xavier Aubry (1824-1854): Originaire de Saint-Justin, au Québec, il quitte la province à l'âge de dix-neuf ans pour s'établir à Saint Louis, Missouri. Il travaille en tant que commis pour le magasin Lamoureux & Blanchard. À vingt et un ans, il entreprend de transporter des marchandises de toutes sortes vers Santa Fe, au Nouveau-Mexique. À partir de ce moment, la vitesse et la sécurité des convois, souvent victimes des attaques des Indiens, deviennent des enjeux cruciaux. Cavalier remarquable, la course de relais qu'il effectue en septembre 1848 entre Santa Fe et Independence, dans le Missouri, un trajet de plus de huit cents milles qui dure à peine cinq jours et demi, va inspirer une douzaine d'années plus tard le système du Poney Express, qui assurera l'acheminement du courrier d'est en ouest.

Jefferson Randolph « Soapy » Smith (1860-1898): Originaire de l'État de Géorgie, il entreprend sa carrière criminelle à Forth Worth, au Texas, alors qu'il a environ seize ans. Il devient vite un criminel notoire et sévit surtout à Denver, au Colorado. Alors que son emprise sur la ville diminue, il transporte ses opérations à Skagway, en Alaska, au moment où commence la ruée vers l'or du Klondike en 1897. Il y devient une fois de plus le maître incontesté. Son pouvoir s'étend aussi à la ville de Dyea ainsi qu'aux versants ouest des pistes menant aux cols Blanc et Chilkoot où est postée une partie de son réseau criminel.

Police montée du Nord-Ouest (1873-1920): La police canadienne joue un rôle déterminant dans la ruée vers l'or du Klondike. Grâce à des hommes comme l'inspecteur Charles Constantine (1846-1912) et son successeur Samuel B. Steele (1849-1919), elle établit sa réputation internationale en édictant de nombreuses règles et consignes qui garantissent le déroulement exemplaire de cet incroyable mouvement de masse, mais aussi en affermissant la souveraineté du Canada.

Père William Judge (1850-1899): Originaire de Baltimore, au Maryland, le jésuite arrive au Klondike en 1894 et s'établit à Forty Mile. Lorsqu'on découvre de l'or au ruisseau Rabbit (renommé Bonanza), il s'empresse de quitter le camp et arrive à Dawson City au début de l'année 1897. Comme la famine, le scorbut et la typhoïde sévissent, il crée le premier hôpital de la ville, le St. Mary's. Malgré le peu de moyens à sa disposition, il se dévoue corps et âme pour soigner les nombreux malades qui y séjournent, au point de nuire à sa propre santé. Les chercheurs d'or le surnommaient affectueusement le « saint de Dawson ».

Belinda Mulroney (1865-1960): Fille de mineur originaire d'Irlande et ayant passé la majeure partie de son enfance en Pennsylvanie, elle était déjà une femme d'affaires lors de son arrivée au Klondike, en 1897. Grâce à des rouleaux de tissus achetés au prix de cinq mille dollars avec lesquels elle franchit le col Chilkoot, et qu'elle revendit à Dawson City pour la somme de trente mille dollars, elle fit construire le premier *road-*

house de Grand Forks (1897) ainsi que le luxueux hôtel Fairview, à Dawson City (1898). Considérée comme la reine du Klondike, elle épousa le comte Carbonneau, qui se révéla être un simple barbier de Montréal.

Les sœurs de Sainte-Anne (1850-): La congrégation des sœurs de Sainte-Anne a été fondée par mère Marie-Anne (Esther Blondin) à Vaudreuil, près de Montréal, afin « de remédier à la situation pitoyable des écoles rurales de son temps ». Rapidement, la communauté de religieuses s'étend et ouvre des écoles un peu partout dans la province. Dès 1858, elle s'implante à Vancouver, puis pousse plus au nord en 1886 pour s'établir à Juneau, en Alaska. En 1898, trois sœurs s'établissent à Dawson City pour soutenir le père Judge dans ses œuvres. Depuis, la congrégation a continué de prendre de l'expansion en implantant son ministère dans différentes régions du globe, et en poursuivant sa mission d'éducation, de justice sociale et de soins de santé.

Table des matières

Suivez-nous

Achevé d'imprimer en avril 2013
sur les presses de l'imprimerie Gauvin
Gatineau, Québec